Holding on to you

Mavis & Henry

Roman

4. Auflage

Mehr Infos unter:
www.hawkifybooks.com

Holding
ON TO
you
MAVIS &
HENRY
Natalie Elin
HAWKIFY BOOKS

Hawkify Books c/o
Inh. Svenja Hawkins
4514 Sandy Cv
Memphis, TN, 38122
USA

Covergestaltung: Alisha McShaw -
https://alishamcshaw.de/
https://depositphotos.com / @karmaknight

Lektorat: Nora Bendzko - https://norabendzko.com/

Korrektur: Jacqueline Droullier - http://www.jacqueline-droullier.de/

ISBN: 978-3-947288-87-8
Druck: booksfactory

Für Mama, die stärkste Frau der Welt.

Playlist

Ron Pope – *A Drop in the Ocean*
Jamie Lawson – *Wasn't Expecting That*
Hilary Duff – *Sparks*
Rebecca Ferguson – *Nothing's Real but Love*
Louis Tomlinson feat. Bebe Rexha & Digital Farm
Animals - *Back to You*
Charley Ann Schmutzler – *Blue Heart*
Linkin Park – *Heavy*
Art Garfunkel with James Taylor – *Crying in the Rain*
Hailee Steinfeld & Alesso – *Let Me Go*
Backstreet Boys – *Incomplete*
Tim Bendzko – *In dein Herz*
Years & Years – *Eyes Shut*
Birdy – *Skinny Love*
James Arthur – *Impossible*
Xavas – *Schau nicht mehr zurück*
Rachel Platten – *Fight Song*

Kapitel 1

Wenn man das Unmögliche ausgeschlossen hat, muss das, was übrig bleibt, die Wahrheit sein, so unwahrscheinlich sie auch klingen mag.

- frei nach Sir Arthur Conan Doyle

Jetzt mal ehrlich: Wart ihr euch immer treu?

Oder anders formuliert: Wart ihr nicht das eine oder andere Mal von euch selbst überrascht?

So ging es mir, immer und immer wieder. Mal war ich die taffe junge Frau, die mit ihren neunzehn Jahren erfolgreich den eigenen Haushalt schmiss. Mal war ich die faule Socke, die sich ihre Lebensmittel online bestellte und dem jungen Auslieferer ein schiefes ›Sorry‹ zuzwinkerte, weil der arme Junge mühsam drei Kisten Wasser in den fünften Stock geschleppt hatte. Glasflaschen. Wir wollen ja auf die Umwelt achten. Okay, und sie sind preiswerter.

Worauf ich hinaus möchte: Stellt euch vor, ihr seid neunzehn Jahre jung, lebt im 21. Jahrhundert, seid seit geraumer Zeit Single und dementsprechend eingestaubt.

Oma sagt immer, dagegen hilft es, einfach raus zu gehen, denn die Männerwelt warte nur auf hübsche Mädchen wie mich. Leider nicht.

Die Männer, denen ich so begegne, schnappen mir meinen Sitzplatz im Bus weg, tragen ein Baby mit sich herum oder blicken gar nicht erst von ihrem Smartphone auf. Tut mir leid, aber da muss ich Oma Irma einfach widersprechen. Frau findet keinen Mann, indem sie einfach mal vor die Tür geht. Und kommt mir jetzt nicht mit einer Ortungs-Dating-App, das finde ich einfach nur gruselig!

Wider Erwarten und gegen meine Vorsätze bin ich aber doch über meinen Schatten gesprungen. Ich, Mavis, Profi im Sich-nicht-Festlegen, habe mich auf jemanden eingelassen. Und er sich auch auf mich.

***

Henry und ich haben uns auf einer Internetplattform kennengelernt. Keine Dating-Seite, nein. Eher ein Forum, wo man eine persönliche Seite hat und eine Galerie hochladen kann. Normalerweise schreibt man dort mit Freunden oder Bekannten. Fast alle meine Kommilitonen sind dort, wir haben eine Gruppe gegründet, in der wir alles Wichtige besprechen. Immer wenn man die Startseite aktualisiert, werden einem ein paar unbekannte Mitglieder vorgestellt, und so tauchte ich auf seinem Bildschirm auf.

Es war Samstagabend, ich trug meinen fleckigen Flanell-Pyjama mit Pinguinen drauf und hatte mal wieder eine Serie beendet. Wie immer kam das Beenden einer Serie einer tiefen Depression gleich. Was sollte ich zukünftig nur tun?

Eigentlich bin ich ja kein melodramatischer Typ. Man sagt mir nach, dass ich ruhig und gefasst bin, beinahe cool. Coole Menschen erleiden keine Midlife-Crisis mit neunzehn, weil die aktuelle Lieblingsserie endgültig und für immer vorbei ist. Coole Menschen suchen sich einfach eine neue Serie. Oder lesen ein Buch. Sind Büchermenschen cool? Vermutlich eher nicht, also trifft das Wort doch nicht auf mich zu, denn ich lese Bücher. Und ich streichle Bücher, rieche an ihnen und spreche teilweise sogar mit ihnen.

Halt, Stopp! Ihr braucht nicht die Männer mit den weißen Anzügen holen, ich bin okay.

Das Problem ist meine beste Freundin Mona. Wer vier Jahre lang eine ekelhaft-schnulzig-perfekte Beziehung führt, muss auch der festen Überzeugung sein, dass für mich der Märchenprinz auf dem Einhorn angaloppiert kommen wird. Na gut, ich gebe zu, dabei handelt es sich um meine ganz persönliche Formulierung.

Ich habe alles durch: Ein Blind Date, bei dem ich mich im Nachhinein zwei Wochen nicht mehr auf die Straße getraut habe, aus Angst, er könnte einfach so auftauchen und mich mit seiner riesigen Schlabberzunge ertränken. Außerdem ein Vierer-Date mit Mona, ihrem Freund und einem seiner Freunde, der seit Kurzem Single war. Ich hätte nie damit gerechnet, mal einen nahezu Unbekannten in der Öffentlichkeit trösten zu müssen, weil er so laut und herzzerreißend heult. Im Endeffekt brachte ich den armen Kerl nach Hause, zu seinen Eltern, wohlgemerkt, und sandte Mona auf meinem Nachhauseweg eiskalte Hassnachrichten, in denen ich ihr die Rache des Jahrhunderts versprach.

Doch Mona gab nicht auf. Sie versuchte mindestens einmal die Woche, mich mit einem Mann zu verkuppeln.

Irgendwann sanken sogar ihre Ansprüche und sie setzte mir einen pickeligen 17-Jährigen vor die Nase, der exakt um 22:00 Uhr wieder zuhause sein musste. Zum Glück bekam ich keinen Ärger mit dem Gesetz. Dies war schlussendlich der Moment, in dem ich ihr ein für alle Mal verbot, mich verkuppeln zu wollen.

So saß ich also am besagten Samstagabend mit meinem Laptop auf dem Schoß im Bett und erhielt eine neue Nachricht von einer mir unbekannten Person. Damit begann unsere Geschichte.

Kapitel 2

FlatusCranis: Hi.

Okay, wow. Für ein einziges Wort sandte mir der Typ mit dem Namen ›FlatusCranis‹ eine Nachricht. Kein Smiley, keine weiteren Worte und zu meiner Überraschung kein plumper Anmachspruch.

Anders als im wahren Leben bin ich online eine richtige Quatschbanane. Zurückhaltend und schüchtern trifft man mich im weltweiten Web nicht an. Immerhin sitze ich in der Regel mit meinem Kater Franz, der eingerollt zu meinen Füßen liegt, geschützt auf meinem Bett und niemand starrt mich an, während ich spreche. Das macht mich nämlich nervös. Ich hatte schon immer Angst davor, nicht verstanden und deswegen bloßgestellt werden zu können.

Aber im Internet ist das anders. Da kann man sich seinen Text wohl überlegen und auch noch einmal lesen, bevor man ihn endgültig absendet.

Ich weiß nicht, was mich damals geritten hat, aber dieses eine Wort sowie der seltsame Nickname und der Umstand, dass ich eh nichts Besseres zu tun hatte, machten mich neugierig und ich klickte sein Profil an. Damals konnte man sich im Forum nicht heimlich Profile anschauen, außer man loggte sich aus. Das kam mir allerdings nicht in die Tüte. Ich musste nicht viel Selbstüberredungskunst aufbringen, um mich zu überwinden. Er konnte sehen, dass ich auf seinem Profil war, doch das war mir egal.

Meine erste Begeisterung, als ich sein Profilbild erblickte, dämpfte sich beim Öffnen seiner Galerie. Kein weiteres Bild hochgeladen. Auf dem einzigen verfügbaren Foto lächelte ein junger und durchaus hübscher Mann freundlich in die Kamera. Er hatte tatsächlich sein Passfoto als Profilbild genommen. Kein Selfie oder einen guten Schnappschuss von einer Party. Entweder musste er ganz weit hinterm Mond leben oder sein Foto war ihm schlichtweg egal.

Ich war eindeutig unbefriedigt, wollte mehr über FlatusCranis erfahren und googelte erst einmal dieses Wort. Das stellte sich als überaus großer Fehler heraus. Es war nicht unbedingt eklig, aber mein leerer Magen verbat mir, sämtliche medizinische Bilder anzuschauen.

Damit ihr gar nicht erst auf die Idee kommt selbst zu googeln, erzähle ich euch lieber, worum es sich dabei handelt. Flatus Cranis ist ein Gehirnfurz. Mehr muss man nicht wissen.

Wäre meine Serie nicht beendet gewesen und hätte ich irgendetwas zu tun gehabt, hätte ich seine unglaublich einfallsreiche Nachricht einfach gelöscht. Dennoch machten sich meine Finger wie von Zauberhand selbstständig und klickten auf den Antworten-Button. Ein leeres Fenster öffnete sich.

MavisDavis: Dein Name ist ein wenig ekelhaft.

So, das war doch ein guter Start in eine neue Beziehung, oder? Auf seinem Profil sah ich, dass er schon seit einigen Minuten nicht mehr aktiv war, also wartete ich. Nach dreißig Minuten Inaktivität wurde er automatisch ausgeloggt.

Ein kleines bisschen Enttäuschung machte sich in mir breit. Ich schüttelte den Kopf und einige Strähnen meines dunkelbraun gefärbten Haars lösten sich aus meinem Haarband.

Normalerweise bin ich blond, aber da ich finde, dass braune Haare besser zu meinen hellblauen Augen passen, habe ich sie mir kurzerhand gefärbt. Noch vor einem Jahr hatte ich sehr lange Haare, die mir bis zum Po-Ansatz reichten, was mir jedoch von einem auf den anderen Tag nicht mehr gefiel. Also hatte ich mir einen Longbob schneiden lassen, und ich freue mich jeden Tag über diese Entscheidung. Außer es ist windig draußen und die Haare lösen sich aus dem Zopf, dann wünsche ich mir meine lange zähmbare Mähne zurück.

Ich strich mir die Strähnen aus dem Gesicht, stellte meinen Laptop auf dem Nachttisch ab und schlenderte in die Küche, um mir einen kleinen Snack zuzubereiten. Franz schlich mir dabei murrend um die Beine und warf seinem Napf und mir abwechselnd sehnsüchtige Blicke zu. Ich nahm ihn kurz auf den Arm, was er mit einem unzufriedenen Mauzen quittierte, und gab ihm einen Kuss auf sein rosa Schweinenäschen.

»Ist ja gut, Mäuschen«, besänftigte ich ihn. »Was hätten wir denn heute gern zum Dinner?« Franz stellte sich auf die Hinterbeine und stützte sich mit seinen Vorderpfoten an der Küchenfront ab. »Kalb? Kaninchen?«

»Miau.«

»Kaninchen, okay.«

Ich füllte eine großzügige Portion in seinen Napf und stellte sie ihm direkt vors Schnäuzchen. Er machte sich darüber her, als hätte er noch nie in seinem Katzenleben etwas Deliziöseres gefressen.

PLING. Aus dem Schlafzimmer war das Geräusch einer eingehenden Nachricht zu hören. Ich rannte wie von der Tarantel gestochen los. Franz erschrak so sehr, dass er sich unter meiner Sitzbank in der Garderobe versteckte. Sein Abendessen hatte er sich vermutlich weniger aufregend vorgestellt.

FlatusCranis: Ich hoffe, du hast nicht gegoogelt, was mein Name bedeutet? Falls doch tut es mir unglaublich Leid.

MavisDavis: Da hast du wohl etwas wieder gutzumachen, du Gehirnfurz.

Und wieder war er inaktiv. Es vergingen 3, 5, 7, 12, 15, 17 und schließlich 30 Minuten, und das System loggte ihn gnadenlos aus. Das konnte doch nicht wahr sein!

Fährt der Typ nach jeder Nachricht seinen PC runter, rennt eine Runde um den Block, geht duschen und fährt dann erst den PC wieder hoch, um eine neue Nachricht zu verfassen?

Gefrustet klappte ich das Notebook zu und begab mich in die Küche, aus der mir Franz schon einen warnenden Blick zuwarf. »Ist ja gut, Stinker, heute keine plötzlichen Bewegungen mehr«, versprach ich meinem flauschigen Norweger-Kater.

Ich tippelte leise an ihm vorbei zum Kühlschrank, aus dem ich eine Kugel Mozzarella und eine Packung Cherrytomaten herausnahm. In weiser Voraussicht hatte ich die Lautsprecher meines Notebooks auf stumm gestellt. Wäre ja zu schön, wenn ich wegen eines unbekannten Typen meine Freundschaft zu Franz auf die Probe stellen würde. In aller Seelenruhe bereitete ich meinen abendlichen Snack vor. Abwechselnd drapierte ich eine Tomaten- sowie eine Käsescheibe auf meinem Teller, zupfte mir ein paar Basilikumblätter aus meinem Kräutertopf und wanderte, bewaffnet mit Messer, Gabel und Tomate-Mozzarella, zurück in mein Schlafzimmer.

Ich schaltete den Fernseher ein und warf absichtlich keinen Blick ins Forum. Sollte er doch auch mal auf eine Antwort warten. Nicht, dass er noch dachte, ich säße den ganzen Samstag allein zuhause rum und hätte nichts weiter zu tun, als auf einfallslose Nachrichten wildfremder hübscher Männer zu warten. Dass dies der Wahrheit entsprach, tat nichts zur Sache und ging auch niemanden etwas an.

***

Die Sonnenstrahlen kitzelten mich an der Nasenspitze und Franz tapste ungeduldig auf mir herum. Es war Sonntagmorgen, die Frühlingssonne strahlte in mein Schlafzimmer und ich fühlte mich glücklich.

Normalerweise hätte ich jetzt direkt zur Fernbedienung gegriffen und mein Serienprogramm aufgerufen. Ich schrieb mir auf meine mentale To-Do-Liste, dass ich mir schleunigst eine neue Lieblingsserie suchen musste. Nicht einmal vierundzwanzig Stunden waren vergangen und ich hatte das Gefühl, ohne das Verlangen, eine Serie zu verfolgen, nicht mehr vollständig zu sein. Ich grinste über meine eigene

Melodramatik, pellte mich aus meiner kuscheligen Bettdecke, wobei ich Kätzchen Franz' Protest getrost ignorierte, und tänzelte barfuß in die Küche.

Der Kaffeevollautomat war der erste Gegenstand, der in meine erste eigene Wohnung hatte einziehen dürfen. George, so heißt mein geliebtes Gerät, war sogar schon vor meinem Bett und damit vor mir in dieser Wohnung gewesen. Es hatte noch keinen einzigen Tag gegeben, den ich nicht mit einer auf Knopfdruck heißen Tasse Kaffee begonnen hatte.

Ich schaltete George ein, wünschte ihm einen Guten Morgen und wandte mich meinem Regal zu, in dem verschiedenste bunte Tassen standen. Keine glich einer anderen: Ich hatte Fandom-Tassen, Becher mit süßen Kätzchen, passende Tassen für jede Jahreszeit und Trinkgefäße, auf denen lustige Sprüche prangten. Wie unschwer zu erahnen, sammelte ich Tassen. Ich entschied mich für eine, die ich im Disney-Shop in Dublin erstanden hatte. Auf ihr lächelte mir Dornröschen (im rosa Kleid!) entgegen, und die Tasse glitzerte innen und außen.

Jeden einzelnen meiner Schritte tat ich in einer beinahe krankhaften Langsamkeit. Ich wollte mir selbst etwas beweisen. Nämlich, dass ich nicht unglaublich neugierig war, ob der Gehirnfurz-Schönling mir geantwortet hatte. Dass ruhig der halbe Tag vergehen konnte, ehe ich auch nur daran dachte, mein Notebook anzuschalten und mich im Forum einzuloggen.

Verdammt, ja, Geduld gehörte noch nie zu meinen Stärken, ich gebe es zu.

Nachdem ich meinen Toaster Poppy mit zwei Scheiben Schwarzbrot gefüttert hatte und ihn anflehte, dass er das

Brot in rasender Geschwindigkeit knusprig braun brennen sollte, schnappte ich mir meinen Frischkäse und ein Stück Gurke und hastete, den Teller in der einen, den Kaffee in der anderen Hand, in mein Schlafzimmer zurück. Ich stellte alles auf meinem Schminktisch ab und holte einmal tief Luft. Strich mir den Bob glatt, knetete nervös die Finger.

Ich fühlte mich beinahe so, als müsste ich gleich eine mündliche Prüfung ablegen. Nackt. Und ohne, dass ich gelernt hätte.

Warum ich so aufgeregt war, war mir schleierhaft. Es war ja nicht so, als ob ich gleich ein Date haben würde. Ich wartete lediglich auf eine Antwort von FlatusCranis. Einem Typen, mit dem ich ganze zwei Sätze gewechselt hatte. Von dem ich weder wusste, wie alt er war, wo er wohnte, wie er hieß noch ob er überhaupt der gutaussehende Typ auf dem Foto war. Und ob er nicht vielleicht eine Freundin hatte.

Okay, das wusste ich. In seinem Profil stand, dass er Single war. So ganz nebenbei, quasi am Rande war das Wort ›Single‹ in meinem Blickfeld erschienen. Ich hatte es nicht angestarrt. Nein.

Ich setzte mich im Schneidersitz auf mein Bett und griff nach meinem Notebook, das ich auf Armeslänge entfernt abgestellt hatte. Hatte diese alte Krücke schon immer so lange gebraucht, um hochzufahren? Schneller! Das Windows-Zeichen auf dem schwarzen Hintergrund machte mich beinahe wütend.

Sobald sich mein Desktophintergrund zeigte, ein Foto von mir und Mona, öffnete ich den Internetbrowser und tippte die Forumsadresse ein. Ich meldete mich an und gab einen kleinen Quietschlaut von mir. Franz, der gerade ins Schlafzimmer getapst kam, erschrak und flüchtete wieder in den Flur. Bestimmt würde eine halbe Tüte Leckerchen nötig sein, damit er mir meine ungewohnte Aufregung verzieh.

In meinem virtuellen Postfach waren drei neue Nachrichten eingegangen. Eine von der Studiengruppe. Eine von einem mir unbekannten Typen, die ich umgehend löschte, weil im Betreff ›Hi Süße, Bock auf Treffen?‹ stand. Und eine Nachricht, die mein Herz augenblicklich höherschlagen ließ. Von FlatusCranis.

Kapitel 3

FlatusCranis: Oh, das war nicht meine Absicht.

Mein erst so erfreutes Herz bekam einen kleinen Dämpfer. Über eine freche Antwort hätte ich mich vermutlich mehr gefreut. Ich ließ mich nach hinten in meine Kissen fallen und seufzte einmal laut auf. Ein jämmerlicher Laut, der klang, als würde ich herzzerreißend weinen. Oder von einem ganz üblen Schluckauf geplagt werden.

Ach, was hatte ich denn erwartet? Dass er mir auf witzige, freche, vorlaute Weise einen Heiratsantrag machte? Irgendetwas stimmte eindeutig nicht mit mir. Ich malte mir immer die skurrilsten Situationen aus und war am Ende immer enttäuscht, wenn meine Erwartungen nicht erfüllt wurden. Also wirklich immer.

Wann würde ich endlich nehmen, was ich bekomme? Man kann sich leider nicht einfach einen fertigen Traummann backen.

Ich erinnerte mich an die Fertig-Backmischung, die mir Mona letztes Jahr zum Geburtstag geschenkt hatte. Mit passender Kuchenform, die die Form eines Männer-

Sixpacks besaß. Sie stand immer noch unbenutzt in meinem Küchenschrank herum.

Ich gab mir einen Ruck und setzte mich wieder aufrecht hin. Dabei strich ich mir mit dem Handrücken über meine noch verschlafenen Augen. Entweder ich kitzelte ein paar Informationen aus FlatusCranis heraus, die mich auf Wolke 7 beförderten, oder ich würde als bemitleidenswerte Katzenmutti enden. Schließlich hatte ich schon einige Versuche gehabt, die allesamt katastrophal geendet oder gar nicht erst richtig in Fahrt gekommen waren. Entweder wurde mein Leben jetzt zum Liebesfilm, so irre es auch klingen mag, oder ich konnte es vergessen.

Als hätte Franz meine Gedanken gelesen, warf er mir einen empörten Blick zu. Sogleich stellte ich mein Notebook auf dem Nachttisch ab und flitzte zurück in die Küche. Aus lauter Nicht-Aufregung und Nicht-Neugierde und Nicht-Ungeduld hatte ich glatt vergessen, Franz zu füttern. Ich wäre nicht nur eine bemitleidenswerte, sondern auch eine schlechte Katzenmama. So weit durfte es niemals kommen. Fellpo vor Traummann!

***

MavisDavis: Ja, das sagen sie alle.

Mehr als zehn Minuten kostete mich die Formulierung dieses kurzen Satzes. Nachdem ich Franz versicherte, dass er für immer die Nummer Eins in meinem Leben sein würde, kuschelte ich mich wieder in mein Bett und frühstückte erst einmal. Nebenbei überlegte ich, wie ich FlatusCranis wohl aus der Reserve locken konnte, doch mir wollte partout nichts einfallen.

Immerhin wollte ich ihn nicht mit meiner geballten emanzipierten Power erschrecken, indem ich ihn zuerst ausfragte. Quasi den ersten Online-Dating-Schritt machte. Hätte ihm wohl so gepasst! Wenn er nicht dazu fähig war, seine zehn Finger von selbst über die Tastatur zu bewegen, um mich nach meinem Namen oder meinem Alter zu fragen, konnte ich ihm auch nicht helfen.

Plötzlich verschluckte ich mich an meiner Gurke. Was, wenn er gar nicht mehr alle zehn Finger hatte? Oder gar keine Hände mehr? Vielleicht brauchte er deswegen so lange zum Schreiben, weil er mit der Nase versuchte, die richtigen Tasten zu erwischen? Wie sollte man so Händchen halten?

Das wäre dann eher Stummelchen halten. Andererseits wäre das ein origineller, süßer Spitzname. Ich stellte mir mit geschlossenen Augen vor, wie wir Hand in Stummel spazieren gingen und ich ihn ›mein Stummelchen‹ nannte. Obwohl man diesen Namen auch falsch verstehen kann.

Das PLING einer eingehenden Nachricht holte mich aus meinen wirren Gedanken. Mindestens einmal täglich bin ich überaus dankbar, dass niemand in meinen Kopf schauen kann. Ich hatte gar nicht gemerkt, dass er inzwischen ebenfalls online war.

FlatusCranis: Guten Morgen. :)

Oh. So einfach.

So plump. So direkt. So perfekt.

Warum war *ich* nicht auf diese einfachen zwei Wörter gekommen? Jemandem einen Guten Morgen zu wünschen, war nie verkehrt.

MavisDavis: Ebenfalls Guten Morgen, Unbekannter. Oder kennen wir uns?

FlatusCranis: Nicht dass ich wüsste. Noch nicht.

Ich, als professionelle Zwischen-den-Zeilen-Leserin, wusste nun sicher, dass dieser Typ mich kennenlernen wollte. Daran gab es keinen Zweifel. Wenn er jedoch nicht bald einen Gang aufwärts schaltete und sich als mein Prinz auf dem Einhorn entpuppte, würde sich meine Neugierde schnell in pure Langeweile umwandeln. Geduld gehörte noch nie zu meinen Stärken.

MavisDavis: Ist das Fragezeichen auf deiner Tastatur defekt?

Hoffentlich würde er den Wink mit dem Zaunpfahl verstehen. Es gibt nichts Schlimmeres, als die eigenen Sprüche erklären zu müssen. Während ich auf seine Antwort wartete, beschloss ich, heute einen Schritt vor die Haustür zu setzen. Und wenn ich nur einen kleinen Spaziergang unternahm.

Zielstrebig lief ich zu meinem Wäscheständer, auf dem meine frisch gewaschene Lieblingsjeans hing, und legte sie zusammen mit frischer Unterwäsche, einem Shirt sowie einem Pullover auf meinem Stuhl ab. Meine Ohren waren derweil gespitzt. Ich wartete auf das wohlklingende PLING einer neuen Nachricht.

Es vergingen einige Minuten, in denen ich von Sekunde zu Sekunde missmutiger wurde. Entweder war der Typ sehr beschäftigt, schrieb noch mit 500 anderen Weibern oder war schlichtweg doch nicht an einem Gespräch mit mir interessiert. Es gab absolut nichts, was seine Lahmarschigkeit entschuldigen konnte. Ein flüchtiger Blick auf sein Profil verriet mir, dass er wieder seit einigen Minuten inaktiv war. Da ich vermutlich vor Mitternacht mit keiner Nachricht mehr rechnen konnte, zog ich meinen Pyjama aus und warf ihn mürrisch auf mein ungemachtes Bett.

Während das warme Duschwasser über meine nackte Haut rann, schweiften meine Gedanken wieder einmal in einen Tagtraum ab. Ich stellte mir vor, diesen jungen Mann zu treffen. Wir aßen Eis und lachten. Ganz unschuldig und unverfänglich. Wobei es wirklich schwierig war, solche Gedanken zu einem Mann zu haben, von dem ich nicht mal den Vornamen kannte. Ich beschloss, über meinen Schatten zu springen und ihn einfach nach seinem Namen zu fragen. Vielleicht war er nur schüchtern.

FlatusCranis: Verzeih bitte meine lange Antwortzeit, du musst mich für einen völligen Idioten halten. Ich habe das Wochenende meine kleine Schwester zu Besuch und die nimmt mich 24/7 in Beschlag.

MavisDavis: Ach, nicht so schlimm. Ich dachte schon, du hättest keine Finger, das wäre viel schlimmer gewesen. Du hast doch Finger, oder?

FlatusCranis: Haha. Ja. Ich schreibe dir heute Abend, okay? Wenn du magst? Mit allen meinen 9 Fingern.

Am liebste hätte ich JAAAA geschrieben, entschied mich jedoch gegen die erregte Teenagerstimme in mir und sandte ihm eine ganz harmlose coole Antwort. Natürlich verstand ich seinen Witz und kicherte sogar wie eine verliebte 12-

Jährige, die in der Essensschlange direkt hinter ihrem Schwarm steht und von ihm freundlicherweise einen Teller gereicht bekommt.

MavisDavis: Klar, ich habe heute Abend nichts weiter vor.

Und schon war er offline. Er hatte nicht einmal meine Antwort abgewartet. Ich las seine Nachricht, die erstaunlich lang für seine Verhältnisse war, noch einmal durch. Er hatte also eine kleine Schwester, auf die er anscheinend aufpassen musste. Wie süß.

Hey, wer mag bitte keine Männer, die sich um ihre kleinen Geschwister kümmern? Dann hatte er sie zu Besuch, was bedeutete, dass er allein lebte. Und das Wichtigste: Er merkte selbst, wie wortkarg er war und dass das nicht gut ankam. Frisch geduscht und voller Elan zog ich mir meine Kleidung an und tänzelte fröhlich in den Flur, wo ich eine bräunliche Pfütze mit einem darin schwimmenden Fellknäuel erblickte.

»Ach, Franz! Du musst mich aber auch immer auf den Boden der Tatsachen zurückbringen, oder?« Ich tätschelte meinem Kater den Kopf, den er liebevoll an meine Hand drückte. »Ja, ich hab dich auch lieb«, murmelte ich, während ich ins Badezimmer ging, um einen Lappen zu holen.

Anschließend wischte ich Franz' ausgekotztes Fellknäuel weg und desinfizierte gründlich den Boden. Ich tat es jedoch mit einem Lächeln auf den Lippen und einem winzigen, nervösen Schmetterling im Bauch.

Kapitel 4

»Ich bin so stolz auf dich!«, trällerte Mona und fiel mir um den Hals. »Also erzähl: Wie sieht er aus? Wo habt ihr euch kennengelernt? Will er Kinder haben?«

Ich lachte laut und hielt Monas Mund zu. »Er hat mich angeschrieben, wir haben bisher keine zehn Sätze miteinander gewechselt«, erklärte ich und knuffte sie in die Seite. »Er hat nur ein Profilbild hochgeladen, das ein schlichtes Passfoto in Schwarz-Weiß ist und auch sein Nickname ist äußerst gewöhnungsbedürftig.«

Ich erkannte sofort, dass Mona wenig beeindruckt war, und fühlte deswegen einen kleinen Stich. Aber ich ließ mir nichts anmerken und leckte weiter an meinem Cookies-Eis.

»Und wie hat er dich angeschrieben? Du stehst doch überhaupt nicht auf Anmachsprüche.«

Typisch Mona. Einerseits neugierig, andererseits sehr voreingenommen.

»Nun ja …« Ich legte den Kopf schräg und wich ihrem Blick aus, indem ich mich auf meine Eiskugel konzentrierte. »Er schrieb nur Hi.«

»Das war's?« Jetzt brach ein Lachen aus Monas Mund.

Ich starrte sie verwundert an und konnte schließlich nicht anders, als in ihr Lachen mit einzusteigen. »Ja, schon seltsam, oder? Er war bis heute Früh sehr reduziert in seiner Sprache. Aber irgendwie hat das auch was.«

Mona zog eine Augenbraue in die Höhe und grinste. »Oh ja, der geheimnisvolle Typ aus dem Internet. Wie ist überhaupt sein Name?«

Ich zuckte peinlich berührt mit den Achseln und biss mir auf die Unterlippe.

»Wie, nicht einmal das weißt du?«

Ich schüttelte den Kopf.

Mona blieb stehen und fasste mir an den Oberarm. Sie schaute mich plötzlich ganz ernst an. »Aber du gibst mir Bescheid, wenn ihr euch trefft, ja? Dann komme ich inkognito mit. Nur zur Sicherheit.«

Ich konnte nicht anders als breit zu grinsen und drückte Mona einen Kuss auf die Wange. Immer war sie so bedacht und sorgte sich um mich.

»Aye, aye, das werde ich tun. Und dann rettest du mich, Super-Mona.«

Sie verdrehte die Augen und streckte mir ihre vom Schlumpfeis blau gefärbte Zunge entgegen.

Ich muss jedes Mal aufs Neue darüber lachen, dass ihre Lieblingssorte das hellblaue Eis mit Kaugummigeschmack ist. Ich habe dieses Eis auch geliebt. Aber da war ich sieben Jahre alt, ließ es noch in flüssige Schokolade tauchen und verlangte lautstark nach extra Streuseln.

Mona sah verstohlen auf ihre Armbanduhr, was mir natürlich nicht entging.

»Warum schaust du denn ständig auf die Uhr? Du meintest doch, du hast Zeit?« Der leise Vorwurf in meiner

Stimme war nicht zu überhören.

»Ja, hab ich auch. Aber Marvin wollte mich eigentlich nach seinem Fußballtraining sofort anrufen.«

Ich spürte, dass mit Mona etwas nicht stimmte und sofort schrillten meine Alarmglocken.

Ärger im Mona-Marvin-Paradies ist nie gut. Der kommt zwar selten vor, aber Mona nimmt das immer so sehr mit, dass sie tagelang heulend auf meiner Couch im Wohnzimmer campiert, bis Marvin sie mit eingezogenem Schwanz abholt.

»Süße, was ist los?« Ich sah ihr direkt in die Augen und ließ keine Ausflüchte gelten. Sie kannte meine Hartnäckigkeit mittlerweile gut genug.

Sie rollte mit den Augen und lachte verlegen. »Letzten Sonntag habe ich ewig zuhause auf ihn gewartet und mir schon Sorgen gemacht, wo er bleibt.«

Ich strich über meinen Hinterkopf und warf ihr einen fragenden Blick zu.

»Er kam irgendwann nachts zurück und stank nach Bier.«

Sie holte tief Luft. Ich spürte, dass sie den Tränen nahe war. Was aber nichts Besonderes ist, Mona weint ständig. Irgendwo süß, irgendwo aber auch nervig.

Einmal hatte sie sogar geweint, weil Franz das Leckerchen aus ihrer Hand verweigerte. Und dann weinte sie noch lauter, weil ich deswegen einen Lachanfall bekommen hatte.

Ich suchte in meiner Tasche nach einer Packung Taschentücher und gab ihr eines daraus. Dabei schmierte ich versehentlich Eis in meine Haare und fluchte leise. Während ich mir das klebrige Zeug aus den Strähnen lutschte, was unglaublich dämlich aussehen musste, ergriff Mona wieder das Wort.

»Ich habe ihn gefragt, wo er so lang war, und er sagte, dass er nur mit seinem Team feiern war und vergessen hatte, mir Bescheid zu geben.«

Oh, oh. Ich wusste genau, was jetzt kommen würde, konnte Mona aber verstehen. Ich würde genauso reagieren und mir die gleichen Gedanken machen.

»Na ja, ich sagte dann, dass das so nicht geht. Immerhin wohnen wir zusammen und wollten an dem Abend auch etwas unternehmen.«

Sie schluchzte und verschluckte sich an ihrem Schlumpfeis, das ihr nach einem kurzen Hustenanfall wenig attraktiv aus der Nase lief. Ich musste mich sehr anstrengen, meine Mundwinkel nicht zu einem Grinsen zu verziehen. Stattdessen wischte ich mit flinken Fingern in ihrem Gesicht herum, wobei ich mir erneut Eis in die Haare schmierte.

»Verdammte Rotze, mir reicht's!« Schimpfend warf ich meine Eiswaffel in den nächstbesten Mülleimer, nachdem ich noch einmal genüsslich daran geleckt hatte.

»Marvin meinte dann, dass er mir keine Rechenschaft schuldig ist. Er ging einfach duschen und ins Bett, ohne mich eines Blickes zu würdigen. Und na ja, die ganze Woche war irgendwie verkrampft zwischen uns. Gestern hat er aber anscheinend eingesehen, dass er mir sehr wohl zu sagen hat, wann er wo ist.«

Mit einer meiner Haarsträhnen im Mund bedeutete ich ihr, fortzufahren.

»Er hat mir versprochen, mich heute nach dem Training anzurufen.« Ihre Stimme brach beinahe.

Ich fragte mitfühlend: »Und deswegen schaust du die ganze Zeit auf die Uhr?«

Mona nickte und kräuselte die Nase. Just in diesem Moment klingelte ihr Handy. Ihr Gesicht hellte sich sofort auf und ihre Augen strahlten eine Verliebtheit aus, von der ich mir wünschte, dass sie einmal aus meinen Augen strahlen würde.

***

Arm in Arm liefen Mona und ich durch die Straßen. Wir unterhielten uns lachend über das Serienfinale, das nicht nur mich, sondern auch Mona vor die Frage stellte, welche andere Serie es wohl mit ihr aufnehmen könnte. Wir wurden uns einig, dass es eine solche Serie nicht gäbe, und schlossen damit das Thema vorläufig ab.

Zugegebenermaßen war ich nur mit halbem Kopf dabei, denn meine Gedanken schweiften immer wieder zu dem unbekannten Typen. Dass er bereits meine Gedanken kontrollierte, gefiel mir einerseits, andererseits machte es mir Sorgen. Je später es wurde, desto aufgeregter wurde ich, als erwartete mich ein richtiges Date.

Es hat neben den ganzen negativen Aspekten auch etwas Gutes, sich nicht gestellt und peinlich berührt in einem Restaurant gegenüber zu sitzen, sondern sich in Schlabberklamotten und mit ungemachten Haaren kennenzulernen. Unsichtbar für das Gegenüber.

Natürlich hätte es mir gefallen, mehr Fotos von ihm zu sehen. Seine leere Galerie war schon enttäuschend. Er hingegen konnte sich durch eine ganze Palette von Fotos, auf denen ich zu sehen war, klicken. Vielleicht hatte er das auch schon getan? Kommentare hatte er allerdings nicht hinterlassen. Was überhaupt nichts heißen musste.

Dennoch verunsicherte es mich.

»Süße?« Mona schnipste vor meinem Gesicht herum. »Hey, noch bist du mit mir unterwegs und nicht in Schlabberklamotten vor dem Notebook!«

Mona kennt mich einfach zu gut. In meinen weiten Shirts und Trainingshosen fühle ich mich einfach am wohlsten.

»Tut mir leid, ich bin nur so gespannt, wie es nachher laufen wird. Ich fühle mich, als hätte ich nachher ein abgefahrenes Date.«

Mona prustete los und hielt sich sofort entschuldigend die Hand vor den Mund. »Schreib einfach, was dir in den Sinn kommt. Und wag es bloß nicht, zu schwindeln. Das führt über kurz oder lang eh zu nichts.«

»Als ob ich das tun würde!« Empört klapste ich ihr auf den Hintern, denn ich wusste genau, worauf sie hinauswollte.

Einmal hatte ich einem Typen vorgegaukelt, ich würde super gerne bowlen und wäre ein Ass darin. Er lud mich zum Bowling ein, und ich tat so, als hätte ich eine verstauchte Hand, damit der Schwindel nicht auffiel.

Ich hasse nämlich Bowling. In manchen Situationen ist man einfach unehrlich. Niemand kann sagen, wieso, und niemand kann es abstreiten. Besonders bei Dates will man doch in einem guten Licht dastehen. Und jetzt mal ehrlich, was merken sich die meisten Kerle schon? Manche können sich gerade mal an den Namen der Frau erinnern, die ihnen gegenübersaß, eventuell noch an deren Körbchengröße.

»Na, oder du lässt ihn zappeln«, schlug Mona unschuldig vor.

Ich warf ihr einen verwirrten Blick zu. »Wie meinst du das? Soll ich das nicht lieber auf später verschieben?«

Lachend runzelte ich die Stirn. »Ich glaube, er muss erst einmal meinen Namen erfahren, bevor er sich nach mir verzehrt.«

Mona strich sich feixend eine Strähne ihres schulterlangen blonden Haares hinters Ohr. »Wo du recht hast … Weißt du, ich bin in Sachen Dating schon etwas eingerostet.«

Ich schubste sie leicht. »Du hast gut reden, dein Traummann wurde dir auf dem Silbertablett serviert. Vor vier Jahren!« Weil ich merkte, dass der Streit mit Marvin ihr immer noch zu schaffen machte, fügte ich aufbauend hinzu: »Falls du das vergessen haben solltest.«

Mona versteckte ihr Gesicht hinter ihren Händen. »Unsere Dates waren trotzdem super peinlich!«

Ich kannte die Geschichte der ersten Dates in- und auswendig, wurde aber nie müde, sie mir erzählen zu lassen. Über Popel im Gesicht bis zu Stolpern und Der-Länge-nach-hinfallen hatten die beiden alles durch und sich trotzdem lieben gelernt.

Mich persönlich hätte ja der Popel im Gesicht meines Dates abgeschreckt. Mona, glücklicherweise anders gestrickt, hatte Marvin damals wortlos ein Taschentuch gegeben.

Ab und zu nenne ich ihn Popelboy und kringele mich dann vor Lachen, worauf er jedes Mal rot anläuft und Mona vernichtende Blicke zuwirft.

Ich begleitete Mona noch nach Hause – wir wohnen nur eine Busstation voneinander entfernt – und beschloss, den Rest des Weges zu laufen. Immerhin sah das Wetter vielversprechend aus, auch wenn es langsam frisch wurde. Allerdings wärmte mich meine Aufregung von innen. Ich grinste über die Absurdität der ganzen Situation.

Kapitel 5

»Nein, nein, nein, nein, nein, Franz, du dumme Sau!«, schalt ich mein Kätzchen, als ich ein braunes Kügelchen neben der Katzentoilette liegen sah. »Warum, Franz, warum?«

Mein Kater tippelte nur auf mich zu, als wäre nichts gewesen, und umgarnte schnurrend meine Beine. Schon war meine Aufregung verflogen. Ich setzte mich auf den Flurboden und kraulte Franz hinter den Ohren.

»Haben wir wieder Geister gesehen, die uns aufs Klo gefolgt sind?«

Jeder Katzenbesitzer kennt das: Fellnasen sehen Gespenster. Franz bringt mich deswegen oft zum Lachen. Meist springt er ohne Vorwarnung durchs Zimmer, saust von einer Ecke in die nächste und blickt erschrocken umher.

Mehrere Male hatte ich bereits beobachtet, wie die Geister Franz auch beim Toilettengang nicht in Frieden ließen. Ohne zuzuscharren, war er jedes Mal aus der großen Plastikschüssel gesprungen, als wäre eine Horde dreiköpfiger Hunde hinter ihm her.

»Na komm, Kleiner.«

Ich rappelte mich auf, um den Flur und die Katzentoilette zu säubern. Dann nahm ich mir ein Glas aus dem Küchenschrank und füllte es mit Mineralwasser auf. Erst nachdem ich das Glas in einem Zug geleert hatte, bemerkte ich, wie durstig ich gewesen war. Ich füllte gleich ein zweites Glas und lief auf Socken ins Wohnzimmer. Nachdem ich das Wasser auf dem Couchtisch abgestellt hatte, klaubte ich mir ein T-Shirt vom Boden auf. Ich befand es, nachdem ich einmal daran geschnuppert hatte, als frisch genug für heute Abend. Auf gleiche Weise entschied ich mich für eine gemütliche Leggings und schaltete den Fernseher ein. Ein Blick auf die Wanduhr, die über meinem Fernseher hing, verriet mir, dass es bereits 17:30 Uhr war.

Was bedeutete für ihn wohl abends? Es gibt ja Menschen, die das ganz penibel sehen. Für die beginnt der Abend erst Punkt 18:00 Uhr mit dem Sandmännchen.

»Ach, was soll's«, murmelte ich und hievte mich vom gemütlichen Sofa hoch.

Schon als ich einen Blick in mein Schlafzimmer warf und mein Notebook sah, begannen die Schmetterlinge in meinem Bauch erneut zu flattern. Mit einem dämlichen Lächeln auf den Lippen trug ich das Gerät gemeinsam mit Ladekabel und Verlängerungsschnur ins Wohnzimmer. Dort stöpselte ich es direkt an den Strom an und betätigte den Power-Knopf.

***

FlatusCranis: Da bist du ja endlich.

Kaum dass ich mich eingeloggt hatte, traf diese Nachricht in meinem Posteingang ein.

MavisDavis: Hi.

Ich entschied mich, ihn mit seinen eigenen wortkargen Waffen zu schlagen.

FlatusCranis: Ich hab meine Schwester schon eher bei meinen Eltern abgeladen und gehofft, dich früher hier anzutreffen.

MavisDavis: Sorry. Ich war unterwegs.

FlatusCranis: Was hast du Schönes gemacht?

Wollte er nicht erst einmal wissen, wie ich hieß? Ich entschied mich, seine Frage ganz normal zu beantworten und abzuwarten. Irgendwann musste er doch fragen, oder?

MavisDavis: Ich war mit meiner besten Freundin ein Eis essen.

FlatusCranis: Oh, ich liebe Eis.

Na toll. Jetzt war es wohl wieder an mir, eine Frage zu stellen. Ich runzelte die Stirn und entschied mich, es ihm doch nicht so schwer zu machen. Ich hatte ja nichts zu verlieren und erinnerte mich an Monas Worte. Ich sollte ich selbst sein und mich nicht verstellen. Nun, und ich war eben neugierig und fordernd.

MavisDavis: Ja, wer nicht? Möchtest du denn gar nicht wissen, wie ich heiße?

FlatusCranis: Doch. Ich möchte so einiges wissen, aber ich hatte das Gefühl, du stehst nicht auf plumpe Ausfragerei?

Da hatte er recht. Ich kratzte mich am Kopf und lächelte. Er schien nicht dumm zu sein. Und er wollte, dass ich auf ihn stehe. Das hatte ich erneut zwischen den Zeilen gelesen.

Das ist meine Superkraft. Mavis, Super-zwischen-den-Zeilen-Leserin. Mein Umhang ist pink und glitzert im Sonnenlicht.

MavisDavis: Okay, kurz und schmerzlos: Mavis, 19 Jahre alt, Berlin.

FlatusCranis: Henry, 23 Jahre alt, Potsdam. Ich habe eine Idee. Ich sage ein Wort, das mich beschreibt, und du tust das Gleiche. Einverstanden?

MavisDavis: Äußerst seltsame Art, jemanden kennenzulernen, aber okay. Scheiß los!

Ich jaulte auf.

MavisDavis: SCHIEß los. SCHIEß!!

Instinktiv versteckte ich mich hinter einem Sofakissen, obwohl mir durchaus bewusst war, dass mich eigentlich niemand sehen konnte. So viel zu: »Man kann noch einmal drüber lesen, ehe man etwas abschickt.« Der Tippfehler war mir dermaßen unangenehm, ich überlegte ernsthaft, meinen Account zu löschen und niemals wieder einen Blick ins gesamte Internet zu werfen.

FlatusCranis: Hahaha. Besser nur 9 Finger als 10, die sich gegenseitig in die Quere kommen?

MavisDavis: Sei nicht so frech, sonst hetze ich meinen Tiger auf dich. Und jetzt los, ich warte auf das erste Wort.

Kittel
Kaffee
BMX
Lila
Schlafmangel
Schokolade

Das waren die Worte, die er mir nach und nach sandte. Ich schrieb sie auf einen Zettel und überlegte, was sie bedeuten und über ihn aussagen könnten.

Kittel. War er Arzt? Dafür war er doch viel zu jung. Vielleicht Medizinstudent? Oder Chemiker?

Kaffee bedeutete wohl, dass er gern Kaffee trank, was sich sehr gut traf. Irgendwann würde ich ihm George vorstellen.

BMX. Ein angehender Arzt, der BMX fuhr? Irgendwie heiß. Exotisch heiß, mal etwas anderes.

Lila? Ich rümpfte die Nase. Lila war nun nicht unbedingt meine Farbe. Aber okay, man muss Kompromisse eingehen. Der perfekte Mann läuft nicht da draußen herum.

Schlafmangel. Könnte bedeuten, dass er viel lernte? Oder oft feiern ging? Oder ein Werwolf war, der Angst vorm Mond hatte?

Und Schokolade war auch eindeutig. Der Typ mochte Schokolade.

Ich beschloss, das Notebook herunterzufahren und schlafen zu gehen, immerhin stand morgen in aller Früh Uni an. Ich wünschte ihm eine Gute Nacht und loggte mich aus.

Meine Gefühle waren schwer einzuordnen. Einerseits fand ich ihn interessant, andererseits wollte ein Teil von mir sich nicht auf ihn einlassen. Mir gefiel der Gedanke einfach nicht, meine Zeit mit jemandem zu verschwenden, der sich von Angesicht zu Angesicht vielleicht als Nulpe herausstellte.

Anders als es diverse Großleinwand-Werbungen versprechen, kann ich mich nicht per Klick verlieben. Das geht einfach nicht. Es ist unmöglich!

Kapitel 6

Nachdem wir einige Tage weiter miteinander geschrieben hatten und ich das Gefühl bekam, nicht weiterzukommen, wollte ich den Kontakt abbrechen. Tapfer fuhr ich mein in die Jahre gekommenes Notebook hoch, fest entschlossen, ihm den Laufpass zu geben. Wenn man das in Anbetracht unserer ungeklärten Verhältnisse überhaupt so nennen konnte.

Mit vor Aufregung zittrigen Fingern, die ich der vierten Tasse Kaffee verdankte, tippte ich meinen Nickname und das Passwort ein. Mein Bauch begann zu kribbeln, was ich mit einem lauten Stöhnen quittierte.

Ich wollte es nicht, aber ich freute mich riesig, eine Nachricht von Henry im Posteingang zu haben. Gleichzeitig wünschte ich mir, dass er seinerseits das Interesse an mir verloren hatte und sich ein für alle Mal von mir verabschieden wollte. Ich kniff die Augen zu, während die Nachricht lud, und öffnete sie erst nach gefühlten fünf Minuten.

FlatusCranis: Gibst du mir deine Handynummer? Wow. Für diese

Frage habe ich gerade eine Viertelstunde gebraucht, also gib mir bitte keinen Korb. Ich würde dich heute Abend gern anrufen.

Das. War. Doch. Nicht. Sein. Beknackter. Ernst?

Da nahm ich all meinen Mut zusammen, mich kurz und schmerzlos von ihm zu verabschieden, und er fragte mich nach meiner Handynummer? Er wollte mich tatsächlich anrufen? Wer ließ hier bitte wen zappeln? Sollte ich mich einfach ausloggen und ihm erst in ein oder zwei Tagen antworten? Das wäre aber unfreundlich, immerhin sah er, dass ich seine Nachricht bereits gelesen hatte. Und den wildgewordenen Schmetterling in meinem Magen konnte ich auch unmöglich ignorieren.

MavisDavis: Ich dachte schon, du fragst nie :)

So gab ich ihm meine Handynummer und rechtfertigte mich mal wieder vor mir selbst, dass ich ihm ruhig noch eine Chance geben könnte. Man kann ja nicht schon vorher wissen, ob sich hinter FlatusCranis der zukünftige Mann meiner Kinder versteckt. Vielleicht würde er ja von jetzt an Fahrt aufnehmen? Erst einmal abwarten und telefonieren.

***

Er rief mich noch am selben Abend an. Eigentlich hatte ich erwartet, jemanden mit zurückhaltender Piepsstimme in der Leitung zu haben. Doch er überraschte mich positiv. Nachdem ich den Anruf entgegengenommen hatte, drang eine tiefe ruhige Stimme an mein Ohr, die mich erst einmal schlucken ließ. Wie kann jemand nur so schön klingen?

Sofort war ich froh darüber, den Kontakt nicht abgebrochen zu haben, denn seine Stimme stellte irgendetwas mit mir an. Sie stellte meine eigenen Gedanken auf den Kopf und ließ das Abendessen in meinem Magen Achterbahn fahren. Mit jeder weiteren Silbe, die er sprach, fiel es mir schwerer, mich auf den eigentlichen Sinn seiner Worte zu konzentrieren

Ich warf sofort alle Bedenken über Bord, die ich gehabt hatte, als ich ihm meine Handynummer gab. Ich kam nicht gegen meinen aufgeregten Bauch und meinen Verstand an, die mir immer wieder versicherten, dass ich absolut nichts zu verlieren hatte.

Wir unterhielten uns über Gott und die Welt, über Tiere, unseren Tag, die Uni und Essen. Ein paar Tage zuvor hatte ich beim Chatten in Erfahrung gebracht, dass er zurzeit als Krankenpfleger arbeitete. Er durfte bei Operationen allerdings nur zuschauen. Zwar hatte er ein Medizinstudium angestrebt, dafür war seine Abschlussnote allerdings zu schlecht gewesen. Wir hatten den gleichen Abiturschnitt, da gab es schon mal kein Konkurrenzdenken.

So bin ich eben.

Schon damals in der Schule hatte ich mit meinen Freundinnen konkurriert, nur dass die nie etwas davon mitbekamen. Solange ich besser war als sie, war alles okay. Sobald eine doch mal eine bessere Note hatte, wurde ich mürrisch und hasste mich selbst dafür. Ich konnte da noch nie aus meiner Haut. Glücklicherweise war ich eine gute Schülerin, es kam selten vor, dass meine Freundinnen besser gewesen waren als ich.

Und das genügt mir. Sie sind schon immer mein ganz persönlicher Maßstab gewesen, und insgeheim danke ich ihnen dafür. Sie treiben mich an, besser zu sein.

***

»Ich glaube, ich ziehe Verrückte magnetisch an«, murmelte ich, während ich zitternd durch den Berliner Hauptbahnhof lief.

Jeder, der schon einmal ein Date hatte, kennt die Angst, den ausgemachten Treffpunkt nicht zu finden, zu spät zu sein oder die Person einfach nicht zu erkennen.

Plappermäulig, wie ich war, hatte ich diese Bedenken Henry am Telefon erklärt. Der schlug vor, dass wir uns irgendwo am Berliner Hauptbahnhof treffen könnten. Wir machten also eine Zeit aus, jedoch keinen genauen Ort. Übrigens eine gute Methode für Menschen, die chronisch zu spät sind – man kann einfach behaupten, man wäre bereits da, obwohl man noch auf dem Weg ist. Dass ich zugestimmt hatte, war wohl nur auf seine äußerst angenehme Telefonstimme zurückzuführen gewesen.

Ziel- und orientierungslos schlich ich also durch den Hauptbahnhof. Ich umklammerte dabei mein Smartphone, als wäre es die Waffe, welche die Menschheit vor dem Aussterben retten könnte. Als es kurz vibrierte, ließ ich es vor Schreck fallen, konnte es aber noch im Flug auffangen. Ich atmete hörbar laut aus, vergewisserte mich allerdings sofort, dass mich niemand dabei gesehen hatte.

Henry: Ich bin da, du auch?

Hatte er mir geschrieben. Ich nickte, was unsinnig war. Er konnte mich ja nicht sehen.

Ich: Jap, wo bist du?

Henry: Verrate ich nicht.

Ein Grinsen breitete sich auf meinem Gesicht aus. Was, den Passanten nach zu urteilen, erschreckend dumm aussehen musste, da sie mir verwunderte Blicke zuwarfen und einen großen Bogen um mich machten. Wieder eine Verwirrte, die sich am Bahnhof herumtrieb, so eine konnte niemand gebrauchen.

Eben noch fröhlich aufgeregt, fuhr mein Gemütszustand plötzlich Achterbahn. Mich überkam eine Panik, die mich die nächstbeste Rolltreppe nehmen und in die unterste Etage fliehen ließ. Dort fuhren nur Fernzüge, die Bahnsteige waren voller Menschen mit Koffern und Taschen, sodass ich mich gut verstecken konnte. Wieder einmal fragte ich mich, was ich mir dabei gedacht hatte, ohne festen Treffpunkt einen Kerl aus dem Internet zu treffen, von dem ich bisher nur ein Schwarzweißfoto gesehen hatte.

Während ich in der untersten Etage des Bahnhofs auf einer kalten Metallbank hockte und mich an Henrys wunderschöne tiefe Stimme erinnerte, sammelte ich wieder Mut, mich in die höhere Etage vorzuwagen. Irgendwo dort würde auch Henry herumlaufen und die Augen nach mir offen halten.

Ich wählte Monas Handynummer. Meine beste Freundin nahm bereits nach dem ersten Tuten ab.

»Ist alles okay?«, schrie sie förmlich.

Ich zuckte von ihrer überlauten Stimme zusammen. »Ja, ich bin aber wie ein feiger Maulwurf unter der Erde verschwunden.« Mona checkte meinen Vergleich offenbar nicht, also klärte ich sie nach einem peinlichen Moment des Schweigens auf: »Ich verstecke mich im Untergeschoss.«

Sie kicherte. »Los jetzt, Süße! Nimm die Rolltreppe, Kopf hoch, Schultern gerade und nicht stolpern. Du schaffst das schon, das ist doch nicht dein erstes Date!«

»Aber mein erstes Date mit Henry«, murmelte ich unsicher. »Was, wenn er mich nicht leiden kann?«

»Der war gut! Hab viel Spaß und vergiss nicht, mir zu schreiben, wenn ihr euch gefunden habt. Es tut mir so leid, dass ich nicht dabei sein kann. Es wäre aber auch seltsam, wenn du mit deiner besten Freundin dort aufkreuzt ... Moment!«

Sie hielt kurz das Handy weg. Ich hörte sie nuscheln, dass sie gleich wieder an den Kaffeetisch kommen würde. Dann trällerte sie fröhlich: »So, da bin ich wied–«

»Ab an den Kaffeetisch! Deine Oma wird schließlich nicht alle Tage 75 Jahre alt. Ich schaffe das schon.«

Wir warfen uns noch jeweils ein Küsschen durch den Hörer zu und legten auf.

***

Zehn Minuten später, von denen jede einzelne meinen Puls ein Stückchen höherschlagen ließ, lief ich immer noch an Schaufenstern der verschiedensten Bahnhofshops vorbei und hielt nach einem jungen Mann mit dunkler Wuschelfrisur Ausschau. Einem recht kleinen jungen Mann mit Wuschelfrisur.

Als wir uns gegenseitig am Telefon berichtet hatten, was wir an uns nicht mochten, war seine prompte Antwort gewesen, dass er gerne größer wäre. Sofort schrillten meine Alarmglocken, da ich auf große Männer stehe und es für mich nichts Schlimmeres gibt, als die Freundin eines

Erdnuckels zu sein. Oberflächlich, ich weiß, ist aber so. Glücklicherweise war er aber gute zehn Zentimeter größer als ich. Damit konnte ich leben. In weiser Voraussicht trug ich gemütliche Converse-Chucks und keine Sandalen mit Keilabsatz, in denen ich mir womöglich noch die Füße wundgelaufen hätte.

Eine neu eingehende Nachricht ließ mein Handy vibrieren und riss mich aus meinen Schuh-Gedanken.

Henry: Ich sehe dich :)

Kapitel 7

Okay. Er sah mich.

Bloß nicht stolpern oder verwirrt durch die Gegend schauen oder gar irgendwo gegen laufen.

Ich atmete einmal tief ein und etwas länger wieder aus, versuchte, mir meine Aufregung nicht anmerken zu lassen. Fast war ich einem Herzanfall nahe. Meine zitternden Hände, mit denen ich kläglich versuchte, ihm zurückzuschreiben, waren keine große Hilfe. Mir wurde schlagartig schlecht, kleine Schweißperlen traten mir auf die Stirn.

Nicht die Arme heben, womöglich hatte ich Lake Michigan unter meinen Achseln. Das wäre nicht sehr sexy gewesen. Ich wäre als Das-Date-mit-den-Niagarafällen-unter-den-Armen in seine Annalen eingegangen.

Unauffällig blickte ich mich um, sah jedoch niemanden, der seinem Profilbild im Entferntesten ähnelte.

Bitte, bitte lieber Gott, lass ihn keinen 100 Kilogramm schweren Schwindler mit Hornbrille und Warzen an den Fingern sein!

Ich tippte eine Antwort in mein Handy.

Ich: Okay, zeig dich. Wo bist du? Bitte, spann mich nicht auf die Folter.

Ich suchte die Menge nach jemandem ab, der just in diesem Moment auf sein Handy schaute. 2001 hätte das vielleicht noch geklappt, jedoch nicht 2018. 75 Prozent aller Personen im Bahnhofsgebäude hatten den Blick aufs Smartphone gesenkt.

Es vibrierte in meiner Hand und in meinem Bauch. Ich hatte schon immer einen nervösen Magen. Wahrscheinlich würde ich als erste Amtshandlung eine Toilette aufsuchen müssen, wenn wir uns endlich gefunden hatten.

Henry: War ein Scherz. Ich wollte nach Frauen Ausschau halten, die in dem Moment, in dem ich die Nachricht absende, auf ihr Handy schauen. Selten dämliche Idee, das tun nämlich eh alle.

Ich kicherte. Seit unserem ersten Telefonat war er mir immer sympathischer geworden. Er schien genauso zu ticken wie ich. Allerdings war er vermutlich souverän und nicht so wackelig auf den Beinen.

Ich: Das habe ich auch schon probiert. :) Okay, grenzen wir ein: Auf welcher Etage bist du?

Ich musste die Situation einfach voranbringen. Immerhin konnte es sich ohne unser Zutun um Stunden handeln, in denen wir aneinander vorbeiliefen.

Henry: Erdgeschoss.

Er war also eine Etage unter mir. Ich schaute verstohlen über die Brüstung in der Hoffnung, ihn zu erblicken, wurde aber enttäuscht. Also begab ich mich zur Rolltreppe und antwortete ihm mit schwitzigen Fingern.

Ich: Okay, ich begebe mich gerade auf deine Etage.

Henry: Ich weiß. Ich sehe dich. Wirklich. Du bist hübsch.

Das konnte er doch nicht einfach so schreiben! Ich spürte, wie mir die Röte ins Gesicht stieg, und begann erneut zu schwitzen.

Wieder vibrierte mein Telefon. Hatte er es sich schon anders überlegt? Sah man von weitem meine Schweißflecken? Stank ich womöglich den ganzen Bahnhof voll?

Blödsinn, schimpfte ich mich. Ich war frisch geduscht und nur ein wenig aufgeregt. Ein wenig sehr.

Henry: Rote Shorts, hellblaue Flipflops und glitzerndes Top? Bei deiner Figur hast du allerdings ein wenig geschummelt, oder? ;)

Was war denn bitte in ihn gefahren?

Sollte das lustig sein?

Ohne darüber nachzudenken, wie affig ich aussehen könnte, drehte ich mich abrupt um meine eigene Achse. Mein Blick heftete sich auf eine korpulente Frau mit besagter roter Hose, hellblauen Flipflops und Glitzertop, die direkt hinter mir herlief. Ich lachte laut auf und schüttelte den Kopf.

Plötzlich tippte mir jemand auf die Schulter. Der Moment war da. Ich drehte mich bemüht lässig um und blickte in wunderschöne hellbraune Augen, die von langen Wimpern umrahmt waren.

Sein Lächeln hatte ich bis dato nur erahnen können, da er auf seinem Profilbild den Mund geschlossen hatte. Und was soll ich sagen: Es haute mich schlichtweg um. Seine Ausstrahlung war super herzlich, er gab mir von der ersten Sekunde an ein kleines Gefühl von Sicherheit. Einer seiner Schneidezähne stand ein wenig über dem anderen, was ihn so perfekt unperfekt aussehen und die Schmetterlinge in mir durcheinanderwirbeln ließ.

»Na endlich«, sagte Henry mit einem offenherzigen Lächeln im Gesicht. »Hi.«

»Hallo«, erwiderte ich lachend, unschlüssig, ob ich ihn umarmen sollte. Diese Überlegung nahm er mir jedoch ab, indem er mich kurz und sehr vorsichtig in die Arme nahm.

Meine Sprachfunktion war gestört. Kein einziges Wort brachte ich hervor. Ich überlegte krampfhaft, was ich sagen könnte, und hoffte inständig, er würde irgendetwas von sich geben.

»Wow, sorry«, begann er und ich runzelte leicht die Stirn. »Ich hätte nicht gedacht, dass ich so aufgeregt sein werde, wenn ich dich sehe.«

Grinsend schüttelte ich den Kopf und machte eine wegwerfende Handbewegung. »Frag mich mal.«

Um mich abzulenken, verstaute ich mein Smartphone in meiner Handtasche und tat so, als würde ich angestrengt etwas darin sortieren. Es wäre jedoch peinlich gewesen, ewig in der Handtasche zu wühlen, ohne etwas herauszunehmen.

Also griff ich nach dem erstbesten Gegenstand, der sich im Tageslicht leider als mein Hausschlüssel entpuppte.

Ich warf Henry einen Blick zu und bemerkte, dass er verwirrt auf die Schlüssel in meiner Hand starrte. Ein Grinsen umspielte seine Lippen. Ich kniff die Augen zusammen, kicherte dümmlich und ließ die Schlüssel mit einem ›Ups‹ wieder in der Tasche verschwinden.

»Und ich dachte schon, du wohnst am Bahnhof und willst mich entführen.«

Ich schüttelte den Kopf, die Haare fielen mir ins Gesicht. Meinen ganzen Mut zusammennehmend, fragte ich ihn, was wir unternehmen wollten. So, wie wir keinen genauen Treffpunkt ausgemacht hatten, hatten wir auch nicht im Voraus geplant, was wir tun würden. Was allerdings daran gelegen hatte, dass er kein offizielles Date wollte. Das wäre ihm zu gezwungen gewesen.

»Lass uns erst einmal nach draußen gehen, okay?«

Er hatte seine Hände in den Taschen seiner schwarzen Jeans versteckt. Es half mir enorm zu sehen, dass auch er nervös war und nicht recht wusste, was er mit seinen Fingern anstellen sollte.

Ich nickte und lief in Richtung des Ausgangs, der zu den Berliner Wahrzeichen führt: dem Reichstag und dem Brandenburger Tor. Unter den ganzen Touristen würde ich mich vielleicht nicht mehr so verloren fühlen. Ich traute mich kaum, Henry anzuschauen, und starrte angestrengt auf den Boden vor mir.

***

Nach ein paar Minuten, die wir stumm nebeneinander herliefen, klingelte plötzlich mein Smartphone. Ich war froh über die Gelegenheit, nach meinem Handy zu wühlen und somit meine nervösen Finger zu beschäftigen. Ich blieb kurz stehen, registrierte allerdings, dass Henry einfach weiterlief. Wie unhöflich! Ohne auf mein Handy zu schauen, nahm ich ab und sagte ein aufgesetzt fröhliches ›Hallo?‹ ins Gerät.

»Ich dachte mir, vielleicht fällt uns das so leichter?«

Die Furche auf meiner Stirn wurde riesengroß. Ich atmete erschrocken ein, nahm das Handy von meinem Ohr und blickte auf das Display. Henry. Warum rief er mich an, wenn ich doch neben ihm herlief? Ich ließ mich auf das Spiel ein, blieb gut zehn Schritte hinter ihm und hielt das Smartphone an mein Ohr.

»Deine Methoden sind wirklich fragwürdig«, neckte ich ihn und sah ihn an.

Er konnte nicht sehen, dass ich ihn anstarrte, da er mir ja vorauslief. Ich sah seinen Körper leicht beben, er machte Anstalten, den Kopf in den Nacken zu werfen. Sein wohliges Lachen, das es mir schon während unserer Telefonate angetan hatte, drang an mein Ohr. Ihn nun beim Lachen beobachten zu können, löste ein richtiges Glücksgefühl in mir aus und ließ meinen Magen wie einen Flummi hüpfen.

»Aber funktioniert es?«

»Was soll denn funktionieren?«, fragte ich dümmlich und grinste.

»Ich höre dich lächeln! Also geht mein Plan auf.«

»Du hörst mich lächeln? Hast du magische Fähigkeiten?«

Er hatte Recht, am Telefon konnte ich ungezwungener mit ihm reden.

»Wenn ich dir jetzt sage, dass ich meinen Zauberstab grundsätzlich erst beim fünften Date zeige, könntest du das vermutlich falsch verstehen, oder?«

Ich sah, wie er sich mit der freien Hand nervös durch die Haare fuhr. Lautes Lachen entwich meiner Lunge. Ich legte auf und lief einen Schritt schneller, um zu ihm aufzuschließen.

»Du bist ein Ferkel!«, tadelte ich ihn.

Allerdings mit einem fetten Grinsen im Gesicht.

Kapitel 8

Das war eindeutig das seltsamste Date, das ich jemals hatte. Wirklich.

Okay, das stimmt nicht ganz: Es war eindeutig das seltsamste von mir selbst ausgemachte Date, das ich jemals hatte. Monas gut gemeinte Fehlgriffe sind und bleiben eine Nummer für sich.

Nachdem ich es tatsächlich geschafft hatte, ein paar ungezwungene Worte zusammenhängend von mir zu geben, liefen wir locker nebeneinander her, ohne ein Ziel vor Augen. Mitten unter den Touristen wurden wir von einer unsichtbaren Kraft gezogen und fanden uns plötzlich auf der großen Wiese vor dem Reichstag wieder. Der Weg aus dem Bahnhof, über die Spree und entlang der Straße, die zum Regierungsviertel führte, zog wie dichter Nebel an mir vorbei. Neben uns stand eine Gruppe Asiaten, die wie aufgescheuchte Hühner durcheinanderkrähten und Selfies mit Peace-Zeichen knipsten.

Da ich auf keinem dieser Fotos auftauchen wollte, umgriff ich Henrys Handgelenk und zog ihn einige Meter mit mir aus der Gefahrenzone voller Deppenzepter. Als meine Finger seine Haut berührten, regte sich etwas in mir. Meine Kehle wurde trocken, das Atmen fiel mir plötzlich schwer. Erneut brach mir kalter Schweiß aus. Beinahe hätte ich dieses Gefühl mit Angst verglichen, allerdings gab es nichts, wovor ich hätte Angst haben müssen.

Ich blickte auf meine Handfläche, die sich anfühlte, als würden eintausend kleine Nadeln hineinpieken. War das eine chemische Reaktion? Kann ein Mensch derart auf die Berührung eines anderen reagieren?

Ein Räuspern weckte mich aus meiner Starre.

»Alles okay?« Henry grinste mich an und zog dabei eine Augenbraue hoch.

Ich nickte nur.

»Hat es dir jetzt wieder die Sprache verschlagen?«

Er machte Anstalten, sein Handy aus der Hosentasche zu holen, doch ich unterbrach ihn: »Nein, nein! Alles okay, du brauchst mich nicht wieder anrufen. Ich …« Fieberhaft überlegte ich, was ich sagen könnte. »Ich habe … Durst?«

Nicht unbedingt das Beste, was ich hätte sagen können. Zumal ich mir sicher war, dass er die kleine Wasserflasche in meiner Tasche bei meiner wilden Herumkrämerei entdeckt hatte.

»Kaffee?«, fügte ich hinzu und klopfte mir mental auf die Schulter. Gerade noch die Kurve bekommen!

»Klar. Weißt du, wo wir hier einen Kaffee kriegen?«

Er legte seinen Kopf leicht schräg und schaute mir direkt in die Augen. Verlegen senkte ich den Blick. Mir war es nicht möglich, seinem standzuhalten. Wenn ich länger als zwei Sekunden in seine hellbraunen Augen sähe, hätte ich mich in ihnen verloren.

Stattdessen zeigte ich am Reichstag vorbei. »Da am Pariser Platz ist ein Starbucks?«

Warum nur klang alles, was ich sagte, wie eine Frage?

***

Kaum dass wir das heillos überfüllte Café betreten hatten, bereute ich es.

Entscheidungsfreude gehört eindeutig nicht zu meinen Stärken, was mich bei Starbucks schnell an den Rand eines Nervenzusammenbruchs lenken kann. Die Auswahl ist einfach zu groß.

Zu allem Überfluss wusste Henry bereits nach einigen Sekunden, was er gerne hätte. Nur ich stand da wie der Ochs vorm Berg angesichts meiner unendlichen Möglichkeiten.

»Ich will dich ja nicht drängen, aber wir sind gleich dran«, flüsterte Henry mir ins Ohr, wobei er meine Wohlfühlzone betrat.

Eine Gänsehaut lief über meinen Rücken, mein Atem ging schneller. Ich konnte seine Worte förmlich auf meiner Haut spüren.

»Hi, was wollt ihr trinken?«

Eine Barista warf uns ein aufgesetztes Lächeln zu und Henry blickte mich an. Er ließ mir den Vortritt, obwohl es mir lieber gewesen wäre, wenn er seine Bestellung vor mir aufgegeben hätte.

»Und du?«, fragte die Barista mich nun direkt.

Hoppla. Ich hatte mal wieder neben mir gestanden und gar nicht mitbekommen, dass Henry seine Bestellung bereits aufgegeben hatte. Das sah ich an dem Becher in der Hand der Barista, auf den sie einige Kreuze gemacht und seinen

Namen geschrieben hatte. Dümmlich lächelnd blickte ich ein letztes Mal auf die Tafel über ihrem Kopf und las ›White Coffee Mocca‹ vor.

»Und dein Name?«, fragte die Barista, während sie fröhlich Kreuze auf meinem Becher verteilte.

»Marie.«

Ich folgte Henry gleich darauf zur Kasse und kramte mein Portemonnaie aus der Handtasche.

Dem Typen, der an der Kasse saß, konnte man sofort ansehen, dass er nicht bester Laune war. »Name?«, blaffte er.

»Äh, Marie?«, stotterte ich verunsichert. Und wieder klang es wie eine Frage.

»Schon bezahlt«, motzte er und verdrehte die Augen.

»Was?« Ich war mir nicht sicher, ob ich ihn richtig verstanden hatte. Daher wiederholte ich mich vorsichtshalber noch mal: »Ich heiße Marie?«

»Bist du dir da nicht so sicher, oder was?«

Mein Mund klappte auf und zu wie bei einem Fisch auf dem Trockenen. Ich fühlte mich leicht fehl am Platz, als mich eine Hand an der Taille berührte und mich sanft, aber bestimmt von der Kasse wegschob.

»Was für ein Idiot!«, sagte Henry laut, während er mich zum Tresen führte. Er warf dem Kassierer dabei einen vernichtenden Blick zu. »Warum hast du dich eigentlich Marie genannt?« Er versuchte, Smalltalk zu betreiben, um die Situation aufzulockern, das spürte ich genau.

Verdammt. Dass mich unfreundliche Menschen immer so aus der Fassung bringen, nervt mich selbst tierisch.

»Die verstehen meinen Namen nie und schreiben dann immer irgendetwas drauf oder ich muss ihn buchstabieren.«

Ich lächelte verlegen. »Da nenne ich mich lieber Marie oder Maria. Mit dem Namen kann man nicht viel falsch machen.«

Henry kratzte sich verlegen am Hinterkopf. »Okay, das ist jetzt vielleicht peinlich …« Er stockte. »Wie spricht man deinen Namen überhaupt aus? Das ist eindeutig der Nachteil, wenn man jemanden online kennenlernt.«

»Ganz einfach, wie man ihn schreibt.« Ich zwinkerte ihm zu. »Ma-wiss. Nichts Englisches oder Amerikanisches, einfach nur Mavis.«

»Siehst du, ich hätte dich Mäiwiss genannt«, gab er schulterzuckend zu. »Das wäre schön peinlich gewesen.«

»Überhaupt nicht! Ich bin es gewohnt, dass man meinen Namen falsch ausspricht oder falsch schreibt. Wirklich, kein Ding.«

Ein Barista brüllte: »Henry und Marie!«, und stellte die heißen Becher so energisch auf den Tresen, dass ich erschrocken zusammenfuhr.

»Nichts wie raus hier.« Henry legte lachend seine freie Hand auf meine Taille, um mich behutsam zum Ausgang zu schieben. Er ahnte nicht, was für eine warme Welle diese Geste durch meinen Körper jagte.

***

»Und dann war plötzlich alles ganz anders! Als ob das Koffein mich ausgewechselt hatte. All meine Aufregung war verflogen, und wir unterhielten uns über alles Mögliche, während wir einfach nur nebeneinander herliefen und unsere Kaffees tranken.«

Atemlos beendete ich meinen Monolog und kraulte Franz hinter den Ohren.

»Aaaaaaaah!«, stieß Mona einen Freudenschrei aus. »Ich freue mich so sehr für dich, Süße! Wann trefft ihr euch wieder?«

Ihre Stimme überschlug sich dermaßen, dass ich vor Schreck das Telefon aufs Sofa warf. Sofort hob ich es wieder auf.

»Ich weiß nicht, aber bestimmt bald. Er schien mich auch zu mögen.«

Ich quiekte wie ein kleines Mädchen, das das Barbie-Traumhaus zu Weihnachten unter dem Baum entdeckt. Mona stieg in das Gequieke mit ein. Ein kurzer Blick auf die Wanduhr verriet mir, dass es bereits 10:00 Uhr abends war. Was bedeutete, dass ich seit über einer Stunde mit Mona telefonierte. Wie aufs Stichwort begann es in der Leitung zu piepen.

Monas Telefon-Akku hält nie länger als 80 Minuten, dennoch denkt sie nie daran, ihn zu wechseln.

Ausnahmsweise kam mir das Piepsen gelegen, da ich mich noch einmal im Forum einloggen wollte. Vielleicht war Henry ja online?

Nachdem wir uns verabschiedet hatten und jeder seiner Wege gegangen war, hatten wir uns keine Nachrichten mehr gesandt. Am liebsten hätte ich ihm geschrieben, wie toll ich den Tag gefunden hatte und dass ich ihn bald wiedersehen wollte. Allerdings wollte ich nicht mit der Tür ins Haus fallen, wie ich es schriftlich gern mal tat. Mona hatte mir auch davon abgeraten. Ich sollte ihm nicht sofort zeigen, dass ich leicht zu haben war.

»Oh nein, mein Telefon geht gleich aus, Süße.« Sie seufzte traurig.

»Ja, ich hab es gehört«, lachte ich. »Wie wäre es denn mal mit einem neuen Akku?«

»Sobald er nach nur 60 Minuten schlappmacht, kaufe ich ein neues Telefon. Versprochen!«

»Du spinnst.« Ich verdrehte die Augen.

»Ich weiß.« Sie lachte. »Wir hören uns morgen. Schlaf gut und träum sü-«

Ihr Telefon schnitt ihr das Wort ab, und es tutete nur noch in der Leitung. Trotz Franz' lautstarken Protests stand ich von der Couch auf und holte mein Notebook.

FlatusCranis: Hey, ich hatte Spaß heute, danke! Gern bald wieder. :)

Sollte ich hüpfen? Tanzen? Schreien? Ich wusste nicht, wie ich meiner Freude Ausdruck verleihen sollte.

Kapitel 9

MavisDavis: Da bin ich aber erleichtert! Ich dachte schon, ich habe dich durch meine chronische Schüchternheit in die Flucht geschlagen.

Sobald ich diese Antwort abgesandt hatte, die ich insgesamt 37 Mal umformulierte, griff ich nach meinem Kissen, wie um mich dahinter zu verstecken. Beinahe so, als würde es mich schützen. Wovor ich allerdings beschützt werden musste, war mir schleierhaft.

Als hätte ich telekinetische Fähigkeiten, ploppte sein Nickname in der Liste meiner Freunde auf, die derzeit online waren. Gerade noch hatte ich mir gewünscht, dass er online wäre, ein paar Sekunden später war er da. Gruselig, aber schön.

Aus Angst, etwas zu verpassen oder gar versehentlich ausgeloggt zu werden, wagte ich es nicht, den Blick vom Bildschirm abzuwenden. Immer und immer wieder lud ich die Startseite neu. Ich schaute ständig zur rechten unteren Ecke des Displays, doch die Uhrzeit schien stillzustehen.

Just in diesem Moment las er meine Nachricht und fand sie entweder süß, peinlich oder hielt mich für das unsicherste Mädchen, dem er jemals begegnet war.

Ich musste eindeutig an mir arbeiten und schlagfertiger werden. Erst letztens hatte ich in meinem Lieblingsladen ein Buch in den Händen gehalten, das Tipps dazu beinhaltete. Gekauft hatte ich es nicht.

Stellt euch nur vor, mich hätte jemand auf das Buch angesprochen? Ich hätte wieder nur stumm dagestanden. Ich halte eh nicht viel von solchen Ratgebern. Als ob ein Buch mein Leben verändern könnte – also bitte! Ich war noch nie schlagfertig und kann mir auch nicht vorstellen, es jemals zu werden. Auch nicht für 16,95 Euro.

FlatusCranis: Nein, quatsch. Das war irgendwie süß.

Er. Fand. Mich. Süß. Aaaaaah!

In diesem Moment gab es mehrere Möglichkeiten, zu reagieren. Ich hätte abstreiten können, dass ich süß bin, aber das würde sofort gewaltig nach Compliment-Fishing riechen. Dann hätte ich ihn keck fragen können, was genau er denn so süß an mir findet. Das tat ich allerdings auch nicht. Selbst hinterm Kissen versteckt und mehrere Kilometer von ihm entfernt, kam mir das zu herausfordernd vor. Ich hätte ihm meinerseits ein Kompliment machen können, fand jedoch, dass ich damit noch ein wenig warten konnte. Ich gehöre einfach nicht zu der Sorte Mensch, die anderen leichtfertig Honig ums Maul schmieren. Meine Komplimente müssen durchdacht sein und brauchen seine Zeit. Also entschied ich mich, erst einmal souverän zu antworten.

MavisDavis: Danke. Bist du denn gut nach Hause gekommen?

Dumme Frage, Mavis.

Wenn nicht, hätte er dir nicht in diesem Augenblick geschrieben. Außer er wäre gekidnappt worden, und seine Entführer zwangen ihn zum Schreiben, damit ich bloß keinen Verdacht hegte.

Ja, meine Fantasie ist schon immer ein bisschen over the top gewesen.

FlatusCranis: Ich hab am Hauptbahnhof in Potsdam meine Straßenbahn verpasst, weil ich einer alten Dame mit den Stufen geholfen habe. Die Rolltreppen waren defekt. Ich bin dann gejoggt.

MavisDavis: Du Held. Tut mir leid wegen deiner Bahn. Ich bin aber auch vom Bahnhof gelaufen :)

FlatusCranis: Du meinst wohl eher gewatschelt? ;)

MavisDavis: ICH WATSCHEL NICHT!

Dieses Mal biss ich nicht in mein Kissen, sondern dämpfte darin mein Lachen. Franz gefiel dieses Geräusch nicht, weshalb er mir einen bösen Blick zuwarf und von der Couch sprang, um sich in seiner Katzenhöhle zusammenzurollen.

»Sorry, Dicker!«, rief ich meinem Kätzchen entschuldigend zu, allerdings mit einem breiten Lächeln.

Als ich einige Stunden zuvor meinen White Coffee Mocca ausgetrunken hatte, nahm ich Henry den leeren Becher ab und ging zum nächstbesten Mülleimer auf der anderen Straßenseite. Er wartete auf mich, und auf dem Weg zu ihm zurück sah ich ihn schon von Weitem schelmisch grinsen.

Ich fragte ihn, warum er so komisch guckte, worauf er mir mitteilte, dass ich komisch lief. Was mir noch nie jemand gesagt hatte.

»Doch, du watschelst ein bisschen«, beteuerte er lachend.

Natürlich fiel mir keine schlagfertige Antwort ein, also boxte ich ihn nur gegen den Oberarm. Dabei hatte ich aber eher mir selbst wehgetan als ihm. Als super muskulös konnte man ihn zwar nicht bezeichnen, aber Wackelpudding-Arme hatte er auch nicht.

FlatusCranis: Okay, dann werde ich das nächste Mal ein bisschen genauer hinsehen.

Er wollte mich wiedersehen! Zwar schrieb er das nicht direkt, aber »das nächste Mal« bedeutet zumindest, dass es ein zweites Treffen geben würde.

Sollte ich direkt darauf eingehen?

Wie viele Tage sollen zwischen dem ersten und dem zweiten Date vergehen?

Gibt es da nicht irgendwelche Regeln?

Leider kenne ich mich mit zweiten Dates nicht aus.

Mona brauchte ich da nicht zu fragen, ihr zweites Date war Lichtjahre her und ihre Weisheiten hatte sie ohnehin nur aus der Bravo Girl, die sie seit einem Jahrzehnt abonniert hatte.

Sie will mir ja weismachen, dass sie nur immer wieder vergisst, das Abonnement zu kündigen, aber das kaufe ich ihr nicht ab. Jeder hat sein kleines Laster. Bei Mona ist es eben die anhaltende Vorliebe für alberne Teenie-Zeitschriften.

MavisDavis: Mach das nur! Du wirst sehen, dass ich grazil laufe. Wie eine Gazelle.

FlatusCranis: Hahaha, ich revediere meine Aussage gern, sollte ich tatsächlich falsch liegen.

MavisDavis: revidiere

FlatusCranis: Streber!

Meine Wangenmuskeln taten bereits weh, weil ich mein Grinsen nicht unter Kontrolle bekam. Er brachte mich nur durch wenige Worte zum Lachen. Ein Glück, dass ich ihn nicht abgeschrieben hatte, mir wäre ein wunderbarer Tag entgangen. Und die Schmetterlinge in meinem Bauch mochte ich ebenfalls nicht missen. Ich war mir sicher, mit ihm noch viele schöne gemeinsame Tage zu erleben.

Scheiß auf alle Dating-Ratgeber!

Scheiß auf die Bravo Girl!

MavisDavis: Und wann sehen wir uns wieder? Ich muss dir anscheinend dringend Deutschunterricht geben. :P

Keine Minute später hatte ich seine Antwort bereits im Postfach.

FlatusCranis: Wie sieht es nächstes Wochenende bei dir aus? Samstag?

Erleichtert ließ ich mich in meine Sofakissen sinken. Ich hatte gar nicht gemerkt, wie angespannt und kerzengerade ich dagesessen war, während ich auf seine Antwort wartete.

MavisDavis: Sehr gut, dann Samstag. Aber dieses Mal bitte mit einem expliziteren Treffpunkt, okay?

FlatusCranis: Haha, okay! Ich nutze die Zeit auch lieber mit dir, statt nach dir zu suchen!

Tornado-Alarm in meinem Bauch! Wie konnte es sein, dass so wenige Worte dieses Gefühl in mir auslösten? Mir wurde warm und ich begann bereits, die Tage zu zählen.

Kapitel 10

Vor Henry hatte ich nie Probleme mit meinem Akku. Wirklich nie! Und selbst wenn er sich doch mal dem Ende neigte, ging für mich deswegen nicht die Welt unter. Tja, die Dinge ändern sich eben.

Ich hatte bereits nach Powerbanks gegoogelt, es waren sogar zwei mögliche Gewinner in meinen virtuellen Einkaufskorb gewandert. Die Vernunft und meine knappe Kasse hatten mich jedoch davon abgehalten, mein Geld für eine Steckdose to go auszugeben. Für eine junge Studentin, die sich gefälligst auf ihr Studium konzentrieren soll und nicht darauf, Geld zum Fenster hinauszuwerfen, wäre eine Powerbank eindeutiger Luxus.

Die einfachste Lösung war, immer als Erste im Seminarraum zu erscheinen und mir einen Platz mit Steckdose zu sichern. Die ersten zwei Wochentage wurde das noch von meinen Kommilitonen geduldet. Ab dem dritten Tag wurde ich als Egoistin bezeichnet, da ich den ganzen Strom für mich reservierte. Man hätte mich ja auch nett fragen können, ob ich die Steckdose freigebe, wenn mein Akku geladen ist.

Wirklich, meine Kommilitonen machten es mir nicht einfach. Als ich am vierten Tag mit einer alten Verteilerdose erschien, die ich im hintersten Winkel meines Kleiderschranks gefunden hatte, wurde selbst das nur mit einem Brummen quittiert.

Es gibt Menschen, denen kann man es nie recht machen. Selbstverständlich wurden alle freien Steckplätze belegt, aber glaubt ihr, dass sich jemand dafür bedankte? Natürlich nicht! Verteilerdosen wachsen ja auch auf Bäumen und erscheinen wie von Geisterhand auf meinem Tisch.

Grummelnd saß ich also nachmittags wieder im Seminarraum. Mein Bauch begann zu kribbeln, als mein Handy in meiner Hand vibrierte. Henry sandte mir ein Foto von seinem verspäteten Mittagessen. Allerdings konnte ich nicht erkennen, ob es sich dabei um Pasta oder Kartoffelbrei handelte. Die Kantine des Krankenhauses, in dem er zurzeit arbeitete, sollte wirklich überlegen, neue Köche einzustellen.

Ich: Pasta oder Kartoffelbrei?

Henry: Gemüseeintopf. Püriert. Urghs.

Ich: Bring mich bitte nicht zum Lachen, ich sitze im Seminar.

Henry: Ich habe ein kringeliges Haar in der Suppe gefunden. :(

Zum Beweis sandte er mir ein Foto.

Ich: Das wäre dann das fünfte diese Woche. Guter Schnitt! Ein Haar pro Tag :D

Henry: Widerlich. Es ist so widerlich. Aber wenigstens habe ich es heute gefunden, BEVOR ich es im Mund hatte.

Ich stellte mir vor, wie er sein Gesicht verzog und das Haar aus seinem Eintopf angelte. Ein leises Kichern entwich mir, und Max, der einzige Freund, den ich in der Uni hatte, knuffte mir den Ellenbogen in die Seite. Empört blickte ich ihn an, bemerkte dann aber, dass der ganze Kurs still war und sämtliche Blicke an mir hafteten. Einschließlich der des Dozenten. Ich spürte, wie mir die Hitze in die Wangen stieg, und schluckte. Vermutlich war mein Gekicher doch nicht so leise gewesen, wie ich es vermutet hatte.

Als alle nach Seminarende den Kursraum verließen, zog Max mich aus der Menge und baute sich vor mir auf. »Okay, Kleines, wer ist es?«

Wenn man Max nicht kennt, kann er durch seine enorme Körpergröße und den breiten Schultern sehr einschüchternd auf einen wirken. Sein mürrischer Gesichtsausdruck unterstützt das nur. Er ist einer dieser Menschen, von denen man zuerst immer einen falschen ersten Eindruck hat. Denn eigentlich ist er gar nicht mürrisch.

Wir lernten uns vor anderthalb Jahren kennen, als wir ein Praktikum im gleichen Unternehmen machten. Es schweißt eindeutig zusammen, wenn man nicht die einzige Person ist, die zum Kaffeekochen, Kopieren oder dem nächstbesten Supermarkt geschickt wird. Als wir uns am Einführungstag in der Uni das erste Mal wiedersahen, war es eine schöne Überraschung. Wir schworen uns, auch das Studium gemeinsam durchzustehen.

»Wer ist wer?« Eigentlich wollte ich gleichgültig klingen, doch mein Lächeln und der Umstand, dass ich mir auf die Unterlippe biss, verrieten mich.

»Seit Montag hängst du nur noch an deinem Handy, und glaub ja nicht, ich hätte die Sache mit der seltsamen Verteilerdose nicht mitbekommen. Also, sag schon: Wie heißt er? Wie alt ist er? Wird er es durch meine Tests schaffen?«

Ich lachte laut los. Max war einfach zu lieb. Er wusste selbstverständlich von all den Flachzangen, mit denen Mona mir Dates organisiert hatte.

Sollten Mona und Max einmal aufeinandertreffen, würde eindeutig etwas explodieren. Sie sind beide super besorgt um mich und wollen nur mein Bestes, außerdem sind sie gleichermaßen verrückt und extrovertiert. Manchmal stelle ich mir vor, wie es wäre, wenn Mona und Max ein Pärchen wären. Allerdings brüllt mich mein schlechtes Gewissen immer sofort an. Mona hat Marvin und liebt ihn, das weiß ich genau.

»Er heißt Henry und ist 23 Jahre alt«, beichtete ich ihm mit einem Augenrollen, »und ob er es durch deine Tests schafft, weiß ich nicht. Aber leg los!«

Max' sogenannte Tests waren willkürliche Fragen über eine Person. Angeblich konnte er anhand meiner Antworten erkennen, ob jemand mein zukünftiger Mann werden könnte oder nicht. Natürlich war das alles nur Spaß, dennoch wollte ich auf keinen Fall, dass Max ein schlechtes Wort über Henry verlor. Er kannte ihn ja gar nicht.

»Okay, als was arbeitet er?« Max' Blick verriet keinerlei Emotion, er war ein Meister des Pokerface.

Ich fühlte mich wie in einem Gerichtssaal, ließ es aber über mich ergehen. »Er ist Krankenpfleger und will später Medizin studieren«, antwortete ich brav und atmete betont gelangweilt aus.

Max runzelte die Stirn. »Und warum hat er nicht direkt Medizin studiert?«

Ich wusste, dass er diese Frage stellen würde. »Weil sein Abiturdurchschnitt dafür nicht gut genug war.«

Er nickte, als würde er einen Punkt auf einer imaginären Liste abhaken. »Okay, wo wohnt er?«

»In Potsdam.«

»Oh.«

»Was, oh? So weit ist das nicht entfernt!«, verteidigte ich mich und zog die Augenbrauen zusammen.

»Na ja, aber um die Ecke ist es auch nicht gerade.« Er zog eine Augenbraue hoch, was ihn immer arrogant aussehen ließ und mir böse aufstieß.

In meinem Magen grummelte es. Natürlich hatte ich mir auch schon Gedanken darüber gemacht, immerhin war es eine andere Stadt und nicht mal eben mit dem Bus zu erreichen.

»Egal! Versau es mir jetzt bitte nicht.« Eingeschnappt verschränkte ich die Arme vor der Brust.

Ich bin schnell eingeschnappt, Max weiß das.

»Sorry, Kleine. Okay, wo habt ihr euch denn kennengelernt?«

Ich wusste, Max wollte nur nett sein und das Gespräch wieder in Gang bringen. Er konnte ja nicht wissen, dass mir die Beantwortung dieser Frage unangenehm sein würde. Es gibt niemanden, der gerne zugibt, dass er jemanden im Internet kennengelernt hat.

»Im Internet«, murmelte ich und warf ihm einen Blick zu, der ihm verbieten sollte, darüber zu urteilen.

»Ist doch okay«, war seine schlichte Antwort. Er zuckte sogar locker die Achseln, was mich ehrlich wunderte.

»Ach so?« Ich legte konfliktbereit den Kopf schief. »Ich hätte eher gedacht, dass du mir einen Vortrag darüber hältst, wie unmöglich es ist, online jemanden ernsthaft kennenzulernen.«

»Das hätte ich dir 2002 vielleicht erzählt, aber doch nicht 2018.« Er zwinkerte mir zu, nahm mir wortlos meine Tasche von der Schulter und lief damit los.

Außenstehende denken oft, dass wir ein Paar sind, da er ab und zu meine Tasche trägt oder in der Kantine meinen Stuhl zurechtschiebt. Dabei hat er einfach nur gute Manieren und ist freundlich. Dass er keine Freundin hat, wundert mich schon lange. Andererseits geht Max eindeutig zu oft feiern und trinkt am Wochenende zu viel Bier. Ich selbst könnte mir einen feierwütigen Freund nicht vorstellen. Max passt einfach perfekt in meine Friendzone und ich in seine. Das haben wir längst geklärt. Das Gespräch dazu war zwar super peinlich, aber seitdem zucken wir nicht mehr bei jeder Berührung zusammen, weil wir nicht wissen, ob der andere die Berührung vielleicht falsch versteht oder besondere Signale senden will. »Habt ihr euch schon getroffen?«, wollte er wissen.

Dass er meine Tasche trug, sah ich als Friedensangebot, das ich lächelnd annahm. Ich schloss zu ihm auf und boxte ihm spielerisch in die Seite. »Ja, letztes Wochenende.«

Ich biss mir auf die Unterlippe, um mein breites Grinsen zu kaschieren. Die Schmetterlinge in meinem Bauch wirbelten außer Rand und Band durcheinander und vollführten die wildesten Tänze.

»Deinem Grinsen nach zu urteilen, war das Date erfolgreich?«

Ich nickte energisch und lachte laut: »Das kann man so sagen, ja!«

Und so verpassten wir das nächste Seminar. Ich erzählte Max alles und zeigte ihm lustige Nachrichten von Henry, ehe wir uns verabschiedeten und uns auf unsere jeweiligen Nachhausewege machten. Ich öffnete im Gehen mein Nachrichtenprogramm und wählte Henrys Namen.

Ich: Ich freue mich auf morgen :)

Henry: Wir müssen das Treffen leider verschieben :(

Kapitel 11

Henrys Nachricht brachte mich so aus dem Konzept, dass ich unerwartet stehen blieb. Eine blonde Frau mit zwei Einkaufstüten lief prompt in mich hinein. Vor Schreck fiel mir mein Handy aus der Hand. Ich fluchte leise, während ich mich bückte und mir die Haare hinter die Ohren strich. Neben meinem Handy lagen eine Gurke und zwei Bananen, die der Frau aus der Tüte gefallen waren. Ich schlug mir die Hand vor den Mund.

»Oh Gott, es tut mir so leid, verzeihen Sie!«

Die arme Frau sammelte ihre verstreuten Lebensmittel ein und würdigte mich keines Blickes. Ich lief um sie herum und hob ihren restlichen Einkauf auf, um ihn ihr mit einem entschuldigenden Lächeln hinzuhalten.

»Danke fürs Aufheben, aber bring am besten ein Schild an deinem Rucksack an.« Sie zwinkerte mir zu.

»Fahrzeug schwenkt aus?«, fragte ich belustigt.

Sie nickte nur und ging an mir vorbei.

Erleichtert atmete ich einmal tief ein und aus und machte mich ebenfalls auf, allerdings einen gewissen

Sicherheitsabstand zu der Dame einhaltend. Man kann ja nie wissen.

Da freute ich mich fünf lange Tage auf ein Wiedersehen mit Henry, und er sagte mir nicht einmal 24 Stunden vorher ab? Wäre ich die Fahrschule, hätte er dennoch das Geld für die Fahrstunde abdrücken müssen. Ohne Ausweichtermin.

Ich konnte nicht sagen, ob meine Enttäuschung oder meine Wut größer war. Was fiel ihm denn ein? Was kann bitte an einem Samstag plötzlich dazwischen kommen? Wohl kaum eine Familienfeier, so was weiß man mindestens eine Woche vorher. Und an seinem Dienstplan konnte es auch nicht liegen, der ist laut seiner eigenen Aussage immer wasserfest.

Ich war eindeutig wütend.

Was sollte ich bitte Mona und Max erzählen? Mona nervte ich schon die ganze Woche damit, dass ich mich so auf Samstag freute. Und Max hatte ich gerade brühwarm erzählt, was für ein toller Typ Henry wäre und dass wir uns morgen wiedersehen wollten. Ich kam mir schon jetzt wie eine Versagerin vor, wenn ich daran dachte, wie ich ihm Montag im Seminar erzählen würde, dass Henry mir abgesagt hatte.

Traf er sich womöglich noch mit anderen Frauen?

Allein die Art seiner Absage machte mich wütend. Wenn man, aus welchem Grund auch immer, einen Termin absagen oder verschieben muss, dann sagt man auch, warum. Oder etwa nicht?

Hatte er es nicht nötig, mir mitzuteilen, warum er mich nicht sehen konnte? Oder nicht sehen wollte? Ging ich ihm womöglich jetzt schon auf den Zeiger? War ich zu forsch, als ich letztes Wochenende gefragt hatte, wann wir uns wiedersehen würden?

Ich biss mir in die Wange und spürte einen Kloß im Hals. Ich wollte es vor mir selbst nicht zugeben, aber ich war so traurig, dass ich auf der Stelle hätte losheulen können. Hätte ich die Nachricht erst zuhause gelesen, ich hätte Franz als Taschentuch missbraucht und mich in seinem tröstenden Fell vergraben. Ob er gewollt hätte oder nicht.

Da ich aber auf keinen Fall in der Öffentlichkeit losheulen wollte, biss ich die Zähne zusammen und ließ mein Handy in den Tiefen meiner Unitasche verschwinden. Ich würde ihm später antworten, wenn ich mir überlegt hatte, was ich ihm überhaupt schreiben sollte. Ob ich so tun würde, als wäre es mir gleichgültig, ob ich ihm eine Szene machte oder ob ich ihn spüren ließ, dass die Situation mich traurig stimmte. Ich hatte mich noch nicht entschieden und brauchte eine Weile, um mir klar zu werden, von welcher Seite ich mich ihm in diesem Fall zeigen wollte. Immerhin wollte ich es mir nicht mit ihm versauen.

Die 30 Minuten, die ich für meinen Nachhauseweg benötigte, vergingen wie im Zeitraffer. Mechanisch und ohne darüber nachzudenken, was ich tat, ging ich bis vor meine Wohnungstür. Da vernahm ich von drinnen ein lautes Poltern.

Oh bitte, lieber Gott, lass Franz nicht meine Einrichtung zerstören!

Vorsichtig steckte ich meinen Schlüssel ins Schloss und schob die Tür langsam auf.

Normalerweise begrüßt mich Franz an der Tür und haut auch gerne mal ab in den Flur. Ihn einzufangen bringt mich jedes Mal an den Rand eines Nervenzusammenbruchs.

Verdutzt öffnete ich die Tür ein weiteres Stück und suchte den Flur nach Franz ab. Wo war er nur?

»Hi, mein Schatz«, vernahm ich eine Stimme, die mir Tränen in die Augen jagte. »Überraschung!«

Meine Mutter erschien im Türrahmen des Wohnzimmers, mit meinem schnurrenden Tiger auf dem Arm, und lächelte mich an. Lauter als beabsichtigt schmiss ich die Tür hinter mir ins Schloss und lief auf meine Mutter zu, um sie fest zu umarmen. Ich atmete ihren Duft ein, der mir jedes Mal einen schützenden Film ums Herz legt und verhindert, dass irgendetwas Böses darin eindringen kann.

Kann man nur schwer beschreiben, wie eine Mischung aus Kaffee, lieblichem Parfum, Gebäck und etwas Unbekanntem, das schon immer da war. Der Mama-Duft, der alles gut werden lässt.

»Du hast mir gar nicht gesagt, dass du kommst! Wo ist Tom?«

Tom ist ihr neuer Freund, mittlerweile Verlobter. Der lebt normalerweise in Hamburg, wo sie ihn während einer kurzen Geschäftsreise kennengelernt hat und dann kurzerhand zu ihm gezogen ist.

Ich senkte die Stimme, denn mir fiel siedend heiß ein, dass ich die Küche heute Früh in einem Chaos hinterlassen hatte. »Ist das wieder einer deiner Kontrollbesuche?«

Meine Mutter hatte sich eigentlich gewünscht, dass ich mit nach Hamburg ziehe. Was ich auch getan hätte, denn bis auf Mona hält mich nicht allzu viel in Berlin. Allerdings kam die einzige Zusage für mein Medienwissenschaft-Studium von der Berliner TU. Was blieb mir da also anderes übrig? Keine Hamburger Hochschule wollte mich haben. Es war uns zwar schwergefallen, aber wir hatten uns dazu entschieden, unsere Wohnung aufzugeben und eine kleinere für mich zu mieten.

Meine Mutter lachte ihr herzliches Lachen und gab mir einen Kuss auf die Stirn, wie sie es schon immer getan hatte. »Tom ist dort.« Sie zeigte auf den kleinen Balkon, wo Tom gerade ein Katzennetz anbrachte. »Es war eine ganz spontane Entscheidung. Toms neuer Mitarbeiter soll das Café für einen Samstag alleine wuppen, damit Tom zukünftig nicht mehr jeden Samstag arbeiten muss.«

Ich nickte verständnisvoll. Meiner Mutter war anzusehen, wie sehr es sie freute, dass Tom das Steuer endlich mal aus den Händen gab. »Ihr bleibt also das Wochenende?«, fragte ich mit unsicherer Stimme. Ich musste erst einmal katalogisieren, ob ich das gut oder schlecht fand.

»Ja, hast du denn etwas vor? Das wäre auch nicht schlimm, immerhin sind wir ja unangekündigt hier.« Sie blickte mich liebevoll an.

Sofort kamen mir wieder die Tränen. Erst jetzt realisierte ich, wie sehr ich sie in meinem Alltag vermisse.

Zwar tue ich immer stark, aber insgeheim fühle ich mich manchmal einsam ohne sie und nicht richtig vorbereitet aufs Leben. Natürlich würde ich das nie zugegeben, allein um ihretwillen.

Erschrocken zog meine Mutter mich in ihre Arme und strich mir sanft über den Rücken. »Was ist denn los, Mäuschen?«

»Ach, ich weiß auch nicht.« Ich schniefte und lächelte sie schräg an. »Eigentlich hatte ich etwas vor, aber mir wurde abgesagt«, gab ich kleinlaut zu und schluckte meinen Kloß hinunter.

Ich löste mich aus ihrer Umarmung, hängte meine Jacke an die Garderobe und ging in die Küche. George musste mir dringend einen Kaffee machen. Natürlich entging mir

Mamas besorgter Blick nicht. Ich wusste, dass es nur eine Frage der Zeit sein würde, bis sie mich ausquetschte. Nur wollte ich sie dieses Mal nicht an meinen Problemen mit Henry teilhaben lassen. Noch nicht. Je mehr ich erzählte, desto angreifbarer wurde ich. Erst einmal musste ich herausfinden, was das mit Henry und mir war. Oder auch nicht war.

»Willst du auch einen Kaffee?«, rief ich ihr zu und rollte mit den Augen, als ich die Küche betrat. Sie sah aus wie aus dem Ei gepellt. Sogar die Krümel vor der Fußleiste hatte meine Mutter weggesaugt.

Sie kam mir hinterher und blieb im Türrahmen stehen. »Gern, und mach Tom doch auch einen, bitte. Wir haben Kuchen aus dem Café mitgebracht, ich habe ihn in den Kühlschrank gelegt. Den übrigens sehr leeren Kühlschrank. Du ernährst dich doch hoffentlich nicht nur von Cherrytomaten und Pumpernickel?«

Sie biss sich nervös auf die Unterlippe. Diesen Tick habe ich eindeutig von ihr.

»Nein, Mama, heute ist Freitag und ich gehe immer samstags einkaufen.«

Ich warf mit einem Geschirrhandtuch nach ihr, das sie lachend auffing.

»Gut gefangen!«, ertönte Toms Stimme aus dem Flur.

Ich befahl George per Knopfdruck die ersten zwei Tassen mit leckerem, frischem Kaffee zu füllen und ging Tom entgegen, um ihm einen Kuss auf die Wange zu drücken.

»Hi«, sagte ich lächelnd und zeigte in Richtung Balkon. »Wird Franz jetzt eine Draußen-Katze?«

Tom nickte. »Ich dachte, er freut sich darüber.«

»Das wird er bestimmt, danke dir.« Ich schenkte ihm ein dankbares Grinsen.

Während meines kurzen Plauschs mit Tom hatte meine Mutter bereits Teller und Kuchengabeln aus den Schränken geholt und lief damit an uns vorbei, um den Esstisch im Wohnzimmer zu decken.

»Warte, Mama, ich mach das«, rief ich ihr hinterher.

»Nein, schon gut, lass mich ruhig ein bisschen Mama sein«, zwinkerte sie mir zu. In ihrem Blick erkannte ich, dass sie sich immer noch Vorwürfe machte, mich zurückgelassen zu haben.

Kapitel 12

Während ich mit Mama und Tom am Esstisch im Wohnzimmer saß und den mitgebrachten Kuchen genoss, klingelte mein Handy im Flur.

Mein erster Gedanke, oder besser meine erste Hoffnung, war, dass Henry anrief, um mir zu sagen, dass wir das Treffen doch nicht verschieben mussten. Dass er sich die Zeit doch freigeschaufelt hatte. Dass er alles Erdenkliche getan hatte, um mich morgen treffen zu können.

Vermutlich sprang ich ein wenig zu plötzlich vom Tisch auf. Meine Mutter warf mir einen verwirrten Blick zu, der sich sofort in diesen ›Oh – ich weiß genau, warum du aufspringst‹-Blick änderte. Ich wünschte mir fast, ihr schelmisches Grinsen nicht gesehen zu haben. Mir war peinlich, dass meine Mama glaubte, Bescheid zu wissen. Innerlich wappnete ich mich bereits gegen ihre eintausend Fragen, mit denen sie mich garantiert löchern würde und von denen ich nicht vorhatte, auch nur eine einzige zu beantworten.

Ich griff nach meiner Tasche, die ich auf der kleinen Sitzbank im Flur abgestellt hatte, um mein Handy herauszuholen. Dabei rutschte ich auf dem glatten Laminatboden aus und landete auf allen Vieren. Tom grunzte auf, und als ich ihn anblickte, sah ich, wie meine Mutter ihm unter dem Tisch einen Tritt verpasste. Er hielt sich daraufhin die Faust vor den Mund. Wieder einmal sorgte ich für Unterhaltung, ohne dass ich es wollte.

Natürlich dauerte die ganze Aktion zu lang und ich verpasste den Anruf. Ich hatte immer noch nicht herausgefunden, wie ich es einstellen konnte, dass meine Mailbox nicht bereits nach dem dritten Tuten anging. Der Blick aufs Display verriet mir, wer mich angerufen hatte. Auch wenn ich es nicht wollte, war ich enttäuscht.

Nur Mona. Bestimmt wollte sie mich fragen, ob ich Unterstützung bei der Auswahl meiner Zweites-Date-Garderobe benötigte. Wohl eher nicht.

Mona sagen zu müssen, dass Henry mich abgesägt hatte, war mir unangenehm. Auch wenn er schrieb, dass er das Treffen nur verschieben musste, fühlte ich mich wie ein Besen, den er in die Besenkammer gestellt hatte. Dann fegte er eben an einem anderen Tag. Vielleicht auch mit einem neuen Besen?

Ich stand auf, nahm das Handy mit zum Esstisch und tippte währenddessen eine Nachricht an Mona.

Ich: Mama und Tom sind da. Ich rufe dich nachher an, Süße.

Mona: Betty ist da? Darf ich vorbeikommen? Bitte, bitte, bitte! Und es gibt doch bestimmt Toms Kuchen?

Ich lachte laut auf und fühlte mich augenblicklich besser. Natürlich war mir klar, dass Mona Toms Kuchen nur als

Vorwand nahm, um mich für Samstag einkleiden zu können. Vermutlich würde meine kleine Fashionista genauso enttäuscht über Henrys Nachricht sein wie ich.

»Ist es okay, wenn Mona noch vorbeikommt?«

»Natürlich!« Meine Mutter lachte und strich mir über den Unterarm.

Ich: Klar, komm vorbei. Wann bist du hier?

Mona: In 20 Minuten. Heize George schon einmal ein!

***

»Ich fass es nicht!«

Mona stapfte wütend durch mein Schlafzimmer. Ich versuchte, sie durch Handwedeln dazu zu bewegen, sich etwas leiser über Henry aufzuregen. Wie ich meine Mutter kannte, saß sie mucksmäuschenstill im Nebenzimmer, bemüht, jedes gesprochene Wort mitzubekommen.

»Ich verstehe dich vollkommen, Süße! Das ist doch keine Art, ein Treffen abzusagen.«

»Zu verschieben«, warf ich ein, weil sich das immer noch besser für mich anhörte.

»Jacke wie Hose«, winkte Mona ab. »Wenn er wenigstens einen Grund angegeben oder die Eier in der Hose gehabt hätte, dich anzurufen … Wie lange ist die Nachricht jetzt her? Zwei Stunden? Nach zwei Stunden könnte er ja mal auf die Idee kommen, sich erneut bei dir zu melden. Er geht wohl davon aus, dass er seine Pflicht mit diesem kurzen Satz getan hätte.« Sie fuhr sich mit beiden Händen durch ihre langen blonden Haare. »Ich fass es nicht!«

»Das sagtest du schon.«

Mittlerweile hatte sich ein kleines Lächeln um meine Mundwinkel gelegt. Monas Reaktion zeigte mir, dass ich nicht überreagiert und Henry nicht den richtigen Ton getroffen hatte.

Mir war inzwischen bewusst, nicht enttäuscht darüber zu sein, dass er das Treffen verschob, sondern über seine Art und Weise, mich darüber zu informieren. Ein kurzer Anruf hätte mich schon milder gestimmt.

»Weißt du was?«

Mona griff nach meinem Handy und leichte Panik überkam mich. Ich sprang auf, um es ihr aus den Händen zu nehmen, nicht wissend, was sie im Schilde führte.

»Was hast du vor?« Ich blickte sie mit einer Mischung aus Neugierde, Angst und Empörung an. Vor allem Empörung, weil sie sich einfach mein Handy schnappte.

Da bin ich vielleicht eigen, aber ich mag es einfach nicht, wenn sich jemand mein Handy nimmt. Selbst bei Mona. Wenn ich jemandem ein Foto zeige, gebe ich das Handy nie aus der Hand und lasse nie jemanden das nächste Bild anwählen. Mein Handy, meine Regeln.

»Ups, sorry!« Sie grinste mich schief an. »Ich bin so in Rage.«

»Das merke ich«, erwiderte ich lachend.

»Frag ihn nach dem Grund.«

»Dem Grund?« Perplex zog ich die Augenbrauen zusammen.

»Ja! Frag ihn, warum er das Treffen verschieben will.«

Ich schüttelte den Kopf. »Bist du sicher, dass ich das tun sollte? Vielleicht möchte er es ja nicht sagen. Sonst hätte er es doch bestimmt getan.«

»Umso besser!« Mona schnaubte. »Gib ihm bloß nicht das Gefühl, dass er ungeschoren davonkommt, wenn er euer Date verschiebt.«

»Jetzt schon? Wirklich? Soll ich die Zicke nicht lieber erst raushängen lassen, wenn wir zusammen sind?«

Mona grinste breit. »So schlimm ist es schon? Du träumst bereits davon, mit ihm zusammen zu sein?«

Ich fühlte mich ertappt und spürte, wie mein Gesicht warm wurde. Hatte ich das gerade wirklich so formuliert? Nicht ohne Grund schrieb ich lieber, als zu reden. Hätte ich dieses Gespräch per E-Mail oder SMS mit Mona geführt, hätte ich das so niemals gesagt. Nun war es raus: Ich war so verliebt in diesen Typen, dass ich mir bereits unsere Beziehung ausmalte. Und das nach nur einem Treffen.

»Oh Mann«, war das Einzige, was ich herausbrachte.

»Ja, oh Mann. Nichtsdestotrotz: Du bist nicht zickig, wenn du nach dem Grund fragst, Süße. Es ist doch dein gutes Recht zu erfahren, warum er dich morgen nicht sehen kann. Und ich möchte gern wissen, aus welchem Grund er mir meine Chance nimmt, dich für morgen einzukleiden.«

Sie zeigte auf meinen Kleiderschrank und zog eine Schmolllippe, was mir ein kleines Lachen entlockte.

»Na gut.« Ich öffnete das Nachrichtenprogramm und wählte Henrys Namen an.

Ich: Schade. Warum denn, wenn ich fragen darf?

Mona blickte mir ungeniert über die Schulter, während ich tippte. »Schreib nicht ›Schade‹. Er soll doch nicht denken, dass du dir deine Zeit nicht anderweitig schön vertreiben kannst. Und lass ›wenn ich fragen darf‹ am besten ganz weg.«

»Was soll ich denn schreiben?« Ich merkte, dass ich wie ein verletztes, bockiges Kleinkind klang.

»Vielleicht einfach ›Oh, okay, warum denn‹?«

Ich nickte widerwillig.

Ich: Oh, okay, warum denn?

Mit vor Nervosität zitternden Fingern sandte ich die Nachricht ab.

Wir warteten.

Und warteten.

Und warteten …

Kapitel 13

Und warteten, und warteten …

Nach einer halben Stunde, in der Mona und ich uns in meinem Schlafzimmer verbarrikadiert und mein Handy angestarrt hatten, verließen wir kapitulierend den Raum. Als hätte meine Mutter nur darauf gewartet, fing sie uns direkt im Flur ab und lotste uns ins Wohnzimmer, in das wir sowieso hatten gehen wollen. Auf dem Tisch standen ein paar Gesellschaftsspiele, direkt auf der Speisekarte unseres liebsten Pizza-Lieferanten.

»Ah«, begann ich lächelnd. »Pizza und Mensch ärgere dich nicht? Hat mich da jemand vermisst?«

Meine Mutter fuhr sich nervös durch ihre kurzen Haare. »Ertappt!«

Sie zuckte mit den Schultern, dann zog sie mich am Handgelenk sanft zu meinem Stuhl. Mona setzte sich neben mich. Meine Mutter wandte sich an sie.

»Willst du heute hierbleiben, Mona?«

Mona warf mir einen kurzen Blick zu und sah mich fragend an.

»Ja, willst du?«

Es war eine gefühlte Ewigkeit her, dass Mona bei mir übernachtet hatte, ohne dass Marvin dafür ausschlaggebend gewesen war.

»Klar, gern. Wisst ihr was? Spielt die erste Runde ohne mich. Ich flitze schnell nach Hause und hole meine Sachen.« Sie stand auf, ging in den Flur und zog sich ihre Schuhe an. »Ich bin dann in einer Stunde wieder da!«

Die Tür fiel hinter ihr ins Schloss. Tom, der gerade aus dem Badezimmer kam, sah uns fragend an.

»Mona schläft heute hier, sie holt nur ihre Sachen«, erklärte ich ihm grinsend. »Setz dich. Mama möchte unbedingt Mensch ärgere dich nicht mit uns spielen.« Ich zwinkerte ihr zu und streckte ihr die Zunge heraus.

»Ach, wisst ihr was, ich gehe einkaufen. Dein Kühlschrank füllt sich ja nicht von allein.« Er verschwand in der Küche und kam wenige Sekunden später mit einem Stoffbeutel zurück. Dann drückte er meiner Mutter einen Kuss auf die Wange, bevor er ging.

Ich spürte, wie sie erleichtert aufatmete. Warum sagte sie nicht einfach, dass sie eine Stunde mit mir allein sein wollte? Mona und Tom hätten sicherlich nichts dagegen gehabt. Ich lächelte und ging zu meinem kleinen Weinvorrat, der aus immerhin drei Flaschen Rosé bestand, nahm eine davon und stellte sie auf den Couchtisch.

»Sehr gute Idee!« Meine Mutter sprang auf und ging zur Vitrine, um zwei Gläser herauszunehmen. »Aber nur ein Glas für dich.«

Ich rollte mit den Augen. Für meine Mutter war ich immer noch ein Kind, auf das sie achtgeben muss.

Wir sprachen über mein Studium und über meine Freunde. Sie fragte mich mit ernster Miene, ob ich alleine klarkäme.

Davon, dass ich nebenbei arbeiten gehe und etwas für die Miete dazuverdiene, will meine Mutter immer nichts hören. Ich solle mich auf mein Studium konzentrieren, denn wenn sie noch in Berlin wäre, würde ich auch kostenfrei bei ihr leben. Ich könne ja nichts dafür, dass sie ihren Lebensmittelpunkt versetzt hat. So lebe ich also in einer schönen Zweizimmer-Wohnung und zahle keinen Cent für Miete und Betriebskosten, auch nicht für Nahrungsmittel und was man sonst noch benötigt.

Natürlich versicherte ich ihr, dass mir das Alleinleben nichts ausmachte, dass ich erwachsen genug war, dass ich nicht verhungerte oder mit dem Gesetz in Konflikt kam. Bei Letzterem zog sie mir eines der Sofakissen über den Kopf und ich musste lachen.

Ich war erleichtert, denn sie fragte mich nicht, wie es um mein Liebesleben stand. Ich musste ihr somit nicht von Henry erzählen. Lügen konnte ich noch nie, und hätte sie mich gefragt, hätte ich ihn ihr beschrieben. Dafür war es allerdings noch zu früh. Was hätte ich ihr auch erzählen sollen? Dass er mich einfach verschob wie einen Zahnarzttermin?

Bevor Mona und Tom zurückkamen, verschwand meine Mutter augenzwinkernd für ein paar Minuten im Bad. »So, ich werde mal fix unter die Dusche springen, sonst wird mir das nachher zu spät.«

Ich nutzte die Gelegenheit und ging kurz in mein Schlafzimmer. Das tat ich natürlich, um auf mein Handy zu schauen. Ich kehrte aber enttäuscht ins Wohnzimmer zurück, denn Henry hatte nicht geantwortet.

Ließ er mich womöglich genauso lange auf eine Antwort warten, wie ich ihn hatte warten lassen? Das wäre kindisch gewesen. Denken Männer überhaupt so, oder ist das vielleicht ein Frauen-Ding? Machte ich mir am Ende viel zu viele Gedanken?

Ich schluckte meinen Frust hinunter und trank mein Glas Rosé in einem Zug aus. Dann breitete ich das Spielbrett auf dem Esstisch aus und platzierte die Spielfiguren darauf.

***

»Ich bin so satt!« Mona ließ sich rücklings auf mein Bett fallen und streckte alle Viere von sich.

»Ich auch! Sechs Pizzen für vier Personen sind eindeutig zu viel.« Ich lachte und setzte mich neben Mona aufs Bett. Sie brach unser kurzes Schweigen: »Wo ist denn dein Handy?«

Ich zeigte auf meinen Kleiderschrank und verdrehte die Augen.

»Im Schrank?« Sie prustete los und gab mir einen Schubs. »Los, hol es her! Er hat bestimmt geantwortet.«

»Mh, wenn du meinst.« Wie ein getretener Pudel ging ich zu meinem Kleiderschrank und öffnete die Tür.

Die Benachrichtigungs-LED meines Handys, das ich auf einem Stapel T-Shirts abgelegt hatte, blinkte hellblau. Sofort schlug mein Herz schneller. Meine Hände wurden schwitzig.

Ich freute mich gleichermaßen, wie ich Angst hatte, die neue Nachricht zu öffnen. Aber was konnte schon passieren? Im schlimmsten Falle schrieb er mir, dass er es mir nicht sagen konnte. Oder wollte. Beides wäre kein Weltuntergang.

Ein Glück, dass Mona bei mir war. Egal, was mir diese Nachricht sagte, Mona baute mich auf oder freute sich mit mir. Je nachdem, was ich gleich brauchen würde.

»Es blinkt!«, teilte Mona mir das Offensichtliche mit und klatschte in die Hände. »Los, lies, was schreibt er?« Sie schien beinahe so aufgeregt wie ich damals, als sie ihre ersten Nachrichten mit Marvin getauscht hatte.

Ich öffnete das Nachrichtenprogramm. Mir fielen beinahe die Augen aus dem Kopf, denn er hatte mir einen halben Roman geschickt. Unsicher setzte ich mich neben Mona und gemeinsam lasen wir seine Mitteilung.

Henry: Hey, ich habe mir schon gedacht, dass du fragen wirst. (Und ein wenig gehofft habe ich es auch.) ;) Ich habe dieses Wochenende wieder meine kleine Schwester bei mir. Keine Sorge, das wird zukünftig nicht mehr so oft der Fall sein. Das Ding ist, dass unsere Eltern sich gerade scheiden lassen und meine Schwester das ziemlich mitnimmt. Daher hole ich sie am Wochenende manchmal zu mir. Sie rief mich heute an und fragte, ob sie das Wochenende zu mir darf, da konnte ich nicht Nein sagen. Wir können aber gerne morgen Abend skypen, wenn ich sie ins Bett gebracht habe.

»Ein Skype-Date?« Ich runzelte die Stirn und warf das Handy missmutig auf mein Kopfkissen.

»Besser als nichts?« Mona hüpfte aufmunternd zu meinem Kleiderschrank. »So komme ich ja doch dazu, dir dein Outfit zurechtzulegen.«

»Na toll«, maulte ich. »Was soll ich denn jetzt antworten?«

Mir war klar, dass das unbegründet war, aber ich war sauer auf seine Schwester. Und auf seine Eltern. Im Grunde waren seine Eltern daran schuld, dass ich Henry morgen nicht treffen konnte. Ein Skype-Date stellte ich mir unangenehm vor. Sicher würde ich mich wie eine Angestellte im Callcenter fühlen. Der Umstand, dass meine Mutter und Tom morgen im Nebenzimmer sitzen würden, während ich mein zweites Date mit Henry hätte, munterte mich auch nicht besonders auf. Ich blickte finster drein und die komplette Situation verunsicherte mich.

»Hey, Süße, ich verstehe dich. Mich nervt seine Antwort auch. Irgendwie kann man aber nicht sauer auf ihn sein, er kümmert sich ja liebevoll um seine kleine Schwester.« Mona zog ein mintfarbenes Top aus meinem Schrank. »Wie wäre es mit dem?«

Ich schüttelte den Kopf. »Du brauchst nicht weiter suchen, ich mache das morgen nicht.«

»Was? Warum denn nicht?«

Mona schaute so erschrocken, dass ich lachen musste.

»Weil ich mein zweites Date mit Henry nicht am Bildschirm haben möchte, mit meiner neugierigen Mutter im Nebenzimmer?«

»Ach ja, sorry.« Sie klatschte sich mit der flachen Hand gegen die Stirn. »Ich habe ganz vergessen, dass Betty morgen auch hier sein wird.«

»Und nun?«

»Na ja, sag ihm ab?« Mona verzog den Mund und zuckte mit den Achseln.

»Und was soll ich schreiben?« Meine Stimme klang vorwurfsvoll, was Mona glücklicherweise ignorierte.

»Dass du dich schon anderweitig verabredet hast?«

»Nein, ich kann nicht lügen.«

»Okay, dann gehen wir beide morgen aus.« Triumphierend grinste Mona mich an. »Nun hast du wirklich etwas vor.«

Ich schüttelte lächelnd den Kopf und begann zu tippen.

Ich: Das klingt nicht so schön. Ich habe mich morgen aber schon verabredet, sorry. Meine beste Freundin und ich gehen aus. Viel Spaß mit deiner Schwester.

Keine Minute später hatte ich bereits seine Antwort in der Hand.

Henry: Mist, da war ich zu langsam. Wenn du möchtest, bringe ich meine Schwester am Sonntag nach dem Mittagessen zu meinen Eltern zurück und lade dich danach auf ein Eis ein?

Ich grinste. Ich grinste über beide Ohren und zeigte Mona mein Handy. »Such schon mal ein Outfit für ein ungezwungenes Eisessen raus«, lachte ich und spürte, wie die Schmetterlinge in meinem Bauch erneut zum Leben erwachten.

Kapitel 14

»Nein!«

»Doch!«

»Nein, Mona!«

»Doch, Mavis!«

Ich verdrehte die Augen und schüttelte den Kopf. »Nein, ich kann das doch nicht anziehen!«

»Natürlich kannst du das!«, beteuerte meine beste Freundin und wedelte mit einem kurzen, schwarzen Minirock vor meiner Nase herum. »Wir gehen heute aus, also zieh dich auch dementsprechend an. Außerdem: Soll ich allein so rumlaufen?« Sie zeigte theatralisch auf ihren, für meinen Geschmack etwas zu tiefen, Ausschnitt.

»Ja!«, maulte ich. »Außerdem wollte ich gar nicht feiern gehen. Ich dachte, das war gestern nur ein versteckter Code für ›Wir bestellen chinesisches Essen und schauen alle Harry-Potter-Filme‹ an.« Ich schrieb unsichtbare Gänsefüßchen in die Luft und schaute Mona bittend an.

Die schüttelte energisch den Kopf, hielt mir mit einer Hand stur den Rock hin und zeigte mit der anderen auf meine Jogginghose. »Zieh das graue, hässliche Ding aus und das heiße, schwarze Ding hier an. Los, jetzt. Sofort!«

Ihr durchdringender Blick ließ keine Widerrede zu. Also schluckte ich die bittere Pille und griff nach dem Rock, von dem ich nicht wusste, wie er überhaupt in meinen Schrank gelangt war, und streifte mir die gemütliche Schlabberhose von den Beinen. Ein Glück, dass ich mir am Morgen die Beine rasiert hatte, sonst hätte Mona jetzt einen Tobsuchtsanfall erlitten.

»Warum muss ich eigentlich einen Hauch von Nichts um die Beine tragen, während *du* eine enge Jeans trägst?«

»Ganz einfach: Du zeigst Bein, ich zeige Ausschnitt. Oder willst du etwa beides zeigen und sofort als Schlampe abgestempelt werden?«

»Nein, du Party-Expertin.« Ich zeigte ihr grinsend den Mittelfinger und formte im Anschluss ein Herz mit meinen Händen.

»Du mich auch«, lachte sie und drehte sich prüfend vor meinem Spiegel hin und her. »Bist du so weit?«

Ich schüttelte den Kopf und streichelte über Franz' Rücken. Seit gestern verbrachte er den ganzen Tag und die ganze Nacht nur auf dem Balkon. Sogar zum Fressen kam er nur widerwillig herein. Daher musste ich die Chance nutzen, um ein bisschen mit ihm zu schmusen.

Mona seufzte auf. »Okay, noch fünf Minuten Katze kuscheln, dann geht es aber los!«

***

Sechs Stunden später taumelten wir die Straße entlang und hielten uns gegenseitig auf den Beinen. Mein Verstand war zum größten Teil noch bei mir, nur meine Gliedmaßen und meine Zunge wollten nicht so ganz wie ich. Für mich stand fest, dass ich niemals eine Partymaus werden könnte. Zwar hatten wir ohne Zweifel viel Spaß gehabt, doch fühlte ich mich auch wie von einem LKW überrollt.

»Weisstu, wiespäds is?«, fragte ich Mona nuschelnd, die mehr als kalkweiß um die Nase aussah. »Gehsir gut?«

Mona nickte und begann, den Kopf langsam von links nach rechts zu bewegen. »Dalessetikilawanejut.«

Zum Glück beherrschen Betrunkene ein- und dieselbe Sprache, daher verstand ich, was sie mir sagen wollte. Nämlich, dass der letzte Tequila schlecht gewesen sein musste.

Ich tätschelte ihr den Kopf. »Sichersüse.«

Wir liefen eine ganze Stunde stumm nebeneinander her. Zwar hätten wir die Straßenbahn nehmen können, allerdings bekam Mona das Wackeln nicht, und so hatten wir kurzerhand beschlossen, zu laufen. Ich setzte sie bei Marvin ab, der mir in Boxershorts und Superman-Shirt die Tür öffnete. Er nahm meine beste Freundin wortlos, doch mit einem Kopfschütteln entgegen. Schelmisch grinste ich in mich hinein, wissend, dass Marvin ihr eine Standpauke halten würde und ich damit für die nächsten Wochen vom Feierngehen erlöst wäre.

Ich merkte, dass mir die frische Nachtluft guttat. Mein Kopf begann allmählich, klarer zu werden. Ich griff nach meinem Handy, das ich den ganzen Abend nicht ein einziges Mal aus der Handtasche genommen hatte. Neben zwei hysterischen Nachrichten meiner Mutter fand ich auch eine von Henry. Sofort begann ich zu zittern, was ich zu zehn Prozent der kühlen Brise und zu neunzig Prozent meiner Freude über seine Nachricht zuschrieb.

Henry: Ich wünsche dir einen schönen Abend!

Eingangszeit der Nachricht 23:19 Uhr.

War er zu dieser Zeit ins Bett gegangen?

Dachte er etwa an mich, wenn er zu Bett ging?

Ein Lächeln breitete sich auf meinem Gesicht aus. Mein Unterkiefer fühlte sich kribbelig-taub an. Ich atmete tief ein, ehe ich die Haustür aufschloss, das Treppenhaus betrat und die knarzenden Stufen zu meiner Wohnung hinaufstieg. Franz begrüßte mich schnurrend und schlich mir um die Beine.

»Hi, mein Süßer«, flüsterte ich, nahm den protestierenden Kater auf den Arm und drückte ihm ein Küsschen zwischen die Ohren. Seine weit aufgerissenen Augen verrieten mir, dass er kein großer Freund von alkoholgeschwängertem Atem war.

Leise zog ich meine Jacke aus. Meine Schuhe stellte ich gut sichtbar neben die Sitzbank, damit meine Mutter sie am nächsten Morgen gleich sah und sich keine Sorgen zu machen brauchte. Mit geputzten Zähnen und entferntem Make-Up ließ ich mich schließlich in meine Kissen sinken und griff nach meinem Handy. Ich las seine Nachricht erneut und schlief mit einem wohligen Kribbeln und der Vorfreude auf unser baldiges, zweites Treffen ein.

***

Ich: jjfflsienf feofsk fkls kieiels islieilure ,a.lwd5efesf85 85486784 54878454n, 54sd68f4sds6 8564 serhudnfk sapäüöü"§%&//&%$§

Henry: Okay. Du willst wohl geheimnisvoll bleiben? ;)

Erschrocken setzte ich mich, das Handy in der Hand, kerzengerade im Bett auf und ignorierte den leichten Schwindel, der mich dabei überkam. Ich musste eingeschlafen sein, bevor sich das Display meines Handys von selbst ausgeschaltet hatte.

Wie blöd kann man eigentlich sein?

Aber es ging auch eindeutig schlimmer. Ich hätte auch die ganze Nacht auf dem Button für die Sprachaufnahme liegen und ihm mein Schnarchkonzert senden können. Nicht, dass ich schnarche, aber rein theoretisch wäre das schlimmer gewesen.

Was sollte ich nur antworten? Entweder dachte er, dass ich so betrunken gewesen war, dass ich nicht eine einzige Taste korrekt hatte treffen können, oder – und das war viel schlimmer! – er könnte denken, dass ich mit seiner Nachricht vor Augen eingeschlafen war. Da konnte ich ihm ja gleich gestehen, dass ich mich in ihn verliebt hatte. Nach nur einem Treffen. Trotz des Umstandes, dass er mich dreist verschoben hatte.

Gerade als ich aufstehen wollte, um zu testen, ob die Senkrechte mir gut bekam, sprang Franz auf meine Bettdecke und begann schnurrend nach Milch zu treten wie ein Kitten.

»Was würdest du ihm antworten, hm?«

Wieder einmal wünschte ich mir, ich könnte mit Franz sprechen. Sicherlich hätte er die Lösung stets auf seiner rauen Katzenzunge für mich parat gehabt. Mehr als ein zufriedenes Gurren war ihm jedoch nicht zu entlocken, und so kuschelte ich mich neben ihn und kraulte sein seidiges Fell.

Plötzlich kam mir eine Idee. Ich würde Henry einfach schreiben, dass Franz über mein Handy getapst war. Naheliegend, oder?

Ich: Ups, sorry! Mein Kater muss wohl über mein Handy getapst sein ;D

Warum hatte ich das abgeschickt? Ich war eindeutig nicht bei Sinnen und stöhnte über meine Naivität, Henry könnte mir das tatsächlich abkaufen.

Henry: Das ist eine süße Ausrede. Und wirklich beeindruckend dein Kater: Er kann deinen Bildschirm entsperren? ;)

Ich: Ja? Natürlich?

Schlagfertiger war ich leider nicht. Schon gar nicht zu solch früher Stunde.

Henry: Gib es zu, du hast mit dem Handy gekuschelt und beim Einschlafen an mich gedacht!

Wow, war er frech. Aber irgendwie war es mir nicht unangenehm, das zuzugeben. Immerhin hatte er mir die perfekte Vorlage gegeben.

Ich: Was, wenn es so wäre? ;)

Henry: Dann hätten wir etwas gemeinsam ;) Bis später, Mavis!

Ich: Bis nachher, Henry.

Die Zwinker-Smileys nahmen zweifellos überhand in unserer Konversation und sorgten dafür, dass ich mit einem Glücksgefühl in den Tag starten konnte. Erst jetzt achtete ich auf die Uhrzeit und sprang wie von der Tarantel gestochen auf. Es war bereits Mittag! Was hieß, dass mir nicht mehr viel Zeit blieb, um etwas zu essen, zu duschen und mich mental auf mein zweites Treffen mit ihm vorzubereiten.

Kapitel 15

Bleib ruhig, Mavis.

Einatmen. Ausatmen.

Einatmen. Ausatmen.

Wieder fühlte ich mich, als müsste ich gleich einen Vortrag halten. Über ein mir unbekanntes Thema und in ein Häschen-Kostüm gekleidet, mit einer überdimensional großen, roten Clownsnase im Gesicht. Meine Beine bewegten sich wie automatisch über die Straße, die zur Eisdiele führte.

Mir war kotzübel. Die gestrige Nacht trug noch dazu bei. Doch absagen kam mir nicht in den Sinn. Dann hätte er denken können, dass ich das nur tat, weil *er* abgesagt hatte, und für so einen Typ Mädchen sollte er mich nicht halten.

Er sagt mir ab? Gut, mir doch egal. Pah!

Das war schon eher das Mädchen, das ich ihm verkaufen wollte. Bloß nicht verletzlich wirken.

Ich griff in die Hosentasche der hellen Jeans, die Mona mir gestern ausgesucht hatte, und holte mein Handy heraus. Wir wollten uns in zehn Minuten treffen, perfektes Timing also.

Als ich mir an die Schulter packte, um die Schlaufe meiner Handtasche geradezubiegen, fasste ich ins Nichts. Ich war ohne Handtasche losgelaufen und hatte es nicht einmal bemerkt! Mein Verstand hatte mir sogar vorgegaukelt, dass mir der Handtaschenriemen die Schulter einschnüren würde.

War das zu vergleichen mit diesem Phantomschmerz? Es gibt ja Menschen, denen ein Bein, ein Arm oder auch nur ein Finger fehlt und denen genau dieses fehlende Körperteil schmerzt.

Unsicher blieb ich stehen und blickte zurück. Wenn ich rannte, könnte ich es schaffen, meine Tasche zu holen und trotzdem pünktlich zu sein. Doch sobald ich 30 Sekunden am Stück rannte, würde mein Körper mich für die nächsten zwei Stunden mit einem knallroten Gesicht bestrafen. Natürlich hätte ich ihm schreiben können, dass ich etwas später käme.

Nur hasse ich Unpünktlichkeit. Niemand hat das Recht, die Zeit eines anderen Menschen zu vergeuden, indem er diesen warten lässt.

Ich biss mir auf die Unterlippe und ging, aufgeregt wie nie zuvor, weiter. Einige Minuten später stand ich vor der Eisdiele und wartete. Meine Laune sank mit jeder Minute, die er mich warten ließ.

»Da hätte ich auch noch mal nach Hause gehen können«, murmelte ich mürrisch und kickte einen Kieselstein auf die Straße.

Die Leute warfen mir bereits mitleidige Blicke zu. Ich starrte mein Handy an, wie um es zu hypnotisieren, als plötzlich eine Nachricht einging.

Henry: Bin gleich da. Die Bahnen in deiner Stadt sind echt zum Kotzen!

Ich schnaubte und verdrehte die Augen. Das war doch nichts Neues. Dann nimmt man eben eine Bahn früher, um sicher zu gehen. Kurz rang ich mit mir, ob ich ihm eine pampige Antwort senden sollte, entschied mich dann dafür, stumm auf ihn zu warten.

Einige Minuten später, ich tippelte bereits mit der Schuhspitze auf dem Boden, vibrierte mein Handy erneut.

Henry: Ich traue mich nicht zu dir, du guckst so böse. Wirst du mir wehtun?

Ich lachte über seine Nachricht, blickte mich um und entdeckte ihn auf der anderen Straßenseite. Er war außer Atem, also schien er gerannt zu sein. Das fand ich wieder süß.

Wie oft kommt es schon vor, dass ein Kerl zu einem Date rennt? Mann, muss ich toll sein.

Ich: Einmal ist keinmal. Aber zweimal ist zweimal zu viel. ;)

Er setzte seinen Weg fort und mein Magen begann sich umzustülpen. Zumindest fühlte es sich so an. Wieder einmal verfluchte ich meinen nervösen Bauch.

Jetzt bloß nicht pupsen. Bitte, lieber Gott, lass mich die Begrüßung souverän und geruchsfrei überstehen!

Er kam näher und ich grinste dümmlich. Ich wandte meinen Blick kurz ab und versuchte, an etwas Trauriges zu denken. Zum Beispiel, dass mein kleiner Franz vom Balkon stürzt. Es half, und mein breites Grinsen ging in ein schüchternes Lächeln über. Als ich den Blick hob und mich ihm wieder zuwandte, änderte sich das Lächeln aber erneut in ein breites Pferdegrinsen. Ich konnte einfach nicht anders.

Die Begrüßung endete so schnell, wie sie begonnen hatte. Er stand vor mir, beugte sich zu mir, umarmte mich, sagte ›Hi‹ und lächelte, während er mir direkt in die Augen sah. Natürlich erwiderte ich die Umarmung und wäre dabei beinahe ohnmächtig geworden. Er roch so gut, dass sich meine Eingeweide zusammenzogen.

»Hi«, krächzte ich, da mir ein Kloß im Hals stecken geblieben war. Räuspernd zeigte ich auf die Eisdiele. »Eis?«

Er nickte grinsend und legte seine Hand an meine Taille, um mich langsam zur Auslage zu schieben. Sie fühlte sich an, als gehörte sie genau an diesen Platz. Als wäre sie eigens dafür geschaffen worden, sich meiner Taille exakt anzupassen.

»Brauchst du wieder eine halbe Stunde?«, neckte er mich.

Mein Ellenbogen traf ihn härter als beabsichtigt in die Seite. »Nein! Bei Eissorten bin ich nicht sehr experimentierfreudig.«

»Nicht? Okay, lass mich raten, du bist der klassische Schokoladentyp?«

Ich wählte den Weg der empörten Zicke: »Sehe ich etwa aus, als würde ich viel Schokolade essen, oder was?« Finster schaute ich ihn an und zog meine Augenbrauen zusammen.

»Äh, nein, natürlich nicht«, versuchte er, sich rauszureden. »Ich dachte nur, und, also -«

Ich fing an zu lachen.

»Du bist gemein, Mavis!«

Wieder fuhr er sich mit der Hand verlegen durch die Haare. Niemals würde ich dieser Geste müde werden. Niemals. Und ich ließ mir nichts anmerken, aber wie seine Stimme meinen Namen sagte, ließ mich dahinschmelzen wie einen Eiswürfel im Hochsommer.

»Cookies«, verriet ich ihm.

»Cookies? Echt?«

»Ja, etwas dagegen?«

»Nein. Meine kleine Schwester isst die Sorte auch am liebsten. Cookies und Schlumpfeis.«

Ich dachte an Mona und kicherte.

»Also, was willst du? Ich lade dich ein.«

Er zückte seinen Geldbeutel und ich brach in schallendes Gelächter aus.

»Ist das dein Ernst?«

Ich zeigte auf sein Kinderportemonnaie. Es war grau, dreckig, mit Koalabären drauf und einem Klettverschluss versehen.

»Was ist damit?« Verlegen schaute er an mir vorbei.

»Nichts, nichts!«

Ich würde ihm demnächst hundertprozentig ein neues Portemonnaie aufschwatzen.

***

Während der zwei Stunden, die wir miteinander verbrachten, minderte sich meine Aufregung ein wenig. Allerdings ließ er durch seine unbekümmerte und liebevolle Art mein Herz hüpfen. Ich war nicht drauf und dran, mich in ihn zu verlieben, ich war es bereits. Bis über beide Ohren und mit allem, was dazugehört.

Doch ich konnte ihn einfach nicht lesen. Ich wusste nicht, ob er mich auch so mochte wie ich ihn. Weder nahm er meine Hand, noch suchte er anderweitig meine Nähe. Wir liefen einfach nur nebeneinander her und redeten. Wir redeten und lachten. Und jedes Mal, wenn wir uns ansahen, wollte ich den Blick nicht von seinen hellbraunen Augen abwenden.

Ich versicherte mir, dass es eher für ihn als gegen ihn sprach, sich mir nicht sofort an den Hals zu werfen. Dann gehört er eben nicht zu der schnellen Sorte, die Nägel mit Köpfen macht.

»Dort geht es zum Bahnhof«, sagte ich und zeigte ihm die Straße. »Ich muss dort lang«, fügte ich hinzu und deutete in die entgegengesetzte Richtung.

»Oh, okay.«

Ich hätte schwören können, Enttäuschung in seiner Stimme gehört zu haben.

»Dann bis … bald?« Meine Stimme klang unsicher und brüchig. Und auch ein wenig verzweifelt, was mir überhaupt nicht passte.

»Ja, natürlich«, antwortete er, kam einen Schritt auf mich zu und … küsste mich natürlich nicht. Er umarmte mich lediglich und schenkte mir zum Abschied sein wunderschönes Lächeln. »Mach's gut«, sagte er, drehte sich um und ging.

Ich stand wie vor den Kopf geschlagen da, viel zu perplex, um mich zu bewegen.

***

Während meines Nachhausewegs überlegte ich krampfhaft, was ich falsch gemacht haben könnte. Lag es womöglich an mir? Sandte ich falsche Signale aus? Landete ich gerade in seiner Friendzone? Oder malte ich nur mal wieder den Teufel an die Wand?

Ich war enttäuscht von Henry und gleichzeitig verliebt in ihn. Geht das überhaupt?

Zuhause öffnete mir meine Mutter die Tür. Ich hatte ja meine Handtasche, in der sich meine Hausschlüssel befanden, auf der Sitzbank liegen lassen.

»Hi, Mäuschen, hattest du einen schönen Plausch mit Mona?« Sie lächelte und gab mir einen Kuss auf die Wange.

»Was? Ach so, ähm, ja. Danke, es war toll.«

Ich zog meine Schuhe aus und ging direkt in mein Schlafzimmer, wo ich leise die Tür hinter mir ins Schloss zog. Ich wollte nur noch alleine sein. Zudem überkam mich ein schlechtes Gewissen, weil ich meiner Mutter gegenüber behauptet hatte, ich hätte mich mit Mona getroffen. Ich rechnete ihr hoch an, dass sie mir nicht in mein Zimmer gefolgt war und die Mutterkarte ausgespielt hatte. Ihrem Blick nach zu urteilen, zweifelte sie mein Treffen mit Mona nämlich an.

Ich hatte zwei wunderschöne Stunden mit Henry gehabt. Doch die seltsame Verabschiedung legte einen grauen Schleier über die vermeintlich schönen Stunden davor. Henry hatte plötzlich so distanziert gewirkt. Als wäre ihm das Date mit einem Mal unangenehm und als wäre er auf einmal ein völlig anderer Mensch. Der Klumpen in meinem Magen wurde schwerer und schwerer.

Je länger ich vor dem Zubettgehen über unsere Verabschiedung nachdachte, desto sicherer wurde ich mir, dass er mich nicht mochte. Zumindest nicht so, wie ich es gerne hätte. Meine Mutter und Tom verabschiedete ich mit einem – hoffentlich überzeugenden – Lächeln, legte mich dann, ohne auf Monas Nachrichten zu reagieren, in mein Bett und ließ mich von Franz trösten. Ich schlief in einer Mischung aus mürrisch, traurig und trotzig ein.

Kapitel 16

Ich schwebe in einer durchsichtigen Kugel aus Plastik hoch oben am Himmel und stupse Sterne an. Je höher ich in meiner luftig-leichten Kugel steige, desto mehr Sternen begegne ich, bis ich schließlich in ein einziges Meer aus abertausenden Sternen eintauche. Plötzlich beginnen die Sterne, sich immer schneller zu bewegen. Sie drehen sich und stoßen aneinander, was den ganzen Himmel vibrieren lässt. Vereinzelte Sterne fangen an zu blinken und mich zu blenden. Ich halte mir meine Hand vors Gesicht, um mich vor dem Licht zu schützen.

Kurzzeitig wusste ich nicht, wo ich mich befand und warum ich so durch den Wind war. Ich setzte mich in meinem Bett auf und bemerkte, dass die Benachrichtigungs-LED meines Handys unaufhörlich blinkte. So viel zu den Sternen. Ich lag einfach nur mit dem Kopf meinem Handy zugewandt, das mich blendete.

Drei verpasste Anrufe. Nanu? Es war mitten in der Nacht. Wer um Himmels Willen rief mich zu dieser unchristlichen Zeit an? Vermutlich hatten nicht die Sterne in meinem Traum vibriert, sondern lediglich mein Handy.

Was zur Hölle? Meine Anruferliste verriet mir, dass Henry mich innerhalb der letzten fünfzehn Minuten drei Mal versucht hatte anzurufen. Nur konnte ich mir nicht erklären, warum. Konnte er etwa nicht bis zum nächsten Tag warten, ehe er mir mitteilte, dass weitere Treffen nicht mehr nötig waren?

Gerade als ich das Handy auf meinem Nachttisch ablegen wollte, vibrierte es erneut und zeigte mir Henrys Namen an. Ach, was soll's. Die Nacht war eh gelaufen, also nahm ich ab.

»Ja?« Meine Nase war zugeschwollen und mein Hals trocken. Vielleicht hätte ich mich besser nicht vor lauter Selbstmitleid in den Schlaf heulen sollen. Nun klang ich wie ein verstopftes Elefantenbaby.

»Mavis?« Henrys nervöse Stimme drang an mein Ohr.

»Ja?« Gestatten, Mavis, die Eloquenz in Person.

»Hey, sorry, dass ich dich mitten in der Nacht anrufe. Ich hab dich bestimmt geweckt, oder?«

Seine Stimme klang besorgt. Oder verlegen? Ich konnte es nicht ganz ausmachen. Irgendwie traurig und seltsam anders.

»Ja«, antwortete ich unvorhersehbar.

»Hör zu …«

Ich runzelte die Stirn, denn etwas anderes als zuhören konnte ich eh nicht. Immerhin telefonierten wir mitten in der Nacht.

»Ich habe mir die ganze Zeit, seit wir uns verabschiedet haben, Gedanken gemacht.«

Er pausierte. Ich fühlte mich im Zugzwang, etwas zu sagen. Etwas anderes als nur ›Ja‹.

»Okay, worüber?«, brummte ich.

Er lachte und ich hörte ihn grinsen. »Darüber, wie absolut peinlich unsere Verabschiedung war.«

»Und«, ich räusperte mich, »deswegen rufst du an? Also, versteh das nicht falsch, ich freue mich, wenn du anrufst. Aber es ist halb drei Uhr nachts. NACHTS.«

»Ich wollte dir nur sagen, dass die nächste Verabschiedung ganz bestimmt anders aussehen wird. Scheiße, ich war einfach aufgeregt. Da verbocke ich manchmal alles, scheiße, sorry.«

Ich konnte mir bildlich vorstellen, wie er gequält die Augen zusammenkniff.

»Hey, ist schon gut, echt. Kein Ding. War doch alles okay so.«

Jetzt belog ich ihn und mich selbst auch, denn es war nicht okay für mich gewesen. Es war absolut nicht okay und würde mich den gesamten restlichen Tag daran hindern, produktiv oder happy zu sein.

»Echt?« Er klang verwundert.

»Okay, nein«, gab ich kleinlaut zu. »Ich dachte schon, ich habe irgendetwas falsch gemacht und dass du mich ätzend findest oder so.«

»Ich finde dich alles andere als ätzend.«

Ich biss mir breit grinsend auf die Unterlippe, um mich daran zu hindern, laut zu quietschen.

»Okay, dann …« Ich suchte nach den richtigen Worten. »Gute Nacht?«

»Gute Nacht. Und sorry noch mal!«

Ich hörte es tuten. Einerseits hätte ich Luftsprünge machen können, andererseits fand ich, dass er anders geklungen hatte. So unsicher und gar nicht wie der aufgeweckte Henry, mit dem ich bereits zwei tolle Verabredungen gehabt hatte. Vielleicht lag das aber auch nur an der Uhrzeit.

Mir fielen wieder die Augen zu.

***

»Jetzt hör schon auf, mich so anzuglotzen!«, forderte ich Max auf, der versuchte, mich unauffällig von der Seite zu beobachten. Allerdings eher auffällig unauffällig.

Wir saßen in der Uni-Cafeteria, da wir einen Freiblock hatten. Schnell drehte ich meinen Kopf in Max' Richtung, sodass er es nicht schaffte, seinen eigenen Kopf rechtzeitig wegzubewegen.

»Erwischt!«, rief ich triumphierend. »Könntest du mir jetzt bitte verraten, warum du heute nicht den Blick von mir abwenden kannst?«

»Irgendwann wirst du schon noch mit der Sprache rausrücken«, schmollte er. »Und wenn ich dich eben durch penetrantes Anstarren dazu bewege.« Er verschränkte die Arme vor der Brust und zog die Augenbrauen zusammen.

Er erinnert mich immer an Frida Kahlo, wenn er diesen Gesichtsausdruck aufsetzt. Seine Augenbrauen sind genauso dicht und gerade wie ihre.

»Das glaubst du doch nicht wirklich«, erwiderte ich schnaubend. »Warum interessiert es dich überhaupt so sehr, wie mein Date mit Henry lief?«

»Ähm, vielleicht weil du meine Freundin bist?«

Ich ließ erschrocken den Stift fallen. »Deine bitte was?«

»Mavis, beruhige dich! Nicht MEINE Freundin. Meine Güte.«

»Es sollte in der deutschen Sprache wirklich andere Bezeichnungen dafür geben. Im Englischen gibt es die doch auch.«

»Dann wandere doch aus«, schlug er lachend vor.

Ich haute ihm mit meinem Schreibblock gegen den Oberarm. »Ich überlege es mir. So viele Idioten auf einem Haufen wie hier kann es nirgendwo anders geben.«

»Okay, jetzt lenk nicht ab, wie war es Samstag?«

Resigniert atmete ich aus. »Du hörst niemals auf zu fragen, oder?«

»Nope, Baby.« Er schüttelte den Kopf und konnte sich ein Grinsen nicht verkneifen.

»Hör auf mich Baby zu nennen!«, knurrte ich.

Das macht er ständig, weil er weiß, dass es mich aufregt.

»Also?« Er wackelte mit den Augenbrauen und brachte mich damit zum Lachen.

»Wir haben uns Samstag nicht getroffen«, gab ich schließlich zu. »Er … er hat abgesagt.«

»Ups.« Er zog seine Mundwinkel nach unten.

»Ups? Das ist alles?« Ich verdrehte genervt die Augen.

»Na ja, ich hatte eher damit gerechnet, dass du mir erzählst, wie absolut toll er ist. Darauf war ich jetzt nicht vorbereitet.«

»War ich auch nicht, stell dir vor«, pampte ich ihn an, obwohl er nichts dafür konnte. »Aber wir haben uns Sonntag zum Eisessen getroffen.« Ich zuckte die Achseln. »Und dann hat er mich letzte Nacht angerufen, um sich für die verkrampfte Verabschiedung zu entschuldigen.«

»Er hat was?« Max' Lachen drang durch alle Etagen der Cafeteria. »Scheint ja ein sehr selbstsicherer Typ zu sein, wenn er extra anruft, um zu erklären, dass die Verabschiedung nicht so gemeint war.«

»Hör auf!«, fauchte ich ihn an. »Genau deswegen wollte ich es dir nicht erzählen. Du machst ihn doch eh nur runter!« Zum Glück hatte ich ihm nicht auch noch gesagt, dass Henry mich *mehrmals* angerufen hatte.

Max tut das grundsätzlich mit allen männlichen Wesen in meinem Leben. Einschließlich Franz, weil er Katzen hasst.

Ich wusste genau, dass Max letztens nur nett gewesen war, als ich ihm das erste Mal von Henry erzählt hatte. Mir selbst gefiel es allerdings auch nicht, dass Henry mich bereits in die Situation gebracht hatte, ihn verteidigen zu müssen.

»Ach komm«, stichelte Max weiter. »Das ist doch wirklich lächerlich, oder meinst du nicht?«

»Mann, ja, ein bisschen vielleicht. Na und?«

»Ich wusste nicht, dass du auf Luschen stehst.«

Als er die Arme hob und sie kurz über seinem Kopf in der Luft hielt, warf ich seine offene Federtasche gegen seinen Bauch. Max' erschrockener Gesichtsausdruck und die Tatsache, dass er auf dem Cafeteria-Boden herumkriechen musste, um seine Habseligkeiten wieder einzusammeln, gaben mir vorerst genug Befriedigung. Kindisch, aber es tat gut.

»Idiot«, nuschelte ich, als er sich wieder auf seinem Stuhl niederließ.

Er runzelte die Stirn. »Hey, Mavis, komm klar!«

Ich war richtig erschrocken darüber, wie er mit mir sprach. »Wie bitte? Ich soll klarkommen?« Ich knurrte ihn an und versuchte, meine Lautstärke auf einem möglichst niedrigen Level zu halten. Immerhin waren wir hier von mindestens einhundert anderen Studenten umgeben.

»Ja, du reagierst echt über.« Er strich sich mit der Hand über die Augen. »Tut mir leid, wenn ich dich verletzt habe, aber …« Er räusperte sich.

»Aber was?« Aggressiv biss ich die Zähne aufeinander.

»Mavis, was ist denn los mit dir? Hat er dir irgendwas … getan?«

»Was?« Ich starrte ihn entgeistert an. »Nein, natürlich nicht!«

»Okay, du bist aber echt durch den Wind heute, Baby.«

So liebevoll wie jetzt hatte er noch nie mit mir gesprochen. Ich musste mich zusammenreißen, nicht in Tränen auszubrechen.

»Nenn mich nicht Baby«, sagte ich leise und sah betreten zu Boden.

Ich spürte, wie sein Blick auf mir lastete und ich haderte mit mir selbst. Ich wollte nicht zugeben, wie sehr mich der nächtliche Anruf verunsicherte. Immer und immer wieder dachte ich an Henrys Stimmlage, die so gar nicht nach ihm geklungen hatte, und fragte mich, was mit ihm los gewesen war. Mir war sogar der Gedanke gekommen, dass er betrunken gewesen sein könnte. Irgendetwas hatte nicht gestimmt, doch traute ich mich nicht, es anzusprechen.

»Ich meine es nur gut. Das weißt du, oder?«

Zu allem Überfluss hob Max mein Kinn an, damit ich ihm direkt in die Augen schaute. Es sind Gesten wie diese, wegen denen alle Welt glaubt, dass wir mehr als nur Kumpel sind.

»Hmpf.« Ich nickte und schluckte.

Sollte ich ihm meine Gefühle schildern? Vielleicht konnte er mir ja doch helfen, Henry zu verstehen? Schließlich waren sie beide Männer.

»Also, ich bin hier und wir haben Zeit. Schieß los.«

Ich legte den Kopf in den Nacken und begann nervös, meine Utensilien in meiner Tasche zu verstauen. »Ach, ich weiß auch nicht. Lass uns laufen, ja?«

»Klar.« Er begann ebenfalls seine Ordner einzupacken.

Gemeinsam standen wir auf, zogen uns unsere Jacken über und schulterten unsere Taschen, mit dem Unterschied, dass er mir meine zwinkernd abnahm und sie sich ebenfalls über die Schulter hängte.

Ich lächelte ihn an und verdrehte die Augen. »Warum hast du nur keine Freundin?«

Er lachte: »Weil ich am Wochenende zu viel feiern gehe und Bier mag?«

»Jep, hast Recht«, bestätigte ich und hielt ihm die Tür auf.

Wir gingen ein paar Meter stumm nebeneinander her, ehe ich das Wort ergriff. Ich war dankbar, dass Max mich nicht gedrängt und abgewartet hatte. Mittlerweile kannte er mich gut genug, um zu wissen, dass ich mich verschließe, je mehr man mich zwingt.

»Weißt du«, begann ich, »ich mag ihn wirklich gern. Aber manchmal komme ich nicht ganz mit bei ihm.«

»Inwiefern?«

Er blickte zu mir herunter, doch starrte ich weiterhin auf den Weg vor uns.

»Erst ist er super redselig, dann wieder so verschlossen. Mal hab ich das Gefühl, dass er mich richtig mag, mal bin ich mir da gar nicht so sicher.«

»Wie meinst du das?« Max sprach einfach weiter, als ich keine Antwort gab: »Ich meine, wie kommst du darauf?«

»Na ja, er schreibt mir manchmal ständig. Wirklich alle paar Minuten.« Ich lächelte in Erinnerung an die Tage, an denen mein Handy ununterbrochen vibriert hatte. »Und manchmal höre ich nichts von ihm. So richtig gar nichts, manchmal zwei bis drei Tage.«

»Hast du ihn darauf angesprochen?«

»Nein.«

»Warum nicht?« Max klang schon jetzt ein wenig frustriert. »Manchmal ist es am besten, Dinge direkt anzusprechen.«

»Ich möchte aber nicht mit irgendeiner Tür ins Haus fallen. Was soll er nur von mir denken?«

»Dass du selbstbestimmt bist und nicht möchtest, dass irgendein dahergelaufener Typ dich zu einem Häufchen Elend macht, nur weil er mit sich selbst nicht klarkommt?«

Erschrocken über seine Aggression klappte mir der Mund auf. »Er ist nicht irgendein dahergelaufener Typ!«

»Aber du bist komisch, Mavis.«

»Bin ich überhaupt nicht.«

»Doch, und das seit ein paar Wochen. Ich hab einfach keine Lust, eine gute Freundin einem depressiven Typen hinterherrennen zu sehen. Er benimmt sich wie Ben.«

Seine Worte trafen mich wie ein Schlag ins Gesicht. »Was erzählst du da? Depressiver Typ?«

Ben ist einer von Max' engeren Freunden. Max erzählt ständig von ihm und seiner Depression, und wie schwer es für die Personen ist, die ihm nahestehen.

»Ist dir der Gedanke denn noch nicht gekommen?«

»Mach keine Witze, Max!«

»Siehst du mich grinsen? Hörst du mich lachen, Mavis?«

Er kickte aufgebracht eine leere Dose aus dem Weg.

»Wie kommst du dazu, so etwas zu behaupten?«

Ich blieb an Ort und Stelle stehen und funkelte ihn an. Henry depressiv? Das war doch vollkommen absurd!

»Er hat dich wann angerufen? Nachts?« Max holte tief Luft. »Er ist ab und zu wie ausgewechselt? Total happy und dann wieder gar nicht erreichbar? Er sagt dir kurzfristig ab?«

Ich schüttelte nur den Kopf. Wollte nicht hören, was Max mir da sagte. »Das muss doch alles überhaupt nichts heißen. Er hatte seine Schwester da, und jeder hat mal einen schlechten Tag.«

»Stimmt.« Max atmete lange aus. »Ich möchte einfach nicht, dass es dir am Ende mies geht. Okay?« Er knuffte mir versöhnlich gegen den Arm. »Ich bin nämlich echt schlecht im Trösten.«

»Kaum vorstellbar«, sagte ich und verdrehte die Augen.

Ich beschloss, aus Sicherheitsgründen das Thema Henry in den nächsten Wochen zu umgehen. Doch ich nahm mir auch vor, gleich heute Abend zu recherchieren, damit ich Max' dämlichen Einwand ein für alle Mal widerlegen konnte.

Depression.

Es war das erste Mal, dass ich so direkt mit diesem Wort konfrontiert wurde. Und es sollte nicht das letzte Mal sein.

Kapitel 17

Kaum, dass ich am Abend nach unserer Unterhaltung zuhause war, fuhr ich meinen alten Laptop hoch und tippte ›Depression‹ in die Suchmaschine ein. Ich las mir unzählige Artikel durch und war am Ende nicht wirklich schlauer als vorher. Worte wie ›Stimmungsschwankungen‹, ›himmelhochjauchzend‹, ›zutiefst betrübt‹, ›schwarz und weiß – keine Grauzonen‹, ›bipolar‹, ›wahrnehmungsverändernde verschreibungspflichtige Medikamente‹, ›unregelmäßige Schlafzeiten‹ oder ›verquere Selbstwahrnehmung‹ und sogar ›Suizidgedanken‹ schwirrten mir seither im Kopf herum.

Ich dachte nur noch an die vielen Artikel aus den verschiedensten Foren, in denen beschrieben wurde, dass man es depressiven Personen nicht unbedingt anmerken muss. Dass erkrankte Menschen mit allen Mitteln versuchen, es zu vertuschen. Dass es mal besser, mal schlimmer ist, die Depression aber in den seltensten Fällen einfach verschwinden kann. Dass es eine Krankheit ist, unter der mehr Menschen leiden, als man sich vorstellt, und dass sie von der Gesellschaft nicht als Krankheit akzeptiert wird.

Dass Depressiv-Sein weitaus komplizierter ist als einfacher Pessimismus.

Ich las die ganze Nacht und ging erst zu Bett, als vor meinem Fenster die Vögel zwitscherten und die Sonne durch die Wolken brach. Mir schmerzten die Augen und mein Kopf. Ich hatte nicht bemerkt, wie lange ich auf meinem Bett gesessen und mich mit einem Thema beschäftigt hatte, das nicht existent in meinem Leben gewesen war. Ich schalt mich selbst, wie kleinkariert ich bisher gedacht hatte und wie blind ich durch die Welt gegangen war.

Es gibt so viele Dinge, mit denen man sich erst beschäftigt, wenn man selbst damit konfrontiert wird. Bin nur ich so egoistisch, oder geht es auch anderen Personen so?

Mit solchen und anderen sich überschlagenden Gedanken fiel ich in einen unruhigen Schlaf und wachte erst auf, als es sogar für die letzte Vorlesung an diesem Dienstag zu spät gewesen wäre.

***

Am nächsten Abend, ich war gerade von einem Spaziergang zum Supermarkt zurück, wo ich mir Zutaten für Spaghetti Bolognese gekauft hatte, vibrierte mein Handy. Ich hatte es den ganzen Tag ignoriert, weil ich mit der geballten Fülle meiner Gedanken überfordert gewesen war. Sofort spürte ich wieder dieses kribbelige Pieken in den Fingerspitzen, als ich Henrys Namen auf dem Display las. Er rief mich an! Und ich freute mich darüber. Ganz gleich, was ich letzte Nacht über ihn gedacht hatte.

Ich nahm den Anruf an und erwischte mich dabei, wie ich versuchte, seine Stimme zu analysieren.

»Hi. Stör ich?«

»Nein, ich bin gerade vom Einkaufen zurück und wollte gleich etwas kochen.«

»Also störe ich ja doch?« In seiner Stimme schwang ein leises Lachen mit.

»Quatsch, ich werde schon nicht verhungern.« Ich grinste breit und war froh, dass er mich nicht sehen konnte.

»Das hoffe ich doch.«

Klang er anders als sonst? War es zu vergleichen mit seinem nächtlichen Anruf? Sprach er zweideutig, suchte er nach Worten, umging er Themen?

Ich konnte nichts dergleichen erkennen. In mir wuchs eine leichte Wut auf Max, der mir diesen Floh ins Ohr gesetzt hatte. Es war nicht fair, jedes einzige Wort von Henry auf die Goldwaage zu legen.

»Und? Heute wieder ein Haar im Mittagessen gehabt?«, neckte ich ihn.

»Ja. Hör mir bloß auf! Es wird immer schlimmer.«

***

Schon zwei Abende später, als wir wieder miteinander telefonierten, hörte ich mit dem Analysieren auf. Stattdessen genoss ich es einfach, Henrys Stimme zu hören und seinen Erzählungen zu lauschen.

Wie hatte ich nur zweifeln können? Henry war toll. Und er mochte mich, da war ich mir absolut sicher. Hätte er mich sonst jeden zweiten Abend angerufen? Er interessierte sich für mein Tagesgeschehen und berichtete mir weiterhin ausführlich von den Haaren, die er täglich aus dem

Mittagessen der Krankenhauskantine fischte. Seine Stimme versüßte mir jeden Tag, egal wie kitschig das klingt.

Mit keiner Silbe erwähnten wir das peinliche Verabschiedungs-Fiasko von vor einer Woche, kehrten es einfach unter den Teppich. Und das war mir recht so. Darauf mussten wir wirklich nicht herumreiten. Max' Vermutung ließ ich im Laufe der Woche ebenfalls unter den Tisch fallen.

***

Samstagabend wollten wir ins Kino gehen, doch leider hatte halb Berlin die gleiche Idee. Wir bekamen tatsächlich keine Karten mehr für die Abendvorstellung. Also trafen wir uns am Alexanderplatz.

Dieses Mal war Henry sogar pünktlich. Er stand bereits an der Weltzeituhr, als ich von der U-Bahn die Treppe hochgelaufen kam. Trotz seiner geringen Körpergröße fiel er mir mit seinen braunen Wuschelhaaren sofort ins Auge.

Ich sah ihn, bevor er mich erblickte, und konnte mein Herz aus meinem Körper hüpfen spüren. Als er den Kopf wandte und mich auf ihn zukommen sah, blitzten seine Augen auf. Er zeigte mir sein wunderschönstes Zahnpastalächeln, das die Horde Ponys in meinem Inneren durchdrehen ließ.

Unsere Begrüßung fiel aus wie die beiden zuvor: Wir umarmten uns. Ich brauchte weitere fünfzehn Minuten, um meinen Atem zu regulieren, da ich so unglaublich aufgeregt war.

Die Enttäuschung darüber, dass wir keine Tickets mehr bekommen hatten, war mir sicher anzusehen. Natürlich hatte ich gehofft, dass wir uns im Kino näherkommen würden.

Das totale Klischee: Junge und Mädchen im Kino, Junge gähnt und streckt sich, legt den Arm ganz locker auf der Rückenlehne des Kinosessels, in dem Mädchen sitzt, ab. Mädchen rückt unauffällig näher an Jungen heran. Beide greifen zufällig gleichzeitig in die Tüte Popcorn, die auf dem Schoß des Mädchens steht, die Hände berühren sich und schließlich fallen sie übereinander her.

Ein ganz simples Szenario, das mir an diesem Abend allerdings verwehrt blieb. Wir entschieden uns, spazieren zu gehen. Später kauften wir uns noch eine heiße Schokolade to go. Da es abends im April schnell frisch wurde, begann ich nämlich bereits nach einer halben Stunde zu frieren. Ich würde mich bei Mona wegen der Auswahl meiner Kleidung beschweren. Hätte sie mir nicht ein etwas wärmeres Outfit zusammenstellen können? Wenigstens trug ich eine Jeans und nicht den Rock, den sie mir eigentlich hatte aufschwatzen wollen. Das dünne Jäckchen hätte ich aber lieber mit einem meiner dicken Pullis ersetzt, da konnte das Loop-Tuch mich auch nicht vorm Erfrieren retten.

Die Verabschiedung, wie sollte es anders sein, fiel alles andere als zu 100 Prozent befriedigend aus. Daran mussten wir wirklich noch arbeiten. Er begleitete mich nach Hause, was ich ihm hoch anrechnete, da das seinen eigenen Nachhauseweg beinahe verdoppelte. So standen wir uns vor meiner Haustür gegenüber, schauten uns in die Augen und grinsten dümmlich. Die Situation war uns beiden unangenehm, doch ich würde den Teufel tun und den ersten Schritt machen. Der erste Kuss sollte verdammt noch mal von ihm ausgehen.

»Also dann … Danke, dass du mich nach Hause gebracht hast.«

Ich strich mir verlegen die Haare hinter die Ohren. Dabei blieb ich an meinem Ohrring hängen, widerstand allerdings dem Drang, vor Schmerz aufzuheulen und ertrug ihn stumm und tapfer.

»Natürlich, immer gerne«, antwortete er schlicht.

Wir kamen uns näher. Ich blinzelte, um meine Augen sofort schließen zu können, sollte er mich wirklich küssen, spitzte sogar ein wenig die Lippen. Die Horde Ponys in meinem Bauch ignorierte ich weitestgehend, auch wenn sie im Galopp meine Magenwände hoch- und runterrannte. Ich spürte seine Hände auf meinem Rücken und seinen Mund. Allerdings nicht dort, wo ich ihn gern gespürt hätte. Stattdessen gab er mir ein unschuldiges Küsschen auf die Wange.

Als wir uns voneinander lösten, fielen mir sein verlegener Blick und die roten Wangen unter seinem Dreitagebart auf. Sofort erlosch meine Enttäuschung.

Er war schlichtweg schüchtern. Ich würde ihm eben die Zeit geben, die er benötigte. Zwar keine weiteren zehn Dates, denn irgendwann sollte auch mal ein blindes Huhn ein Korn finden, aber wer sagt denn, dass man sich nach dem dritten Date unbedingt geküsst haben soll? Monas Teenie-Zeitschriften höchstens. Ich würde meine beste Freundin gleich einmal anrufen und fragen.

Ich griff in meine Handtasche und nahm meinen Schlüssel heraus. »Dann Tschüssi.« Ich winkte ihm, obwohl er noch unmittelbar vor mir stand.

»Bis dann.« Er wandte sich zum Gehen. »Ich rufe dich an«, versprach er mir.

Ich öffnete die Tür und drehte mich noch einmal um, ehe ich ins Haus schlüpfte. Doch er war bereits auf dem Weg zur Bushaltestelle und sah sich nicht mehr nach mir um.

Kapitel 18

Die nächsten Wochen entwickelte es sich, dass wir täglich in Kontakt standen. Wir schrieben uns Nachrichten oder er rief mich an. Eigentlich war ich davon ausgegangen, dass er eine Flatrate hatte. Dann erzählte er mir aber, dass seine Handyrechnung explodiert war. Ich gab ihm darauf meine Festnetznummer und er rief mich darüber an. Sehr zum Missfallen von Mona, die angeblich kaum noch zu mir durchkam. Natürlich übertrieb sie maßlos, es waren nur zwei Abende, an denen bei mir besetzt war.

Wir hatten innerhalb der letzten drei Wochen nur zwei Dates gehabt, da ich in der Uni sehr eingespannt gewesen war. Die Dozenten legten schon zu Beginn des Semesters richtig los. Wie sollte es erst sein, wenn die Prüfungen anstanden? Auch Henry hatte viel zu tun und wurde seit Neustem zu Nachtdiensten eingeteilt, was unseren Rhythmus weiter störte. So telefonierten wir nicht mehr abends, sondern nachmittags, sobald ich von der Uni kam. Das war allerding nicht weiter wild, nachdem wir uns daran gewöhnt hatten.

Wir küssten uns nicht. Immer noch nicht.

Was mich mal wieder an uns zweifeln ließ. Welcher Kerl lässt sich bitte Wochen Zeit, ehe es zum ersten Kuss kommt?

Wie war es nur möglich, dass er vor mir bereits zwei Beziehungen gehabt hatte? Keine Lappalien, sondern jeweils gute zwei Jahre. Sofort hasste ich beide Frauen dafür. Mein Eifersuchtsradar schlug auf der Stelle an und ich fragte mich, was an mir ihn davon abhielt, einen weiteren Schritt vorwärts zu gehen.

Stillstand ist einfach nicht mein Ding.

Doch was sollte ich tun?

Ich. Wollte. Nicht. Den. Ersten. Schritt. Machen.

War das zu engstirnig von mir? Sonst bin ich auch Fan der Emanzipation der Frau. Warum nicht, wenn es darum geht, die Initiative für den ersten Kuss zu ergreifen?

Bei unserem nächsten Date würde es schon passieren, das spürte ich. Das *hoffte* ich. Wir hatten uns kurzfristig für Samstagabend verabredet und gingen in einer Strandbar etwas trinken. Sie befand sich mitten in Berlin auf dem Dach eines Einkaufszentrums, das wirklich besser ausgeschildert werden sollte. Zuerst brachte uns der Fahrstuhl in eine Kieferorthopädie, danach in ein Spielcasino und schließlich direkt vor einen Ü18-Store. Ich lief knallrot an und rannte beinahe zurück in den Fahrstuhl. Was, wenn er dachte, ich hätte ihn absichtlich dorthin gelotst?

Nachdem wir endlich den Fahrstuhl gefunden hatten, der uns auch wirklich zum Dach brachte, bestellten wir uns Getränke und setzten uns an einen Tisch für zwei Personen am Rand.

Holla, die Waldfee, war das romantisch! Wir ließen uns jeder auf einer Strandliege nieder, mit einem kleinen, kniehohen Tisch aus Bast zwischen uns, auf dem wir meine

Piña Colada und seinen Mojito abstellten. Es war ein überraschend warmer Abend für Ende Mai, vorsichtshalber schleppte ich aber einen zusätzlichen Pullover, den ich unter meiner weiten Jacke anziehen konnte, in meiner Handtasche mit mir herum. Sollte mich auf dem Nachhauseweg eine seltsame Person anmachen, würde ich dieser einfach meine Riesentasche über den Schädel ziehen.

Der Himmel über Berlin färbte sich leicht rosa, ehe er in ein sattes Orange überging. Kurze Zeit später verschwand der Sonnenball hinter dem Fernsehturm und ging ganz in der Berliner Skyline verloren. Alsbald hüllte uns die dunkle Nacht ein, die eine kühle Brise mit sich brachte. Die Stadt schien zu glitzern wie ein angeleuchteter Diamant.

Der Barkeeper, der uns kurz zuvor unsere Cocktails gemixt hatte, ging nun mit so vielen Kerzen, wie er in den Händen halten konnte, von Tisch zu Tisch. Er stellte auf jedem Tisch zwei Stück ab, in einer zweiten Runde zündete er die Kerzen an. Als wäre das nicht schon romantisch genug, knipste er verschiedene Lichterketten an, von denen sich eine direkt um das Geländer vor uns schlängelte. Die wenige Minuten zuvor noch flippige Hip-Hop-Gute-Laune-Musik wurde durch langsamere Töne ersetzt. Ich fühlte mich, als hätte jemand dieses Date extra für uns arrangiert. Die anderen, vielleicht zwanzig, dreißig Menschen, die den Abend ebenfalls hier genossen, ignorierte ich gekonnt. Es war, als wären nur Henry, der Barkeeper Schrägstrich Kerzenmann Schrägstrich DJ Schrägstrich Elektriker (arbeitete eigentlich sonst noch jemand in dieser Strandbar-auf-dem-Dach-mitten-in-Berlin?) und ich dort gewesen.

»Ich bin gleich wieder da.« Mit meiner Handtasche im Arm stand ich auf und musste mich kurz an der Kopflehne meiner

Liege festhalten. Der Boden wankte leicht, da ich Alkohol nicht gewohnt war. »Bin nur kurz auf der Toilette.«

»Klar, bis gleich. Willst du dann noch etwas trinken?«

Ich nickte ihm lächelnd zu. Von mir aus musste der Abend noch lange nicht zu Ende gehen.

Im Vorraum zu den Toiletten blieb mein Blick zuallererst an meinem Spiegelbild hängen. Oh Gott! Meine Haare waren einem völlig zerzausten Vogelnest gewichen und meine Nase glühte rot. Ich sah aus wie die verwirrte kleine Schwester von Rentier Rudolph. Mit vor Kälte steifen Fingern kramte ich in meiner Handtasche nach meiner ausklappbaren Haarbürste und probierte, aus dem Mopp wieder einen vernünftigen Bob zu zaubern.

Die Toiletten waren ein einziger Graus. Vermutlich sah sich niemand in der Verantwortung, diese auch nur einmal zu reinigen. Mein Toilettengang wurde entsprechend ein sehr schnelles Unterfangen. Kurz bevor ich wieder hinausging, zog ich mir meinen Extra-Pullover über und hielt meine Hände unters fließende Wasser. Erst als der lauwarme Strahl meine Finger berührte, bemerkte ich, wie kalt diese geworden waren.

»Ah, du hast dir also auch noch etwas übergezogen.« Ich zeigte auf seinen Pullover, der nun unter seiner Jacke hervorlugte.

Er nickte. »Ja, ein Strandbarbesuch im Mai war eine mutige Idee von uns. Ist dir kalt? Möchtest du … gehen?«

Seine Besorgnis rührte mich. Vielleicht war es aber auch der Alkohol, der mich so sentimental werden ließ. »Nein, nein.« Ich schüttelte den Kopf, und meine frisch gekämmten Haare versprühten den Duft meines Shampoos. »Ich würde gern noch etwas trinken. Die haben hier auch warme Cocktails, habe ich gelesen.«

Henry legte erstaunt den Kopf schief und kniff die Augen zusammen, um die Anzeige an der Bar entziffern zu können. Das sah so lustig aus, dass ich mich vor Lachen an meinem letzten Schluck Piña Colada verschluckte. Sofort sprang Henry ritterlich auf und strich mir mit leichtem Klopfen vom unteren Rücken nach oben. Ich spürte die Berührung seiner Hand durch all meine fünf Schichten Kleidung auf meiner Haut. Es ließ mich leise seufzen, und ich dachte, dies müsste der Moment sein, in dem er mich küsste. Weitaus weniger romantisch als ich es mir gewünscht hätte, aber irgendwie war ich da nicht mehr wählerisch.

»Geht's wieder?«, fragte er, während er zu seiner Strandliege zurückging.

Ich vermisste seine Nähe bereits jetzt schmerzlich. War das eine übertriebene Reaktion meines Körpers? Oder ist das normal, weil ich … verliebt war?

»Ja, danke. Warum hast du nicht einfach auf meinen Rücken geklopft, sondern über ihn gestrichen?«

Er lachte kurz. »Weil man dadurch die Lunge beschädigen kann.«

Während er das sagte, fasste er sich an die Brust. Mein Blick heftete sich auf diesen Fleck, und auch als er die Hand wegnahm, harrte mein Blick weitere – zehn? zwanzig? – Sekunden auf seinem Oberkörper aus.

»Das wusste ich gar nicht.« Ich blickte ihm wieder in die Augen, mit denen er mich so herzlich und warm anstrahlte.

»Das wissen nur die wenigsten. Das war aber eines der ersten Dinge, die mir im Krankenhaus beigebracht wurden.«

Ich lächelte ihn an und zeigte auf unsere leeren Cocktailgläser. »Wollen wir uns noch etwas zu trinken holen?«

»Jap, klar!« Er nahm beide Gläser und wartete, bis ich ebenfalls aufgestanden war.

In der Strandbar herrschte Selbstbedienung. Aus unübersehbarem Grund – dieser arme Mann, der hier alles allein zu stemmen schien.

»Was darf's für euch sein?« Cool grinste der Barkeeper uns an, während er Bierflaschen in einen Kühlschrank räumte.

Glücklicherweise standen nur drei warme Cocktails zur Auswahl, sonst hätte das hier zum Getränke-Bestell-Fiasko-2.0 werden können.

1. Orangen-Zimt-Kaffee
2. Blueberry Sweety
3. Abendrot

Kaffee fiel für mich schon mal flach. Immerhin hatte ich noch vor, heute Nacht ein Auge zuzutun. Der Barkeeper erklärte mir freundlich, dass Blueberry Sweety aus Heidelbeeren, warmer Milch, weißer Schokolade und Vanillesirup besteht, wobei es den Sirup mit und ohne Alkohol gibt. Abendrot ist ein Cocktail, der Cranberry-Nektar, Blutorangensaft, braunen Zucker, Sambuca und Chili beinhaltet.

Meine Wahl fiel ohne große Überlegung auf den alkoholfreien Blueberry Sweety. Die Feiernacht mit Mona war mir eine Lehre gewesen und der erste Cocktail schaukelte noch ein wenig in mir herum. Henrys Wahl fiel auf den Abendrot-Cocktail. Er schien aber auch eindeutig mehr zu vertragen als ich.

Die routinierten Handgriffe des Barkeepers faszinierten mich, und als Henry seine Hand wieder auf meine Taille legte, während wir auf unsere Cocktails warteten, fühlte ich mich wie auf Wolke 7. Für Außenstehende musste es so aussehen, als wären Henry und ich ein Paar. Ich war unfassbar glücklich und kurz davor, mich einfach zu ihm zu beugen, um ihn zu küssen. Mein mädchenhafter Stolz hielt mich aber weiter davon ab.

»Danke dir.« Ich nahm dem Barkeeper meinen Heidelbeer-Milch-Schokolade-Vanille-Cocktail aus der Hand und wärmte daran meine Finger, die bereits wieder kalt geworden waren.

Henry zahlte und nahm sein Getränk ebenfalls entgegen. Bei unserem letzten Treffen war ich diejenige gewesen, die für die Getränke aufgekommen war, auch wenn ihm das missfallen hatte. Komischerweise wollte er immer für mich zahlen, als hätte er Sorge, ich würde mich sonst nicht mehr mit ihm treffen wollen. Was natürlich Quatsch ist, aber vermutlich denke nur ich wieder so.

Als wir an unserem Platz ankamen, bat er mich, sein Glas kurz zu halten. Verdutzt beobachtete ich, wie er den kleinen Tisch zwischen den Liegestühlen hervorzog und diese direkt nebeneinander schob, sodass zwischen ihnen nur noch ein kleiner Spalt war. Den Tisch stellte er kurzerhand an die Fußenden. Er nahm mir beide Gläser ab und forderte mich grinsend auf, Platz zu nehmen, was ich natürlich tat. Mit einem dicken, fetten Grinsen im Gesicht und wildgewordenen Ponys samt Schmetterlingen im Bauch.

Er setzte sich neben mich und prostete mir zu. Vor lauter

Überrumpelung brachte ich kein Wort heraus. Ich starrte ihn nur breit grinsend an und versuchte, das Kribbeln, das meinen gesamten Körper einnahm, zu ignorieren.

So saßen wir still nebeneinander und blickten über die Skyline von Berlin. Ich nippte an meinem Cocktail, der so lecker war, dass er prompt zur Nummer 1 auf meiner Lieblingsgetränkeliste wurde. Okay, Nummer 2, denn Kaffee würde für immer unangefochten bleiben.

Ich hätte mir kein besseres Date vorstellen können. Als Henry dann ohne Vorwarnung seine Hand in meine legte, als wäre es das normalste der Welt, explodierten die Ponys und die Schmetterlinge wirbelten Tornados in mir auf. Mein Bauch glich einer Brausepulvertüte, in die man Sprudelwasser gekippt hatte, ich spürte die nächtliche Kälte kaum mehr. »Oh wow, der hat es in sich.« Henry räusperte sich, nachdem er den ersten Schluck von seinem Cocktail genommen hatte, und hielt ihn mir dann hin. »Willst du einen Schluck probieren?«

Ich nickte und wir tauschten die Gläser.

»Du kannst meinen ruhig auch probieren«, schlug ich ihm mit einem Lächeln vor.

Als ich meine Lippen an das Glas setzte, roch ich bereits den Alkohol, der durch die Hitze noch verstärkt wurde. Ich dachte mir, dass meine Lippen seinen bisher noch nie so nahe gewesen waren wie durch das Glas, und lächelte aufgeregt.

»Sehr lecker, aber eindeutig eine Nummer zu hart für mich«, gab ich zu, als wir die Gläser zurück tauschten.

Er wartete nicht lange, ehe er wieder meine Hand nahm. Ich spürte seinen Blick auf mir ruhen. Langsam drehte ich den Kopf in seine Richtung und wir lächelten uns an.

Allerdings ohne, dass sich unsere Köpfe näher kamen. Bevor meine Enttäuschung darüber mich übermannen konnte, nahm ich unseren Gesprächsfaden von vor gut einer Stunde wieder auf.

»Und bei wem wird deine Schwester leben, wenn die Scheidung durch ist? Wie heißt sie eigentlich?«

»Habe ich das noch nie erwähnt? Fenja heißt sie. Und wie es aussieht, wird sie bei unserer Mutter wohnen.«

»Fenja? Den Namen hab ich noch nie gehört. Also wird dein Vater ausziehen?«

Er nickte. »Ich bin einerseits froh, dass ich nicht mehr täglich miterleben muss, wie sie sich angiften. Das haben sie schon getan, als ich jünger und Fenja noch gar nicht geboren war. Andererseits tut es mir leid, dass Fenja nun als Scheidungskind groß werden muss.« Er seufzte und nahm einen weiteren Schluck. »Deinen Namen habe ich vorher auch noch nie gehört«, erinnerte er mich grinsend.

»Stimmt«, pflichtete ich ihm bei und verfiel zum millionsten Mal seinem Lächeln.

Wir saßen noch eine gute Stunde da und unterhielten uns, ehe ich zu frösteln begann und wir aufbrachen. Natürlich völlig kussfrei. Im Vorbeigehen winkten wir dem Barkeeper zum Abschied zu und machten uns dann auf den Weg zur S-Bahn. Ich nahm all meinen Mut zusammen und griff nach seiner Hand, als wir aus dem Fahrstuhl stiegen, und war froh, keinen Korb von ihm zu bekommen.

Warum auch immer: Die Angst, abgewiesen zu werden, ist bei mir stets präsent. Als würde mich eine schwarze Gewitterwolke verfolgen, um mich zum richtigen Zeitpunkt zu durchnässen. Bei Henry konnte man einfach nie wissen.

»Ich bringe dich nach Hause«, bot er mir an.

Doch da ich wusste, dass das für ihn ein riesiger Umweg wäre, schüttelte ich vehement den Kopf. »Danke, das brauchst du nicht.« Er öffnete den Mund, um zu diskutieren, aber ich ließ ihn nicht zu Wort kommen: »Wirklich nicht. Sonst brauchst du ja ewig lang nach Hause.«

»Na gut. Aber du schreibst mir, wenn du angekommen bist, ja?« Er drückte kurz meine Hand und strich sanft mit dem Daumen über meinen Handrücken.

Wir stiegen in die Berliner Ringbahn und setzten uns nebeneinander, die Finger ineinander verflochten.

»Ich muss die nächste Station aussteigen.« Er zeigte auf die Anzeige.

»Okay.« Ich nickte lächelnd.

Als die Bahn in den Bahnhof einfuhr, erwartete ich den langersehnten Kuss. Doch er lehnte sich nur zu mir, um mir einen flüchtigen Kuss auf die Stirn zu geben, ließ meine Hand los und verließ beinahe fluchtartig die Bahn.

Wenige Sekunden, nachdem die Bahn wieder losgefahren war, vibrierte mein Handy.

*Henry: Danke für den tollen Abend, Süße. Und vergiss nicht, dich zu melden! :**

Ich hyperventilierte. Okay, ich hatte zwar keinen Kuss bekommen, dafür aber einen Freundinnen-Spitznamen und einen virtuellen Kuss-Smiley. Die Ausbeute war gar nicht so schlecht. Vor lauter Freude verpasste ich beinahe meine Station. Bei unserem nächsten Date würde es so weit sein. Das wusste ich einfach.

*Ich: Mach ich! :**

Kapitel 19

Einen Tag nach dem Date lümmelte Mona auf meinem Bett herum, während ich in meinem Schlafzimmer auf- und abging.

»Das klingt ja alles schön und gut, Süße, aber Fakt ist: Nach fast zwei Monaten, die ihr euch regelmäßig gesehen habt, seid ihr euch kein Stückchen nähergekommen. Ihr stagniert.«

Ich spürte, wie Mona bereits von Pro-Henry zu Contra-Henry wechselte. Das Gefühl, dass sie nicht mehr mit ihm als meinen zukünftigen Freund, Verlobten, Ehemann, Vater meiner Kinder und Stiefvater von Franz einverstanden war, wurde von Tag zu Tag größer. Sie verstand einfach nicht, dass er schüchtern war. Dass er nichts überstürzen wollte. Leider wusste ich selbst auch nicht, warum er sich so lange Zeit ließ. Ich wusste nur, dass ich ihn längst deswegen hätte fragen sollen. Doch ich hatte Angst vor seiner Antwort. Am Ende war er sich nicht sicher oder sah in mir doch nur eine Freundin und nichts Längerfristiges.

Ich unterbrach meinen Schlafzimmer-Walk und baute mich mit verschränkten Armen vor Mona auf. »Du verstehst ihn halt nicht.«

»Ganz ehrlich, verstehst du ihn denn?« Den Kopf eingezogen, blickte sie mich mitleidig an.

So weit war es also schon gekommen: Meine beste Freundin bemitleidete mich. Dabei gab es absolut nichts, was man an meiner Situation bemitleiden konnte. Wenn sie so weitermachte, würde ich ihr in Zukunft nicht mehr von meinen Verabredungen berichten. Dennoch musste ich ihr zustimmen, und das gefiel mir überhaupt nicht.

»Nein, Mona. Ich verstehe ihn nicht, aber was soll ich denn tun?«

»Na ja, andere Mütter haben auch schöne Söhne?«

Der Blick, den ich ihr daraufhin zuwarf, hätte sicher die Hölle zufrieren können. »Na klar! Nur weil er sich Zeit lässt, soll ich ihn direkt fallen lassen?« Ich musste mich zügeln nicht laut zu werden. Wenn es um Henry ging, war ich sofort auf der Palme.

»Was heißt hier denn fallen lassen? Mave, du bist ihm zu überhaupt nichts verpflichtet. Ihr seid kein Paar, weil ER nicht aus dem Arsch kommt. Wie lange soll das denn noch so laufen? Ihr habt euch noch nicht mal geküsst. Und das, obwohl ihr euch mögt? Er ist ein Waschlappen!«

Mona war wütend und ich perplex über ihren Wutausbruch. Ich war hier die Einzige, die einen Grund gehabt hätte, sauer zu sein.

»Was geht es dich an, wie lange wir dafür brauchen, uns näherzukommen?«, giftete ich zurück.

Ich fühlte mich von ihr angegriffen. Sollte sie mir nicht bedingungslos beipflichten? Aus ihrem Mund hörte es sich an, als wäre ich allein schuld daran, dass zwischen mir und Henry nichts passierte. Dass wir ihrer Meinung nach nicht vorankamen.

»Du verschwendest deine Zeit, Süße.« Sie sprach leise und wischte sich mit den Händen übers Gesicht. »Ich will nur nicht, dass er dir wehtut. Das weißt du hoffentlich?«

Oh Mann. Kam sie jetzt auf denselben Trip wie Max? »Das wird er schon nicht.«

Mona schüttelte kaum sichtlich den Kopf. Ein kleines Lächeln umspielte ihre Lippen, als sie aufstand, um mich in den Arm zu nehmen.

»Alles gut zwischen uns?«, fragte sie und grinste breit.

Mona hasst Streit. Wir gehen nie im Streit auseinander, und das liebe ich an ihr.

Ich nickte nur und ging aus dem Schlafzimmer in die Küche. »Kaffee?«, rief ich ihr mürrisch zu. Meine Art, das Kriegsbeil zu begraben.

»Jep!«, flötete sie und kam mir hinterher.

Den Rest des Tages verbrachten wir mit Franz und Netflix auf meiner Couch und ließen uns zum späten Abend chinesisches Essen liefern. Meiner Frage nach Marvin ging Mona mit einem lockeren Handwedeln aus dem Weg. Sie sagte nur beiläufig, dass dieser sich eine Pizza in den Ofen würde schieben müssen.

Henry erwähnten wir an diesem Abend mit keiner einzigen Silbe mehr. Das war vermutlich besser so. Tief in meinem Inneren wusste ich, dass kein Kerl der Welt es wert ist, dass Mona und ich uns streiten. Ich würde sie schon noch von ihm überzeugen können. Immerhin war er großartig, und ich fühlte mich in seiner Gegenwart so wohl wie noch bei keinem anderen Jungen zuvor. Allerdings war ich auch froh, dass ich Mona nichts von Max' bescheuerter Vermutung erzählt hatte. Sie wäre mit sehr hoher Wahrscheinlichkeit auf den Zug namens ›Depression‹ mit aufgesprungen.

Als Mona einige Stunden später den Nachhauseweg angetreten war und ich die Tür hinter ihr ins Schloss gedrückt hatte, griff ich nach meinem Handy. Es hatte mich einiges an Überwindung gekostet, es während Monas Anwesenheit unangetastet auf meiner Sitzbank liegen zu lassen und nicht nachzuschauen, ob Henry mir geschrieben hatte. Womöglich hätte das nur zu einer weiteren Auseinandersetzung mit meiner besten Freundin geführt, da ihr irgendetwas an dem, was er geschrieben haben könnte, nicht gepasst hätte.

Zu meiner riesigen Enttäuschung hatte Henry weder versucht, mich anzurufen, noch wartete eine Textnachricht auf mich. Dabei war ich mir so sicher gewesen, dass er sich melden würde. Immerhin war es gestern so gut zwischen uns gelaufen. Für unseren persönlichen Maßstab zumindest.

Sollte ich ihm vielleicht schreiben? Erwartete er, dass ich mich meldete? Immerhin gingen die Gespräche oft von ihm aus. Aber nicht, dass er dachte, ich liefe ihm von jetzt an hinterher oder würde mich total nach ihm verzehren. Nein, ein ganzer Tag, ohne ein Wort miteinander zu wechseln, war schon ziemlich lang. Ich fragte mich, ob ihm das egal war. Vielleicht war er auch nur beschäftigt und hatte gar keine Zeit, an mich zu denken. An einem Sonntag. Einem Sonntag, an dem er nicht arbeiten musste.

Okay, ich würde ihm schreiben. Da war doch nichts dabei. Sollte er eben denken, dass ich ihn vermisste.

Ich ging ins Badezimmer, legte das Handy auf der Waschmaschine ab und begann, mich abzuschminken und mir ungewohnt lange die Zähne zu putzen. Dabei schielte ich immer wieder auf mein Handy. Vielleicht würde er ja doch noch schreiben. Nach dem Zähneputzen begann ich mir die Augenbrauen zu zupfen und lackierte anschließend meine Fußnägel.

Immer noch keine Nachricht.

Der Blick auf die Uhr verriet mir, dass es bereits 23:00 Uhr war. Zu dieser Zeit schlief ich normalerweise schon, denn morgen musste ich wieder früh raus für die Uni. Seufzend griff ich nach meinem Handy, lief ins Wohnzimmer und holte Franz aus seinem geliebten Außengehege nach drinnen. Wie jeden Abend folgte er mir ins Schlafzimmer und rollte sich auf dem Fensterbrett zusammen. Dort kraulte ich ihn für einige Minuten hinter den Ohren und wünschte ihm schließlich eine gute Nacht.

Im Bett las ich mir noch einmal die letzten Nachrichten durch, die Henry und ich uns gesandt hatten.

Ich: Ich bin angekommen :)

*Henry: Sehr gut, ich brauche noch ein Weilchen. Gute Nacht! :**

*Ich: Nacht :**

Hm, die letzte Nachricht war von mir. War es dann nicht an ihm, zu schreiben? Auf gar keinen Fall wollte ich zu aufdringlich wirken. Also legte ich das Handy – ohne ihm zu schreiben – auf meinem Nachttisch ab und schloss die Augen.

Morgen.

Morgen würde er sich bestimmt bei mir melden …

… dachte ich, bevor meine Gedanken erst richtig zu rasen begannen. An Schlaf war absolut nicht zu denken. Wann hatte ich mir das letzte Mal wegen eines Jungen die Nacht um die Ohren geschlagen? Die Antwort war einfach: Bisher noch nie. Zumindest noch nie wegen jemand anderem als Henry. Er raubte mir nun schon zum zweiten Mal den Schlaf.

Ich begann Schäfchen zu zählen, was mich zunehmend langweilte. Wälzte mich hin und her, wobei ich Franz versehentlich aus dem Bett kickte. Er mauzte empört. Wahrscheinlich würde er die ganze Nacht nicht mehr wiederkommen, er ist viel zu nachtragend.

Wie ich so dalag, griff meine Hand ohne meine Zustimmung an die fünfzig Mal nach meinem Handy, was fünfzig Messerstichen in meine Eingeweide gleichkam. Ich wusste nicht, warum ich die Hoffnung nicht aufgab. Ich wünschte mir so sehr, dass er mir schrieb. Vergeblich.

Es war weit nach Mitternacht, als ich mich aus der Bettdecke quälte und mürrisch in die Küche ging. Kurz überlegte ich, die Nacht einfach durchzumachen. Nur was hätte ich tun sollen? Wieder irgendetwas recherchieren? Vermutlich würde ich nur wieder auf Dinge stoßen, die ich nicht wissen wollte. Und würde ich absichtlich wach bleiben, würde ich wohl schwach werden und ihm schreiben. Auf gar keinen Fall wollte ich ihn wie ein verrücktes Groupie mitten in der Nacht antexten. Was sollte er nur von mir denken?

In der Küche fiel meine Wahl auf eine meiner ältesten Kindertassen. Die Form war langweilig, die Keramik dick, aber das verblasste Bild einer Teddybären-Familie am Esstisch beruhigte mich und erinnerte mich an meine einfache, glückliche Kindheit. Ich füllte die Tasse mit Milch auf und stellte sie in die Mikrowelle.

Der Plan war eine warme Milch mit Honig, das war immer das Geheimrezept meiner Mutter gewesen. Mittlerweile wusste ich, dass sie nicht als Einzige die grandiose Idee gehabt hatte, Honig in Milch zu rühren. Doch als Kind war sie deshalb meine Heldin in schlaflosen und albtraumgeplagten Nächten gewesen.

Leider fand ich in keinem meiner Schränke ein Glas Honig, und augenblicklich vermisste ich meine Mutter. Ich vermisste, wie sie sich bedingungslos um mich kümmerte, wenn ich nicht schlafen konnte, und wie sie immer dafür sorgte, dass wir Honig für Notfälle im Haus hatten.

Das Einzige, das Honig nahekam, war Agavendicksaft. Also kuschelte ich mich auf mein Sofa, trank eine heiße Milch mit Agavendicksaft und glaubte ganz fest an deren Wirkung. Es bewirkte aber nur eine gewaltige Übelkeit, die mich eine weitere Stunde wachhielt.

Ich verfolgte den Sekundenzeiger der Wanduhr im Wohnzimmer, doch selbst das ließ meinen Körper nicht ruhiger werden. Mit wachsender Verbitterung über das Ausbleiben von Henrys Lebenszeichen ging ich zurück ins Bett. Sobald ich meine Augen schloss, sah ich ihn vor mir. Ich erinnerte mich an meine Hand in seiner und an das Schimmern in seinen Augen, als wir uns in der Bar näherkamen. Nichts konnte meine Schlaflosigkeit bekämpfen.

Kapitel 20

Brrrrr, brrrrr, brrrrr.

Stöhnend schlug ich auf meinen Wecker ein. Ich würdigte ihn keines Blickes, da er mich so unsanft aus dem nach ewigem Hin- und Hergewälze gefundenen Schlaf gerissen hatte. Grummelnd stand ich auf und schlüpfte in die frische Kleidung, die ich mir gestern bereitgelegt hatte. Im Flur begrüßte mich Franz, der mir den Tritt von letzter Nacht wohl doch nicht mehr so übel nahm und schnurrend um meine Beine schlich. Vermutlich hatte er einfach nur Hunger, also bückte ich mich zu dem kleinen Schrank im Flur, in dem seine Futterdosen standen.

»Was darf es denn heute sein?« Ich strich ihm über sein Köpfchen und er gurrte wie eine Taube. »Lamm?«

Keine Regung von Franz.

»Reh und Preiselbeeren?«

Leerer Blick von Franz.

»Okay, Thunfisch?«

Schwanzwedeln.

Manchmal glaube ich, dass mein Kater ein verkappter

Hund ist. Ein Hund, der auf Thunfisch steht und miaut wie ein Kitten.

Eine halbe Stunde und einen großen Becher Kaffee später zog ich mir meine Schuhe an. Ich schlüpfte in meine geliebte Stoffjacke, die sich weich an meine Haut schmiegte, und griff nach meiner Unitasche. Das Handy steckte bereits in der Hosentasche meiner Jeans. Natürlich war keine Nachricht eingegangen.

Ich nahm mir vor, abzuwarten, ob Henry mir vielleicht einen Guten Morgen wünschen würde. Ansonsten würde ich ihm gegen Mittag schreiben. Soweit ich wusste, hatte er diese Woche wieder ganz normalen Tagesdienst.

Im Bus und in der U-Bahn waren wieder alle Passanten in ihre Handys vertieft. Hier und da steckte auch mal jemand seine Nase in ein Buch, allerdings nur so lange, bis das Handy sich meldete.

Warum waren alle eigentlich so abhängig von ihren Handys? Warteten sie ebenfalls sehnsüchtig auf eine Nachricht?

Ich beobachtete ein junges Mädchen, das schätzungsweise vierzehn Jahre alt war, aber das kann heutzutage schnell täuschen. Sie wirkte verzweifelt, während ihr Daumen auf ihrem Display auf- und abwischte. Ich konnte erkennen, dass sie eine Nachricht tippte. Ihr Gesichtsausdruck wechselte dabei von grimmig zu traurig bis hin zu niedergeschlagen.

Ob man mir meinen Gemütszustand ebenso ansehen konnte? Vermutlich schon.

Wie im Gruppenzwang holte ich mein Handy aus der Hosentasche, während ich mich mühselig an einer Handschlaufe festhielt.

Volle U-Bahnen sind ein Graus, aber leider alltäglich. Ein freier Platz ist eine seltene Besonderheit. Natürlich kommt immer dann, wenn ich mal einen Platz ergattere, eine gebrechliche Oma zur Tür herein, sodass ich wieder aufstehen muss. Außer mir tut das kaum jemand. Vielleicht sollte ich einfach mal ein paar Sekunden länger sitzen bleiben, damit sich jemand anderes gezwungen fühlt, für die ältere Generation Platz zu machen.

1 neue Nachricht

Mein Puls begann zu rasen. Ich fing an zu schwitzen, mein Magen hüpfte. Das wohlbekannte Kribbeln wanderte bis in meine Zehenspitzen. Er hatte geschrieben, er hatte geschrieben, er hatte geschrieben!

Mit vor Aufregung zittrigen Fingern öffnete ich mein Nachrichtenprogramm. Sofort rutschte mir das Herz in die Hose und blieb dort enttäuscht liegen. Es war nur Max, der mit mitteilte, dass er seine U-Bahn verpasst hatte und fünf Minuten später am Bahnhof sein würde. Ich schnaubte. Als ob das etwas Neues wäre.

Von mir selbst genervt, verdrehte ich die Augen und schluckte den Kloß in meinem Hals hinunter. Warum konnte ich nicht für eine einzige Sekunde nicht an Henry denken? Er regierte geradezu mein Gehirn. Er musste es fernsteuern, anders konnte ich mir das nicht erklären. Es war einfach nicht mehr normal, dass sich alle meine Gedanken nur noch um ihn drehten.

Wie automatisch tippte mein Finger auf seinen Namen und unsere letzten Nachrichten tauchten auf dem Display auf. Ich starrte die Kuss-Smileys an und meine Knie wurden weich. Mir wäre jetzt ein Sitzplatz lieb gewesen, denn zu meinen weichen Knien gesellten sich eine nervöse Übelkeit und eiskalte Finger.

Verliebt sein ist schlimmer als ein grippaler Effekt. Es gibt nämlich keine Medizin dafür, und mein Arzt würde mir deswegen sicherlich keine Arbeitsunfähigkeitsbescheinigung ausstellen. Das wäre doch perfekt: Einfach in die Apotheke gehen und um ein Mittel gegen Verliebtheit bitten. Dabei könnte man unterscheiden zwischen Verliebtheit ersten, zweiten und dritten Grades und je nachdem die Dosierung anpassen.

Ich hätte vermutlich die komplette Packung auf einmal gefressen, nur damit es aufhörte und ich mich wieder wie ein normaler Mensch benahm.

In solche und andere Gedanken vertieft, verpasste ich die Station, an der ich hätte aussteigen müssen. Also stieg ich notgedrungen eine Station später aus und fuhr wieder zurück. Glücklicherweise kamen die Bahnen alle drei bis vier Minuten.

Ich: Bin auch gleich da.

Max: Ich habe Kaffee für dich.

Ich: Du bist perfekt.

Irgendwie hatte ich das Bedürfnis, wieder ein wenig Normalität in unsere Freundschaft einkehren zu lassen, und war froh, dass Max mich noch immer nicht abgeschrieben hatte. Denn leider musste ich mir eingestehen, dass ich ihn nicht mehr so behandelte wie früher.

Ich legte jedes seiner Worte auf die Goldwaage, warf ihm böse Blicke zu und verbat ihm den Mund, und dass, obwohl wir kein einziges Mal mehr über Henry gesprochen hatten. Der kam nicht einmal zur Sprache, und dennoch bezog ich alles, was Max sagte, auf Henry und mich. Ich war eine elendige Furie und seiner Freundschaft beinahe nicht mehr würdig. Dabei braucht doch jeder einen Max.

Max: Ich weiß :) Warte oben

»Hi, Morgen«, nuschelte ich Max zu, der mir grinsend einen Becher Kaffee hinhielt.

»Guten Morgen. Wie siehst du denn aus?« Er zog belustigt eine Augenbraue hoch. »Ich hoffe doch, ein gewisser Henry hat damit nichts zu tun?«

»Maaann!«, jammerte ich. Aber ich wusste ja, dass ich das Thema nicht ewig umgehen konnte.

»Also doch?«, fragte er besorgt.

Ich nickte, nahm einen großen Schluck Kaffee und schob mit der freien Hand meine Haare hinters Ohr. »Ja, ich habe letzte Nacht kaum ein Auge zugetan.«

Max legte den Kopf schief. »Ist das jetzt gut oder schlecht?«

Verwirrt runzelte ich die Stirn. »Wie meinst du das?«

»Na ja, entweder hattest du eine schlaflose Nacht, weil er erstens bei dir war, zweitens du bei ihm warst, drittens ihr die ganze Nacht telefoniert habt, oder viertens irgendetwas nicht so läuft, wie du es gerne hättest, und du dir deshalb die ganze Nacht Gedanken darüber gemacht hast.«

»Bingo, Letzteres.« Ich lächelte traurig.

Zu meiner Überraschung legte Max einen Arm um meine

Schulter und drückte mich an sich. Das musste ein Bild für die Götter sein, denn er ist immerhin gute 35 Zentimeter größer als ich.

»Na los, erzähl Dr. Herzschmerz-Max von deinen Problemen, Kleine.«

Er grinste auf mich herab, und wie auch immer er es angestellt hatte: Ich fühlte mich besser.

»Okay. Er hat sich gestern nicht gemeldet.«

Ich erntete gleich einen genervten Blick. »Das war's? Er hat sich nicht gemeldet?«

Ich nickte trotzig. Aus seinem Mund klang es so lächerlich, doch mein Bauchgefühl sagte mir, dass etwas nicht stimmte.

»Hast du dich denn bei ihm gemeldet?«

Ich schüttelte bockig den Kopf.

»Und warum nicht?«

»Weiß ich nicht. Sonst hat er sich ja auch immer gemeldet. Vielleicht hab ich etwas falsch gemacht?«

Ich zuckte die Achseln und wünschte mich augenblicklich in mein Bett zurück, denn ich wollte nicht schon wieder mit Max streiten.

»Blödsinn! Selbst wenn du ihm beim Küssen die halbe Zunge abgebissen hättest, ich wette, er wäre dir immer noch verfallen.«

Max versuchte nur, mich aufzubauen, doch traf er dabei genau meinen wunden Punkt.

»Schön wär's«, schnaubte ich und wand mich aus seinem Arm. »Wir haben uns ja noch nicht mal geküsst!«

Ich biss mir auf die Zunge. Sofort bereute ich, das zugegeben zu haben.

»Was?« Er lachte auf, tarnte den Lacher aber mit einem Husten. »Was ist der denn für einer? Wie lange datet ihr euch schon? Zwei Monate?«, er schüttelte den Kopf und nahm einen Schluck aus seinem Kaffeebecher.

»Fast zwei Monate, ja. Er … er ist eben nicht so schnell und möchte sich Zeit lassen. Davon können sich einige Kerle eine Scheibe abschneiden!«

Meine Stimme klang wieder wie die eines Kleinkindes, das seinen Eltern erklärt, warum es seine Buddelschippe über den Kopf des anderen Kleinkindes gezogen hat.

»Baby, aber zwei Monate? Der Typ muss doch platzen!«

»Max! Also wirklich!« Ich errötete und nahm einen weiteren Schluck Kaffee, nur um etwas zu tun zu haben. »Und NENN MICH NICHT BABY!« Meine Stimme war etwas lauter als beabsichtigt, aber irgendwann musste Max es ja lernen.

»Okay, okay.«

Sein Grinsen war breiter als Kim Kardashians Hinterteil und ich schlug ihm mit der freien Hand gegen den Oberarm.

»Meinst du, ich sollte ihm vielleicht schreiben?« Die Frage kam nur sehr leise aus meinem Mund gepurzelt, während ich auf meine Schuhspitzen starrte.

»Klar, warum nicht? Was soll schon passieren?«

»Vielleicht hält er mich für zu aufdringlich. Oder hat sich umentschieden?«

Ich hasste, wie unsicher ich klang.

»Versteh mich nicht falsch, aber das wirst du wohl nur herausfinden, wenn du ihm schreibst, oder?«

»Ich hasse es, wenn du etwas Schlaues sagst«, knurrte ich.

Max lachte laut los. »Ich weiß!«

Kapitel 21

Ich saß auf meiner Couch, die Beine zum Schneidersitz verknotet. Neben mir lag eine Pizza auf einem Holzbrett, die das ganze Wohnzimmer in einen leckeren Duft nach Tomatenmark und Oregano hüllte. Mit der einen Hand umklammerte ich die Fernbedienung und zappte mich durch meine Watchlist auf Netflix, mit der anderen hielt ich ein großes Glas Cola mit Eiswürfeln fest. Ich wusste, dass ich es spätestens morgen Früh bereuen würde, Pizza und Cola in mich hineingefuttert zu haben, doch heute Abend half es mir über die Tatsache hinweg, dass Henry sich nicht gemeldet hatte.

Mein Handy hatte heute unnormal oft vibriert: Mona, meine Mutter, Max, alle schrieben sie mir Nachrichten. Max nur, weil er vergessen hatte, in welchen Raum unser Kurs verlegt worden war. Irgendwann würde er noch einmal seinen Kopf verlieren, der vergessliche Trottel. Mit jeder Nachricht war mir mein Herz aus dem Brustkorb in die Kehle gesprungen und sofort wieder in die Kniekehlen abgesackt, als nicht Henrys Name auf dem Display erschienen war.

Mittlerweile konnte ich beinahe unsere komplette schriftliche Konversation auswendig, so oft, wie ich sie heute durchgelesen hatte.

Es grenzte an Wahnsinn. An masochistischem Wahnsinn.

Und natürlich regte ich mich über mich selbst auf. Ich regte mich auf, dass mein Selbstwertgefühl wohl doch nicht so ausgeprägt war, um über meinen Schatten springen und ihn anschreiben zu können. Ich hatte schlichtweg Angst, er würde mich abweisen.

Im Laufe des Tages hatte ich an die sechzig Entwürfe verfasst, wie ich ihn anschreiben könnte. Ich hatte mir sogar eine Notizen-App heruntergeladen. Max hatte nur den Kopf geschüttelt, als er mir über die Schulter blickte, hatte aber nichts dazu gesagt. War mein Verhalten wirklich so armselig?

Ich stellte mir vor, was ich einer guten Freundin raten würde, die sich in der gleichen Situation befände wie ich. Wahrscheinlich würde ich ihr sagen, sie solle ihm einfach schreiben. Aber gute Ratschläge geben kann jeder. Wenn ich die Sache rein rational betrachtete, gab es keinen Grund, nicht als Erste zum Handy zu greifen. Rein emotional betrachtet war das aber leichter gesagt als getan.

»Schau mich nicht so an, Franz!«, motzte ich meinen Kater an, der neben der Couch stand und mich unverhohlen anstarrte.

Es hatte gegen Nachmittag begonnen zu regnen, weswegen ich ihn nicht nach draußen auf den Balkon gelassen hatte. Nasse Katzen, die sich partout nicht abtrocknen lassen wollen, sind alles andere als witzig. Da kann er so lange die Fenster mit seinen Pfötchen wischen und herzzerreißend mauzen, wie er will. Der Balkon bleibt bei Regen eine Tabu-Zone.

»Okay, ich esse jetzt meine Pizza auf und dann schreibe ich ihm. Komme was wolle, Franz, ich werde es tun!«

Voller Motivation biss ich in meine Pizza, während Franz auf das Fensterbrett sprang und sehnsüchtig an der Scheibe herumwischte. Das letzte Stück aß ich in übertriebener Langsamkeit, wissend, was mich erwarten würde. Nachdem ich so lange gekaut hatte, bis nur noch ein wässriger Pizzabrei in meinem Mund war, griff ich nach meinem Handy. Keine neue Nachricht. Dann mal los!

Ich: Hi :)

Nachdem ich auf ›Senden‹ geklickt hatte, überkam mich die Panik. Ich warf das Handy im hohen Bogen in die andere Ecke der Couch und zog schützend die Beine an. Mein Herz begann zu rasen, ich war so aufgeregt, dass mir die Pizza auf den Magen schlug. Ich starrte das Handy ängstlich an, als könnten jeden Moment einhundert behaarte, langbeinige Spinnen mit großen Greifzähnen darunter hervor- und direkt auf mich zu gekrabbelt kommen, um mir den Garaus zu machen. Der Gedanke ekelte mich so sehr an, dass ich vom Sofa aufsprang und mein Holzbrett samt Küchenpapier in die Küche trug.

Hatte ich mein Handy eigentlich auf laut gestellt? Oder war es nur auf Vibration? Ich würde jetzt sicher nicht zu ihm rennen, nur um zu schauen, ob Henry mir bereits geantwortet hatte. Entweder würde ich mich vom Klingelton überraschen lassen oder ich wartete mindestens eine halbe Stunde, ehe ich wieder einen Blick aufs Display warf.

Doch besagte halbe Stunde wollte einfach nicht vergehen. Wirklich, wie lange konnten dreißig Minuten dauern? Nach sieben unglaublich langen Minuten brach ich meine Selbstdisziplin ab und sprintete ins Wohnzimmer. Schon von weitem sah ich mein Handy blinken und klatschte in die Hände.

1 neue Nachricht

Sofort tippte ich auf den Mitteilungsbutton und bekam viele kleine Herzen in den Augen. Henry hatte geantwortet.

Henry: Na :) Ich bin gerade Zuhause rein, hatte mein Handy vergessen. Unglaublich, wie sehr ich mein Handy vermissen kann. Und dich.

Was meinte er mit ›Und dich‹? Etwa, dass er mich vermisst hatte? Ich war unglaublich aufgeregt, mein Handy entglitt beinahe meinen feuchten Händen.

Ich: Und mich?

Natürlich war mir klar, dass das eine totale Compliment-Fishing-Vorlage war. Seit wann war ich denn so tief gesunken? Aber in dem Moment war es mir egal. Ich wollte Schwarz auf Weiß lesen, dass er mich vermisste.

Henry: Dich vermissen kann.

Er. Hatte. Mich. Vermisst! Ich tanzte singend einen Hula und Franz flüchtete mit einem einzigen Satz vom Fensterbrett unters Sofa. Aufgeregt tippte ich meine Antwort. Mein Körper spielte verrückt. Mir war heiß und kalt gleichzeitig, ich bibberte richtig.

Ich: Oh, bist du süß. Na ja, es waren auch fast ganze 48 Stunden, die wir uns nicht gesprochen haben.

*Henry: Viel zu lange, wenn du mich fragst :**

Meine Fresse, ich hatte beinahe vergessen, wie süß er doch ist. Andererseits: Wenn er mich so sehr vermisst hatte, warum hatte er mir dann nicht geschrieben? Klar, heute hatte er sein Handy zuhause liegen lassen. Aber gestern? Gestern hatte ich genauso auf eine Nachricht von ihm gewartet. Und wer weiß, wenn ich ihm heute nicht geschrieben hätte, vielleicht hätte er sich auch nicht gemeldet?

Ein komisches, beklemmendes Gefühl schlich sich in meinen Magen. Vergleichbar mit einem großen Stein, der zwischen den flatternden Schmetterlingen in meinem Bauch hin- und herrollte. Und nach und nach den Schmetterlingen die Flügel brach.

Ich: Finde ich auch. Wie war dein Tag? Welche Farbe hatte das Haar heute in deinem Mittagessen? :P

Ein unverfängliches Thema zu beginnen, erschien mir richtig.

Henry: Heute gab es mal etwas ganz Seltenes.

Ich: Ja? Blau? Grün?

Henry: Orange.

Ich: Helles Ed-Sheeran-Orange oder kräftiges Marcia-Cross-Orange?

Henry: Leider eher Eddie.

Ich: Uarks.

Es verging eine Minute, in der ich den Blick nicht von meinem Telefon abwandte. Hätte ich noch eine Frage stellen sollen? War unser Gespräch jetzt vorbei? Sollte ich ein neues Thema beginnen?

Ich stand auf und lief ins Badezimmer, um mir die Zähne zu putzen. Während ich auf eine Antwort von ihm wartete, musste ich mich einfach beschäftigen.

Ich nahm mir meine pinke Zahnbürste aus meinem Zahnputzbecher und griff nach der platten Tube, aus der ich bereits seit drei Tagen mit höchster Anstrengung versuchte, den letzten Rest Zahnpasta herauszuquetschen. Jeden Tag aufs Neue vergaß ich, kurz im Drogeriemarkt vorbeizuschauen, um mich von meinem Leid zu erlösen. Alles Drücken und Biegen half nichts, also ging ich in die Küche und holte mir eine Haushaltsschere, mit deren Hilfe ich die Tube einmal quer durchschnitt und mit der Zahnbürste darin herumwischte. Die Zahnpasta würde so noch für drei weitere Tage reichen. Life Hacks by Mavis. Ich grinste und begann mir die Zähne zu putzen, mein Smartphone allzeit im Blick.

Als er mir endlich eine Nachricht schrieb, lag ich bereits im Bett und starrte im Dunkeln an meine Zimmerdecke.

Henry: Was hast du am Samstag vor?

Na endlich! Sollte ich ihm sofort antworten? Immerhin hatte er eine ganze Weile gebraucht. Er sollte ja nicht glauben, dass ich lauernd neben meinem Handy saß. Ach, das war doch albern, also antwortete ich umgehend.

Ich: Bisher noch nichts. Ich hoffe ja, dass mich ein gewisser Jemand fragt, ob ich für ihn Zeit hätte.

Henry: Ich? :D

Ich lachte laut auf.

Ich: Bing Bing Bing. Ja, natürlich du!

Henry: Okay, also hast du jetzt etwas vor.

Juhuu, ich hatte wieder ein Date mit ihm! So seltsam und unregelmäßig unser Kontakt auch war, wenn wir uns trafen, fühlte ich mich pudelwohl. Ich freute mich bereits jetzt aufs Wochenende.

Ich: Und was machen wir? :)

Henry: Überraschung!

Ich: Oh, was für eine?

Henry: Ähm, Überraschung?

Ich: Bekomme ich einen Tipp?

Henry: Ja, Überraschung.

Ich: Mann!

Henry: Hahaha.

Was er sich wohl ausgedacht hatte? Egal, was es war, ich würde Spaß mit ihm haben. Da war ich mir sicher.

Ich: Na gut, ich gehe jetzt ins Bett. Letzte Nacht habe ich irgendwie kaum ein Auge zu bekommen.

Henry: Ich auch nicht. Ich habe so viel nachgedacht.

Okay, also doch noch keine Verabschiedung, wie es schien. Täuschte ich mich, oder wollte er, dass ich nachfragte? Mich überkam das ungute Gefühl, dass seine Schlaflosigkeit etwas mit mir zu tun haben könnte, allerdings in keinem guten Zusammenhang. Depression. Da war es wieder, dieses böse, alles zu zerstören drohende Wort.

Ich: Oh, worüber denn?

Henry: Mh. Über mich, über dich, über vieles.

Über mich? Und über sich? Also quasi über UNS? Warum benutzte er keine Smileys? War er jetzt etwa traurig? Oder war das ein fröhliches Uns? Ich war ja schon froh, dass es überhaupt ein Uns zu geben schien, auch wenn er es nicht direkt schrieb.

Es ist wirklich schwer, jemandes Gemütszustand zu erraten, wenn dieser Jemand keine Smileys verwendet. Beim Schreiben fehlen eben der Blickkontakt und die Stimmlage.

Zum ersten Mal in meinem Leben hasste ich es, schriftlich zu kommunizieren. Die Gewitterwolke über meinem Kopf wurde dunkler und dunkler. Ich wollte das Thema nicht weiter ausführen. Ich wollte nichts falsch verstehen und auch nicht falsch verstanden werden – ich hatte Angst. Also würgte ich ihn, so lieb es ging, ab.

Ich: Oh, okay. Dann denk heute nicht so viel nach und schlaf einfach! :)

*Henry: Ich werde es versuchen. Gute Nacht :**

*Ich: Nachti. :**

Ich fühlte mich nicht gut. Mich beschlich das Gefühl, dass er kurz davor gewesen war, mir etwas sehr Wichtiges zu schreiben. Etwas, das er nun vielleicht nicht mehr zur Sprache bringen würde. Was nur konnte ihn so sehr belasten, dass er über mich und sich nachdachte, ohne Schlaf zu finden? Konnte es sein, dass er sich noch viel mehr Gedanken machte als ich?

Einerseits freute ich mich unfassbar doll auf Samstag, andererseits konnte ich den kleinen Angstkloß in meiner Kehle nicht ignorieren. Erschwerend hinzu kam mein schlechtes Gewissen, weil ich ihn abgewürgt hatte. Vielleicht wollte er sich mir mitteilen? Eventuell gab es etwas, das er mir sagen wollte? Auch wenn ich es vor Mona und Max nicht zugab: Natürlich machte ich mir auch Gedanken darüber, dass er mich bisher kein einziges Mal geküsst hatte.

Ich schlief mit vielen gemischten Gefühlen ein.

Kapitel 22

Lag es an mir oder an ihm?

Dienstag war unser Gespräch, das sich häppchenweise über den ganzen Tag zog, noch etwas angekratzt. Ich merkte ihm an, dass er etwas loswerden wollte. Jedoch entschied ich mich, ihn nicht zu drängen.

Ich bin einfach nicht der Typ, der jemanden zu etwas zwingt. Das bin ich noch nie gewesen. Andererseits hatte ich Sorge, dass er der Typ Mensch sein könnte, der niemals von allein redet und sich wünscht, dass man ihn bemuttert und eine Million Mal bittet, endlich mit der Sprache herauszurücken. So was nervt mich aber. Früher oder später würde ich aufhören, zu fragen.

Ab Mittwoch war er wie ausgewechselt. Es war beinahe so, als hätte sich in ihm über Nacht ein Schalter umgelegt. Er sandte mir sogar Herzchen und Kuss-Smileys und gab mir süße Spitznamen. Und, das war am wichtigsten, er meldete sich wieder von allein bei mir.

Ich saß gerade in der S-Bahn und war auf dem Weg zu ihm. Er hatte mich zu sich nach Hause eingeladen. Meine Aufregung wuchs ins Unermessliche. Die komplette Woche hatte ich versucht, herauszubekommen, was er mit mir vorhatte. Er tat nämlich so, als handelte es sich um ein Staatsgeheimnis. Erst während unseres späten Telefonates gestern Abend hatte er mir eröffnet, dass er mich zu ihm nach Hause einladen möchte. Er würde für mich kochen.

Da er nicht unbedingt auf mich wirkte, als wäre er mit Kochtopf und Pfanne geboren worden, hatte ich so meine Bedenken. Mein Magen war empfindlich, und ich wollte nicht erneut Angst haben, dass mir das Essen während unseres Dates Durchfall bereitete. Dennoch verdrängte ich meine negativen Gedanken und zwang mich, dem Date mit Freude entgegenzublicken. Man trifft selten einen Kerl, der mehr kann, als Scheiblettenkäse in einen Topf Nudeln zu werfen und das Gemansche anschließend mit Ketchup zu verfeinern.

Wenn Henry auch noch kochen konnte, war er eindeutig mein Traumtyp. Vielleicht kein klassischer Prinz, denn Prinzen stelle ich mir groß und blond mit blauen Augen vor. Henry war eher ein hübscher Anti-Prinz, klein, braunhaarig, mit hellbraunen Augen. Oder Zweitgeborener. Aber keinesfalls zu verachten. Vielleicht war Henry auch der Neffe, der in einer versteckten Kammer gehalten wird wie ein Haustier? Nein Blödsinn, das ist Harry Potter. Oder – das ist auch typisch für Märchen – er war der arme Bauerssohn, der in der königlichen Küche aushilft und in den sich dann die Prinzessin verliebt? Friede, Freude, Eierkuchen.

Dann wäre ich quasi die Prinzessin. Welche Farbe mein Diadem wohl hätte? Zu meinen blauen Augen und den dunklen Haaren würden türkisfarbene Steine bestimmt passen. Oder knalliges Rot? So als Kontrast? Zum Glück war ich nicht wirklich eine Prinzessin, sonst müsste ich täglich nur Kleider tragen. Dabei mochte ich Jeans doch so gern.

Eine ältere Dame, die mir im Hinsetzen ihren Gehstock gegen das Schienbein stieß und sich nicht einmal dafür entschuldigte, sondern mich nur so anschaute, als wäre ich schuld daran, riss mich aus meinem wirren Tagtraum. Mir war klar, dass ich nur versuchte, mich selbst von meiner Nervosität abzulenken. Gleich würde ich am Potsdamer Hauptbahnhof ankommen, wo er mich abholen würde.

Ich blickte nervös aus dem Fenster. Wir fuhren gerade an viel sattem Grün vorbei. War ich hier überhaupt noch in Berlin oder war das bereits Brandenburg? Grenzte Potsdam eigentlich direkt an Berlin?

So viel Grün gibt es in meiner Straße leider nicht, auch nicht in den Nebenstraßen. Klar, es gibt vereinzelte, kleine Parks, doch die sind auch Treffpunkte für Junkies und Dealer. Alleine laufe ich dort nicht mehr durch, erst recht nicht im Dunkeln.

Man hört es zwar nicht so oft, doch in Großstädten wie Berlin sterben ständig Menschen. Die Ursachen reichen von tragisch bis grausam. Es gelingt nur nicht oft in die Medien. Kommt mir so jedenfalls zu Ohren. Ob ich das gut oder schlecht finden soll, weiß ich nicht. Einerseits wird dafür gesorgt, dass sich die Menschen nicht fürchten, andererseits wird uns Berlinern aber auch ein falsches Bild von der Stadt gemacht. Ein harmloses Bild. In Berlin ist alles toll, hier passiert doch nichts.

Und eine Stadt, die niemals schläft, ist Berlin auch nicht. Hier werden auch um 20:00, spätestens 22:00 Uhr die Bürgersteige hochgeklappt und dann ist gefälligst Ruhe im Karton. Hält man sich auch nur ein einziges Mal nicht an die

Nachtruhe, wird irgendeine Person schon dem Ordnungsdienst Bescheid geben.

Zum Beispiel meine Nachbarin Frau Glitzbein. Frau Glitzbein ist mindestens 105 Jahre alt, sucht ständig ihre Zähne und bringt ihren Müll gerne mal in Unterwäsche zu den Mülltonnen. Ein Anblick, der mir lieber erspart geblieben wäre. Besagte Frau Glitzbein ist eine motzige alte Fensteromi. Eine von der Sorte, die im Erdgeschoss leben und den ganzen Tag damit verbringen, auf ein Kissen gelehnt am Fenster zu stehen, die Passanten anzupöbeln und Tauben, Krähen und allerlei sonstiges Federvieh mit Katzenfutter zu verköstigen.

Frau Glitzbein weiß immer, wer im Haus ist, und wer nicht. Diese alte Dame hat schon lange nicht mehr alle Kerzen auf der Torte, giftet wildfremde Menschen an und spuckt dabei ganz fürchterlich. Was sie allerdings immer noch bestens beherrscht, ist die Fähigkeit, die Uhr zu lesen. So öffnet sie morgens um 08:00 Uhr ihr Fenster und isst Frühstück. Und um spätestens 22:00 Uhr werden die Fensterläden geschlossen und es dringt kein Mucks mehr aus der Wohnung im Erdgeschoss.

Einmal, es war ein Wochentag und Mona war bei mir, drehten wir um kurz nach 22:00 Uhr ein Lied laut auf, das uns sehr gefiel. Es war nur ein einziger Song und dennoch klopfte das Ordnungsamt an meine Tür, als wären wir Drogendealer der härtesten Stufe. Frau Glitzbein gab es zwar nicht zu, aber ich war der festen Überzeugung, dass sie diejenige war, die die Polizei verständigt hatte. Seitdem würdige ich sie keines freundlichen Blickes mehr. Ich bin nun mal ein äußerst nachtragender Mensch.

»Nächste Station: Potsdam Hauptbahnhof. Dieser Zug endet hier, bitte alle aussteigen!«

Panisch griff ich nach meiner Handtasche und schaute noch einmal nach, ob auch alles an seinem Platz lag. Portemonnaie? Check! Schlüssel? Check! Taschentücher? Check! Wo war mein Handy? Panik! Ah, da war es. Check! Wasserflasche? Check.

Als die Bahn in den Bahnhof einfuhr, hängte ich mir die Tasche um, nur um sie erneut mit zittrigen Fingern zu öffnen, die ich vor lauter Nervosität nicht stillhalten konnte. Gleich würde er wieder da sein. Der Moment, vor dem ich mich immer fürchtete und der einfach immer peinlich war. Unsere Begrüßung.

Es wäre so viel einfacher, wenn wir ein offizielles Paar wären. Dann würde ich auf ihn zulaufen und ihm einen Kuss auf den Mund geben. Unser jetziger Beziehungsstatus hingegen war weder kompliziert noch Single, vergeben oder Friendzone, sondern irgendetwas dazwischen. Und das kotzte mich gewaltig an. Unsere Begrüßung sah immer gleich aus. Wir gingen aufeinander zu, warteten kurz ab, beobachteten die jeweilige Reaktion des anderen, beugten uns dann zueinander und umarmten uns flüchtig. Als wären wir zwei Hühner, die schnell nach dem gleichen Korn picken.

Es war zwar erst Juni, dennoch strahlte die Sonne ihr schönstes Einhundert-Watt-Lächeln und erwärmte die Straßen. Teilweise flimmerte sogar der Asphalt. Ich trug eine helle Jeans, die kurz über den Knien endete. Eine Hose, die ich liebte, denn sie hatte die perfekte Länge für mich.

Entweder enden meine Hosen auf Mitte der Schienbeine, was mich immer an Oma-Khaki-Hosen erinnert und einen breiten Arsch macht, oder sie hören direkt unterm Arsch auf. Was ist nur los mit der Mode? Ist es wirklich so kompliziert, Hosen oberhalb des Knies enden zu lassen? Sodass man nicht gezwungen ist, seine Schwabbel-Oberschenkel – wenn man denn welche hat – zur Schau zu tragen? Ich trage nicht gerne Shorts im Alltag, denn ja: Orangenhaut kann jede treffen. Die eine geht damit lockerer um als die andere. Ich gehöre zur letzten Sorte und versuche, diesen Makel zu verstecken.

Wo wir gerade beim Thema Makel-Verstecken sind: Mein Oberteil hatte dünne Spaghetti-Träger, zauberte einen schönen Ausschnitt und fiel vom Ausschnittsaum in weiten Wogen hinab. Der blasse Pfirsichton passte perfekt zur hellen Jeans und zu meinen dunklen Haaren, versteckte außerdem meinen überschüssigen Speck. Die hellen, knöchelhohen Chucks rundeten das Gesamtbild entsprechend ab. Ich fühlte mich heute wohl in meiner Haut.

Die Türen öffneten sich. Ich stieg aus der stickigen S-Bahn auf den Bahnsteig und blickte mich suchend nach Henry um. Es roch nach Sonnencreme, Bier und Blüten. Eine äußerst seltsame, aber auch bekannte Sommer-Mischung.

Just in diesem Moment vibrierte es in meiner Handtasche. Ich zog mein Handy heraus. Als ich Henrys Namen auf dem Display las, legte ich den Kopf in den Nacken und stöhnte. Warum schrieb er mir bitte? War er etwa schon wieder zu spät? Das sollte auf keinen Fall zur Gewohnheit werden. Überraschenderweise brachte mich seine Nachricht zum Grinsen.

Henry: Du siehst sehr hübsch aus!

Ich: Wo bist du? Ich stehe wie bestellt und nicht abgeholt hier rum, die Leute gucken schon. Das hier ist nicht »Berliner Hauptbahnhof reloaded«!

Henry: Aber so kann ich dich wenigstens ungeniert anstarren :D

Er starrte mich an? Echt jetzt? Mir wurde unbehaglich zumute. Ich zuppelte nervös an meinem Top herum, während ich mich einmal um meine Achse drehte. Bei dieser Affenhitze war das nicht gerade der beste Einfall. Sofort sah ich Sternchen vor meinen Augen aufblitzen, die sich allerdings schnell wieder verkrümelten.

Ich: Jetzt wird es unangenehm. Zeig dich! Sofort! Oder ich nehme den Zug zurück.

Henry: Ha Ha Ha.

Ich: Ich meine es ernst. Wo fährt der Zug zurück?

Während ich die letzte Nachricht tippte, schlich er sich mucksmäuschenstill von hinten an mich heran und piekte mir in die Seite.

»Hey, lass das!«, lachte ich und verstaute mein Handy in meiner Tasche.

Henry wartete geduldig ab und zog mich dann in eine Umarmung, die mindestens eine halbe Sekunde länger dauerte als üblich. Irgendetwas war mit ihm los. So glücklich hatte ich ihn bisher noch nie erlebt. Es steckte mich regelrecht an. Sämtliche Zirkustiere in mir sprangen aus ihren Gehegen. Alles in mir purzelte durcheinander, meine

Knie wurden zu Wackelpudding. Wie ich es dennoch schaffte, neben Henry den Bahnhof zu verlassen und auf die Straßenbahnhaltestelle zuzugehen, konnte ich nicht sagen.

Diese halbe Sekunde, die unsere Umarmung länger gedauert hatte als sonst, gab mir eine seltsame Art von Hoffnung. Ich schüttelte den Kopf und strich mir eine Haarsträhne, die sich aus meinem mühsam frisierten Zopf gelöst hatte, hinters Ohr. Was zur Hölle war nur los mit mir? Ich grinste wie ein Honigkuchenpferd und wog einer halben Sekunde viel zu viel auf.

An der Haltestelle stellte er sich direkt vor mich, sodass wir uns in die Augen schauen konnten, und mein Herz schmolz dahin. Er erzählte mir von seinem Einkauf heute und was ihm so widerfahren war, doch hing mein Blick nur an seinen Lippen, ohne dass ich verstand, was er von sich gab. Seine Stimme lullte mich ein und ließ mich alle Zweifel vergessen.

Die Bahn bimmelte, als sie einfuhr. Vor Schreck hüpfte ich ein Stück nach vorn, direkt in Henrys Arme. Sein erschrockener Gesichtsausdruck ließ mir die Röte ins Gesicht steigen. Sofort entwand ich mich seinen Armen und ging einen Schritt rückwärts.

»Ups, sorry!«

Ich senkte den Kopf und stieg vorsichtig in die Straßenbahn. Mir brach der Schweiß aus, und ich verfluchte den Sauna-Zug.

»Gerne wieder«, raunte er leise.

Meine Eingeweide zogen sich zusammen. Hatte er das gerade wirklich gesagt?

Bis zur nächsten Station sprach Henry kein Wort mehr. Ich traute mich erst nach einer weiteren Station, den Kopf zu heben und ihn vorsichtig anzuschauen. Er starrte mich unverwandt an und lächelte, legte sogar leicht den Kopf schräg, als sich unsere Blicke trafen. Wie ein Welpe, der auf ein Leckerchen aus ist. Die Augen verdrehend lachte ich, und er fasste sich mit der Hand an den Hinterkopf, wie immer, wenn er nervös ist. Dabei fiel mir auf, dass er kein bisschen zu schwitzen schien.

Die Welt ist so ungerecht.

»Hier müssen wir raus.« Er griff nach meiner Hand und lotste mich. Sie musste verschwitzt und feucht sein, doch schien ihn das nicht zu stören.

Zumindest ließ er sich nichts anmerken. Als wir die Haltestelle verlassen hatten und eine ruhige Straße voller Mehrfamilienhäuser entlangliefen, hielt er meine Hand immer noch fest, als wäre es ganz normal, mit mir im Gepäck hier langzugehen. Ich war meines eigenen Sprachsystems immer noch nicht mächtig, also genoss ich einfach stumm das Händchenhalten.

Plötzlich standen wir vor einer Haustür. Es konnten zwei, fünf oder auch zehn Minuten vergangen sein, die Zeit stand für mich still. Er ließ meine Hand los, um seinen Schlüssel aus der Hosentasche zu kramen, und öffnete die Tür. Das kalte Treppenhaus, in dem Unmengen von Pflanzen standen, roch leicht muffig. Dennoch half die Kälte mir, meinen klaren Verstand kurzzeitig wiederzufinden.

»Nach dir.« Er schloss die Tür seiner Wohnung auf und schob mich sanft über die Schwelle. »Du darfst dich gerne bewegen.«

Grinsend zog er seine Sneakers aus und stellte sie ordentlich neben der Tür ab. Ein weiterer Pluspunkt für ihn.

»Pipi!«, war das einzige Wort, das ich hervorpressen konnte.

»Was?« Er runzelte die Stirn.

»Ich Pipi, wo Toilette?« Ich schlug mir fast mit der flachen Hand gegen die Stirn. Seit wann war ich so unterbelichtet?

»Dort Toilette ist.« Er zeigte auf eine Tür, verkniff sich ein Lachen und ging aus dem Flur in ein weiteres Zimmer. Würde wohl das Wohnzimmer sein.

Als er an mir vorbeilief, fuhr er mir vorsichtig über den Oberarm. Ich konnte in seinen Augen lesen, dass er genauso aufgeregt war wie ich.

Kapitel 23

»Okay, Mavis, jetzt beruhig dich«, flüsterte ich mir selbst zu. »Du warst schon einmal bei einem Kerl zuhause.«

Nachdem ich die Badezimmertür abgeschlossen hatte, setzte ich mich auf den Toilettendeckel und atmete einmal tief durch. Mein Magen beruhigte sich bereits, aber das Schweißproblem bestand noch immer. Ich stand auf und stellte mich vor den großen Spiegel, der an der Tür hing. Das Licht hier drinnen war nicht sehr schmeichelhaft, es ließ mich nicht zart-blass, sondern kränklich kalk-weiß aussehen, und die Farbe meines Oberteils gefiel mir plötzlich auch nicht mehr. Ich hob prüfend die Arme an und erschrak über die Pfütze, die sich jeweils unter den Achseln gebildet hatte. Hektisch blickte ich mich im Bad um in der Hoffnung, ein Frauendeo zu entdecken. Natürlich gab es keines. Was mich freute, nicht zu leugnen. Dennoch wünschte ich mir mein Deo her.

Wann lerne ich endlich, dass Frau ihre Handtasche mit ins Bad nehmen sollte? Wie oft musste ich Bäder schon mit hochrotem Kopf verlassen, um meine Tasche zu holen? Zu oft! Mal wurde ich von der Erdbeerwoche überrascht, mal musste ich dringend meine Haare kämmen. Und diesmal sehnte ich mich nach meinem Deo im Handtaschenformat.

Das war wirklich alles andere als sexy. Ich hob erneut einen Arm an und schnüffelte an meiner Achsel. Wenn ich jetzt auch noch müffelte, würde ich aus dem Badfenster abhauen. Zweiter Stock? Egal! Ach nein, ohne meine Handtasche konnte ich schlecht gehen. Ich war in einem Teufelskreis gefangen und verfluchte den Sonnengott Ra. Was musste der auch bereits im Juni zeigen, was er drauf hatte? Seine Zeit sollte erst ab Juli beginnen.

Ich wusch mir mit kaltem Wasser die Hände und ließ es über meine Gelenke laufen. Das tat gut! Ich trocknete mir die Hände ab und inspizierte noch einmal meinen Zopf, der sich bereits zu lösen schien.

Der größte Nachteil an einem Longbob ist, dass man sich die Haare nur schwer zusammenbinden kann. Zwar ist der Nacken schön frei, die Haare, die vorne über die Schulter fallen, sind aber dennoch nervig, kitzeln und kleben auf der Haut.

»Dann mal los«, murmelte ich, ballte meine Hände zu Fäusten und atmete einmal tief ein und wieder aus. Mit beruhigtem Puls legte ich meine Hand auf die Türklinke und verließ das Badezimmer.

***

»Ui, wow«, entfuhr es mir, als ich das Wohnzimmer betrat.

Gleich neben der Tür stand ein kleiner runder Bistrotisch mit zwei Stühlen. Henry hatte eine weiße Tischdecke darüber geworfen. Zwei Schüsselchen standen auf zwei großen Tellern, daneben lag Besteck. Löffel, Messer, Gabel. In der

Mitte stand sogar eine Kerze, die er glücklicherweise nicht angezündet hatte. Immerhin war es hell draußen und eine weitere Wärmequelle konnte ich wahrlich nicht gebrauchen.

»Ich sagte doch, ich koche für dich.« Wieder wanderte seine Hand zu seinem Hinterkopf. Ich verliebte mich immer mehr in diese Geste. »Ich hoffe, du magst Süßkartoffeln?«

»Ich habe noch nie welche gegessen«, gab ich verlegen zu.

»Wirklich nicht?« Er riss erstaunt die Augen auf, was ich etwas albern fand. Nur weil ich noch nie eine Süßkartoffel probiert hatte?

»Nein, aber einmal ist immer das erste Mal.« Ich zuckte mit den Schultern und grinste ihn an. »Hier riecht es ja noch gar nicht nach Essen«, bemerkte ich … und bereute es sofort. Jetzt würde er mich für einen Fresssack halten. Es war gerade erst 16:00 Uhr nachmittags, da isst man für gewöhnlich kein Dinner.

»Ich habe auch noch nicht gekocht«, lachte er. »Ich wollte in zirka einer Stunde damit beginnen.« Er zeigte auf die Couch. »Du kannst in der Zeit gern einen Film oder Serien schauen?«

Ich grinste breit. Er kochte für mich, während ich faul auf der Couch lümmelte und meiner Seriensucht nachging? Was. Für. Ein. Traumtyp!

Ich hatte übrigens eine neue Serie für mich entdeckt. Es war zwar eine High-School-Serie und die Figuren waren teilweise jünger als ich, aber ich liebte sie bereits nach den ersten Folgen.

»Klingt super.« Ich nickte energisch. »Das perfekte Date!«

»Dachte ich mir doch.« Er lachte locker und setzte sich auf die Couch. »Komm her, wir können noch ein Stündchen chillen.«

»Okay.« Schüchtern ging ich auf die Couch zu und setzte mich neben ihn.

Zwischen uns war noch genug Platz für eine dritte Person. Die Situation war mir peinlich. Und dann geschah etwas, was mich überrumpelte: Plötzlich spürte ich Hände an meinen Seiten, die mich in die Mitte der Couch zogen. Begleitet von den Worten: »Jetzt reicht's!«

Henry war selbst weiter in die Mitte gerutscht und zog mich an sich heran. Da waren sie wieder: die Schmetterlinge in meinem Bauch, die fröhlich in Ahoi-Brause badeten. Die Haut an meiner Taille, an der er mich soeben berührt hatte, kribbelte, obwohl der Stoff meines dünnen Tops dazwischen lag. Viele kleine, heiße Nadelstiche piekten mich dort. Ein wohliges Gefühl.

An Essen war für mich nicht mehr zu denken, so übel war mir vor Aufregung. Mein Herz pochte, ich spürte das Blut durch meinen Körper pumpen, hörte es in meinen Ohren rauschen. Ich wollte atmen, doch wurde mir die Luft durch den großen Kloß in meinem Hals abgeschnürt. Aus den Pfützen unter meinen Armen mussten bereits ganze Gletscherbäche geworden werden. Wenn ich bereits bei 28 Grad Celsius so reagierte, wie sollte ich dann bloß den Hochsommer mit bis zu 37 Grad Celsius überstehen?

»Ist alles okay?«

Henry biss sich auf die Unterlippe, um sich ein Lachen zu verkneifen. Ich musste wirklich lustig aussehen, so steif, wie ich auf dem Sofa saß. Ein schwitzendes Häufchen Nervosität.

»J-Ja, a-alles gut«, stammelte ich.

Ich schenkte ihm ein schiefes Lächeln und wollte aus Gewohnheit meine Haare hinter die Ohren streichen, griff jedoch ins Leere. Ach ja, ich trug einen Pferdeschwanz.

»Ich bin auch nervös, weißt du?« Er sagte es mit einer festen Stimme, die sich alles andere als nervös anhörte.

Ich schnaubte mit breiter werdendem Lächeln. »Ja, so hörst du dich auch an.«

»Glaub mir, alles Fassade.«

Ich sah ihn an. Wandte weder den Blick ab noch zwinkerte ich. Er hielt meinem Blick ebenfalls stand. Aus dem Augenwinkel nahm ich seine Hand wahr, die sich in Richtung meines Gesichts bewegte.

Was hatte er vor?

Meine Finger begannen zu zittern. Ich presste die Backenzähne aufeinander, um zu verhindern, dass mein Gesicht zu beben begann. Seine Augen hypnotisierten mich geradezu. Mir war kaum mehr bewusst, dass ich auf einem Sofa saß. Genauso gut hätte ich in einem Bus, an einem Strand oder mitten in einem verwunschenen Wald sitzen können. Alles, was ich wahrnahm, waren das warme Braun seiner Augen und sein schüchterner, verlegener Blick.

Er nahm die Haarsträhne, die sich erneut aus meinem Haargummi befreit hatte, zwischen Daumen und Zeigefinger und legte sie hinter mein Ohr. Dabei berührte er kurz meine Helix. Ich schloss die Augen und atmete zischend Luft ein. Meine Reaktion auf seine Berührung war übertrieben, doch ich konnte nichts dafür. Ich hörte ihn leise lachen. In dem Moment, in dem ich die Augen wieder öffnete, spürte ich seine Hand in meinem Nacken, mit der er meinen Kopf zu sich zog. Unsere Gesichter kamen sich immer näher. Ich konnte jede einzelne seiner Wimpern zählen und nahm den Geruch seines Haarshampoos wahr.

Als er lächelte, erwiderte mein Mund sein Lächeln automatisch. Eine Sekunde später trafen sich unsere Lippen. In mir fand eine Explosion statt. Mein Unterleib zog sich zusammen. Es war, als würde ich das erste Mal in meinem Leben einen Mann küssen, so neu fühlte es sich an.

Glücksgefühle wirbelten durch meinen Körper, der mir nicht mehr zu gehören schien. Ich sog Henrys Duft ein und meine Augen drohten sich mit Tränen zu füllen. Ein Stein fiel mir vom Herzen, als ich ihm schüchtern über den Unterarm strich. Ich spürte, wie sich auf seiner Haut die Haare aufstellten, und wollte schreien vor Glück. Wollte schreien, weil er so auf mich reagierte, wie ich auf ihn.

Alles in mir kribbelte. Ich bebte, und mein Gehirn schaltete sich vollkommen aus, weil alles in mir sich auf unseren ersten Kuss konzentrieren wollte. Nachdem er erst schüchtern begonnen hatte, fasste ich Mut und drehte Henry meinen Oberkörper zu. Unsere Zungen trafen sich und er japste leise. Ich konnte nicht ganz ausmachen, wonach er schmeckte, würde es als einen Mix aus Gummibärchen und Minze beschreiben. Ich wollte niemals aufhören, ihn zu küssen, und fühlte ein wenig Enttäuschung, als wir uns voneinander lösten. Sofort vermisste ich den sanften Druck seiner weichen Lippen auf meinen.

»Endlich«, flüsterte er, lehnte sich an die Rückenlehne und zog mich zu sich heran. Ich konnte seinen beschleunigten Herzschlag durch den Stoff seines T-Shirts spüren.

Ich war mir zwar der sturzflutartigen Bäche unter meinen Armen bewusst, aber sie waren mir in diesem Augenblick egal. Ich lag an ihn geschmiegt auf seiner Couch, und es hatte endlich einen Kuss zwischen uns gegeben. Noch nie in meinem Leben hatte ich so lange auf etwas warten müssen, und noch nie in meinem Leben war ich so zufrieden gewesen.

»Das wurde aber auch Zeit«, sagte ich leise, während ich den Kopf hob, um ihm in die Augen zu schauen.

Er lachte nur zur Erwiderung und schüttelte den Kopf. »Glaub mir, ich wollte dich schon küssen, als ich dich am Berliner Hauptbahnhof gesehen habe.« Er wurde rot. »Aber das wäre wohl etwas zu überstürzt gewesen.«

Ich nickte lachend. »Ein wenig, ja. Und wie lauten deine Entschuldigungen für die anderen Male?«

»Ich bin ein schüchterner Idiot?«

Er hob die Schultern an und ich lachte wieder.

»Okay, ich nehme deine Entschuldigung an.«

Er küsste mich zur Antwort erneut, und die Ponys in meinem Bauch galoppierten wild umher.

Kapitel 24

Oh nein, das hatte er bestimmt gehört! Ich legte meine Hand auf meinen Bauch, der tiefe, grummelnde Geräusche von sich gab, und schielte auf meine Armbanduhr, deren kaltes Metall auf meiner Haut klebte. Wollte er nicht schon längst den Kochlöffel schwingen?

Okay, die letzten zwei Stunden waren zwar wie im Flug vergangen, doch jetzt spürte ich meinen Mund vibrieren und ertrug das Loch in meinem Magen nicht mehr. Noch nie zuvor hatte ich zwei Stunden lang durchgeküsst und mich so leicht und gleichzeitig schwer gefühlt.

Wir lösten uns voneinander, und mein Blick fiel sofort auf seine wunden Lippen. Ich hob meine Hand an mein Gesicht und zuckte vor Schmerz zusammen. Mein Kinn fühlte sich rau und schorfig an, als hätte ich einen Kieselweg geknutscht.

Wir saßen nebeneinander auf der Couch, jeweils eine Hand ineinander verschränkt, und schauten uns an. Wie ein verliebtes Pärchen aus einem kitschigen Liebesfilm. Fehlte nur noch der passende Soundtrack.

Wie lange kann man sich eigentlich Blicke zuwerfen, ohne miteinander zu sprechen?

Die einzige Konversation, die wir innerhalb der letzten zwei Stunden geführt hatten, war meine kurze Entschuldigung, weil ich gedacht hatte, ich stützte mich auf der Sofalehne ab, meine Hand stattdessen jedoch auf seinem Oberschenkel lag. Keine zwei Zentimeter von seiner Mitte entfernt. Erdboden, tu dich auf! Henry hatte sich allerdings weder aus dem Konzept bringen lassen noch mir mitgeteilt, dass ich mich beinahe auf seinem Gemächt abgestützt hätte.

Ich fuhr mir mit der freien Hand durch meine offenen Haare. Den Haargummi hatte Henry stibitzt und um sein Handgelenk gebunden. Ich gefiele ihm mit offenen Haaren mehr. Dass ich dann zwar schwitzte wie ein Schwein in der Sauna, rieb ich ihm allerdings nicht unter die Nase. Meine Oma Irma würde sagen: Wer schön sein will, muss leiden. Als Kind hatte mir dieser Spruch zu den Ohren rausgehangen, denn ich hatte es über alles gehasst, die Haare gekämmt zu bekommen.

Aber es ist vermutlich nicht zu weit aus dem Fenster gelehnt, zu behaupten, dass das kein einziges kleines Mädchen gern über sich ergehen lässt.

Hätte man alle Tränen, die ich aufgrund fieser Knoten in den Haaren vergossen hatte, aufgefangen, könnte man damit bestimmt eine Eckbadewanne füllen. Wie wohl Henrys kleine Schwester dazu stand? Hatte sie überhaupt lange Haare oder waren sie kurz? Hatte sie braune Haare wie Henry? Und auch die gleiche, schöne Augenfarbe? Falls sie eine kleine, weibliche Miniaturausgabe von ihm war, würden die Männer bestimmt später auf sie fliegen.

Plötzlich stellte ich mir Henry als Frau vor und prustete los. Meine Gedanken gingen die seltsamsten Wege, wenn ich hungrig war.

»Wolltest du nicht längst anfangen zu kochen?« Ich blinzelte und grinste ihn an. »Ich weiß ja nicht, ob du es gehört hast, aber mein Magen verlangt nach Nahrung.«

»Ach, das war dein Magen? Ich dachte erst, draußen fliegt ein Helikopter vor dem Fenster herum.«

Ich warf ihm ein Kissen an den Kopf. »Na, sag mal!« Ich hielt meinen Zeigefinger tadelnd in die Luft und zog beide Augenbrauen nach oben. »So spricht man nicht mit einer jungen Lady. Schon gar nicht mit einer hungrigen, jungen Lady!«

Lachend stand Henry auf, verbeugte sich vor mir und hielt mir aufopferungsvoll die Fernbedienungen vor die Nase. »Dann werde ich mich jetzt um Ihr Wohlergehen bemühen, Mylady. Derweil zappen Sie sich gern durch das TV-Programm oder Netflix.«

Grinsend nahm ich ihm die Fernbedienungen ab und schaltete den Fernseher ein, während Henry kopfschüttelnd das Wohnzimmer verließ.

***

Ich konnte und wollte mich einfach nicht auf die bewegten Bilder vor mir konzentrieren. Meine Gedanken waren die ganze Zeit über bei dem jungen Mann im Nebenzimmer.

Sollte ich fragen, ob er Hilfe gebrauchen könnte? Es waren erst zehn Minuten vergangen, und es hörte sich nicht an, als würde irgendetwas in der Küche passieren. Vielleicht war es ja doch das erste Mal, dass er versuchte zu kochen? Und dann gleich mit so exquisiten Zutaten wie Süßkartoffeln und Ingwer? Ob er schon einmal etwas mit Ingwer zubereitet hatte? Nicht, dass er die ganze Wurzel samt Schale in den Topf warf. Dass man Ingwer schälen muss, weiß sogar ich.

Nein, ich musste mein Schicksal selbst in die Hand nehmen und ihn kontrollieren gehen. Wenn ich nicht innerhalb der nächsten Stunde etwas zu essen kriegte, würde ich zum scharfzahnigen Tier werden.

Anders als erwartet fand ich eine super aufgeräumte Küche und einen unglaublich gut organisierten Koch vor. Henry war gerade dabei, ein paar Möhren zu schälen, was ihm so flott von der Hand ging, als hätte er noch nie etwas anderes in seinem Leben getan. Im Kochtopf brutzelte bereits etwas. Kurz überlegte ich, den Rückzug anzutreten, da entdeckte er mich bereits im Türrahmen.

»Was ist los?«, fragte er lächelnd. »Keine Serie gefunden?«

»Doch, doch. Ich wollte nur schauen, ob du es auch wirklich hinbekommst.«

Eine Sekunde später landete ein feuchtes Geschirrtuch mitten in meinem Gesicht. Ich kreischte, bevor ich es lachend zurückschleuderte.

»Dann schnapp dir doch den Schäler dort und kümmere dich um die Süßkartoffeln.« Er zeigte erst auf einen schwarzen Schäler und dann auf einen kleinen Berg seltsam aussehender Kartoffeln.

»Die sehen ja komisch aus«, befand ich naserümpfend, während ich den Schäler aufhob, die andere Hand in meine Taille gestützt.

»Schäl los!«, befahl er nur und grinste, widmete sich gleich darauf seinen Karotten, die er nun in Stücke hackte.

»Was ist das bitte für ein Schäler? Damit kann ich unmöglich diesen ganzen Berg Kartoffeln schälen. Der ist ja total stumpf! Gib mir mal deinen, bitte.«

Ich erntete einen Blick, als hätte ich von ihm verlangt, dass er nackt weiterkochen sollte.

»Das ist haargenau derselbe Schäler.«

»Der gleiche, wenn dann«, verbesserte ich ihn.

Er rollte mit den Augen. »Sei froh, dass du so süß bist! Streber kann nämlich niemand leiden.«

Ich biss mir auf die Unterlippe, um nicht vor Glück breit zu grinsen.

»Was nun?«, nahm ich das Wort wieder auf. Das Thema war nicht vom Tisch. Ich hatte immer noch einen stumpfen Schäler in der Hand.

»Meinst du das ernst?«

Er kam einen Schritt auf mich zu, nahm mir den Schäler aus der Hand und griff nach der Kartoffel, an der ich bereits mein Glück versucht hatte. Die Millisekunde, in der seine Hand meine Haut berührte, reichte wieder aus, um meine Ohren zum Glühen zu bringen.

»Das gibt's doch gar nicht!« Ich traute meinen Augen kaum, denn offensichtlich hatte er kein Problem mit dem Schäler, und ruckzuck war die Kartoffeln nackig. »Gib her!«

Ich nahm eine neue Kartoffel und stibitzte mir das Ding aus seiner Hand. Erfolglos versuchte ich, die verdammte, verfluchte, gemeine, mich verhöhnende Kartoffel von ihrer Schale zu befreien. Als ich hinter mir ein Lachen hörte, drehte ich mich abrupt um.

»Warum lachst du so doof?«

»Du hältst es falsch herum.« Er prustete los und versuchte angestrengt, sich das Lachen zu verkneifen.

Tollpatschig und unerfahren, wie ich im Kochen war, drehte ich die Kartoffel in meiner Hand und setzte den Schäler erneut an. Ein Lachen so laut wie ein startendes

Flugzeug brach hinter meinem Rücken aus. Ich lief knallrot an, als mir bewusst wurde, dass ich nicht die Kartoffel, sondern den Schäler hätte drehen müssen.

»Weißt du was?«, murmelte ich peinlich berührt. »Du machst das schon. Ich werde mich jetzt von Aria, Hanna, Spencer und Emily trösten lassen gehen.«

Ich legte alles ab und tippelte flink ins Wohnzimmer zurück. Kaum dass ich am Sofa angelangt war, spürte ich zwei Hände an meiner Taille und wurde herumgedreht.

»Hey, was soll da–«

Er unterbrach mich, indem er seinen Mund auf meinen presste. Ein Kichern drang zwischen meinen Lippen hervor. Ich vergrub meine Hände in seinen strubbeligen Haaren, ließ mich aufs Sofa plumpsen und zog ihn mit mir herunter, bis ich sein Körpergewicht auf mir spürte. So nah war ich ihm noch nie gewesen. An jedem Zentimeter meines Körpers spürte ich ihn. Ich seufzte und öffnete die Augen, während wir uns küssten, beobachtete ihn, bis er ebenfalls die Augen öffnete.

»Hey, das macht man nicht«, flüsterte er, bewegte sich jedoch keinen Millimeter von mir herunter. Das wollte ich auch gar nicht. Meinetwegen könnte er für immer so liegen bleiben.

Ich sog seinen Duft ein, speicherte ihn in mir ab, bis mir ganz kribbelig wurde. Als Antwort zog ich ihn zu mir heran, schloss die Augen und küsste ihn erneut. Wir hatten immerhin eine ganz schön lange Zeit aufzuholen. Ich spürte, wie er lächelte, und öffnete erneut die Augen.

»Was ist?« Meine Stimme war nur mehr ein Hauchen.

»Hast du noch Hunger?«, fragte er leise und stützte sich auf seine Hände.

Meine Mundwinkel verzogen sich zu einem schüchternen Lächeln. Ich schüttelte den Kopf und sah in seinen Augen Erregung aufblitzen. Er senkte sich auf mich herab, und unsere Münder fanden sich wie zwei entgegengesetzte Pole.

Ich wollte niemals wieder etwas essen.

Kapitel 25

»Henry?«, presste ich hervor, während wir voll in Fahrt knutschten. Ich legte meine Hände auf seine Brust und stemmte ihn hoch.

Er protestierte erst, bemerkte dann aber, was nicht stimmte, und schreckte hoch. »Scheiße, scheiße, scheiße!«

Er verließ mit flinken Hufen das Wohnzimmer und stürmte in die Küche. Ich hatte also richtig gerochen: Irgendetwas war angebrannt.

Ich legte den Kopf in den Nacken und fuhr mir mit den Fingern durch meine verhedderten Haare. Sie fühlten sich völlig zerzaust an. Für die Knötchenbeseitigung würde ich bestimmt eine Stunde brauchen.

Mein Blick wanderte an mir herab. Erschrocken richtete ich mein Oberteil, das komplett verrutscht war und meinen Busen freilegte. Zum Glück trug ich einen BH, das hätte sonst schnell unangenehm werden können. Ich bedankte mich bei meinem früheren Ich, dass ich mich für die knielange Jeans und nicht für den knielangen Rock entschieden hatte. Der wäre vermutlich an einer Stelle gelandet, an der er nicht hingehört hätte. Zumindest heute noch nicht.

Oder hatte Henry etwa vor, heute mit mir zu schlafen? So nach dem Motto: Wenn ich schon einmal hier war und wir endlich den Dreh mit dem Küssen raus hatten? Ich zog meinen unsichtbaren Keuschheitsgürtel an und befahl mir selbst, heute auf keinen Fall bis aufs Äußerste zu gehen. Als Mädchen würde man da nur als schlampig abgestempelt werden, wohingegen ein Kerl ein krasser Hengst wäre.

»Oh nein«, hörte ich ihn aus der Küche und vernahm das Zischen von Wasser auf heißem Untergrund.

»He, alles okay?«

Ich machte mich auf den Weg in die Küche. Schon im Flur schlug mir eine dicke, blaue Wolke entgegen, ich musste husten. Mit der Hand vor meiner Nase herum wedelnd, betrat ich die Küche. Ich konnte mein Lachen nicht unterdrücken. Henry stand mit dem Topf in der Hand an der Spüle und blickte traurig hinein. So niedergeschlagen hatte ich noch nie einen Kerl in einen Topf schauen sehen.

»Das ist jetzt echt doof«, jammerte er. Seine Augen baten mich um Verzeihung, was mich noch mehr zum Lachen brachte. Er hatte sich das Date bestimmt anders vorgestellt.

Ich ging zu ihm, nahm ihm den Topf aus den Händen und stellte ihn in der Spüle ab. »Hast du noch einen Topf?«

Ich blickte mich fragend in der Küche um, obwohl der Qualm es mir unmöglich machte, irgendetwas zu erkennen. Er nickte und zeigte auf einen Drehschrank, zu dem ich mich hinunterbeugte und einen neuen Topf herausnahm.

»Was hast du vor?« Seine Stimme klang verwundert und geknickt gleichzeitig, was ich unglaublich süß fand.

Mir war das vorher nicht bewusst gewesen, aber anscheinend stehe ich darauf, Kerle zu retten. Ich wollte ihm mit aller Macht verklickern, dass alles okay war, ihn keine Schuld traf und ich die ganze Situation nur lustig fand.

»Wonach sieht es denn aus? Wir schwingen jetzt beide die Kochlöffel!«

Aufmunternd hüpfte ich um ihn herum. Ich wusste nicht, woher mein plötzlicher Sinneswandel und diese kindliche Energie kamen. Ich fühlte mich wohl in meiner Haut, sicher in meinem Handeln und nichts konnte mir meine Laune verderben.

Von meiner Fröhlichkeit angesteckt, begann nun auch Henry zu lachen. Er wedelte mit einem Geschirrhandtuch den blauen Qualm aus dem Fenster, was die ersten fünf Minuten ausweglos erschien. Dennoch wedelte er tapfer weiter, und so konnten wir nach guten zehn Minuten unsere Koch-Session beginnen.

Die restlichen Süßkartoffeln und den Schäler rührte ich allerdings nicht mehr an. Ich griff dafür zu einer Zwiebel, einer kleinen Stange Lauch und Sellerie, schälte und zerkleinerte alles und warf es in den neuen Topf. Ob Henry den alten jemals wieder benutzen konnte, bezweifelte ich. Die ursprüngliche Portion Suppengemüse war komplett schwarz und eingebrannt.

***

»Wow, du kannst echt kochen!«, lobte ich Henry beim Probieren. »Darf ich dich behalten?« Ich führte einen weiteren Löffel der leckeren Cremesuppe zu meinem wunden Mund.

»Klar, wenn du magst.«

Er zwinkerte mir zu, woraufhin sich mein Unterleib zusammenzog. Komm klar, Mavis! Seit wann erregt dich ein Augenzwinkern? Ich unterdrückte das Verlangen, mir die Kleidung vom Körper zu reißen und direkt in seine Arme zu springen.

Mehr als die Koch-Vorarbeit hatte ich nicht erledigen dürfen, also setzte ich mich auf einen der Klappstühle an dem kleinen Küchentisch und schaute Henry weiter zu, wie er die herrliche Süßkartoffelsuppe mit Ingwer zauberte. Sogar Croutons machte er selbst, indem er ein Baguette zerhackte und die Würfelchen röstete. Mein Magen zog sich vor Aufregung zusammen. Vor lauter Hunger war mir bereits schwindlig.

»Wir müssen eine Kochregel aufstellen«, grinste Henry, als er erst mir und dann sich selbst ein Schälchen mit Suppe auf den kleinen Bistrotisch stellte.

Ich legte den Kopf schief und stellte mich dumm: »Warum? Und was für eine?«

»Wenn ich koche, verlässt du den Raum oder ziehst dir eine Burka an.«

»Was?« Ich hielt mir die Hand vor den Mund, als könnte ich nicht glauben, was er gerade gesagt hatte.

»Oder ich muss mir eine Augenbinde umbinden. Allerdings kann ich nicht garantieren, dass man das Essen dann auch genießen kann.«

»Oder dass du am Ende noch alle Finger hast.«

Ich dachte an unsere ersten virtuellen Gespräche zurück, in denen ich mich noch darum gesorgt hatte, ob er überhaupt alle zehn Finger besaß. Ich seufzte träumerisch. Mehrere Monate waren vergangen, in denen ich mir genau so eine Situation mit ihm, wie ich sie gerade erlebte, ausgemalt hatte.

Warum hatte es nur so lange gedauert? Wir hätten schon viel mehr solcher schönen Tage verbringen können.

Wieder ploppte die Stimme von Oma Irma in meinem Kopf auf, die mit ihren alten Weisheiten und Sprichwörtern so oft den Nagel auf den Kopf trifft: Was lange währt, wird endlich gut. Es hatte zwar gedauert, doch nun hatten wir die unsichtbare Barrikade übersprungen. Es fühlte sich fast wie ein Meilenstein in meinem Leben an. Henry brachte mich zum Lachen, war intellektuell auf meiner Höhe, ich konnte mich in seinen Augen und auch in seinen Küssen verlieren. Dieser Tag sollte und durfte einfach niemals enden.

»Woran denkst du?« Henry hatte mich bei meinem Tagtraum erwischt.

Ertappt rührte ich in meinem Schälchen herum und löffelte mir einen weiteren Haps in den Mund. »An nichts Besonderes.« Dann gab ich doch zu: »Ans Küssen.« Ich senkte den Blick auf meine Schale und löffelte, was das Zeug hielt.

»Daran muss ich auch die ganze Zeit denken.«

Ich spürte seinen Blick auf mir. Hieß das, er wollte dort weitermachen, wo wir stehen geblieben waren? Meine Eingeweide schrien Jaaaa!, mein Verstand und mein Gehirn hingegen erinnerten mich an mein Versprechen mir selbst gegenüber. Ich versuchte, das Thema vom Austausch unserer Körperflüssigkeiten abzulenken und blickte demonstrativ auf meine Armbanduhr.

»Oh, so spät schon.«

Diese Aussage war alles andere als filmreif. Hätte nur noch gefehlt, dass ich mir beide Handflächen ans Gesicht legte und ein großes ›O‹ mit dem Mund formte.

Henry erwiderte nichts. Er blickte mich nur fragend an. Dachte er etwa, ich würde über Nacht bleiben?

»Ich werde dann in einer Stunde ungefähr nach Hause fahren, damit ich die Anschlüsse noch erreiche. Ist das okay?«

Geknickt sah er mich an, nickte dann aber und zwang sich zu einem Lächeln. Ich hatte die Stimmung versaut und wollte mich selbst ohrfeigen. Nun dachte er bestimmt, ich wollte nicht bei ihm bleiben. Wie konnte ich das Schiff nur wieder in die richtige Richtung lenken?

»Die Zeit können wir aber gern auf der Couch verbringen.« Ich versuchte, ein verführerisches Gesicht aufzusetzen und wackelte mit den Augenbrauen. Henry lachte los und ich lief rot an. Die Augenbrauen waren vermutlich zu viel des Guten gewesen.

Er stand vom Tisch auf und bewegte sich zum Sofa.

Ich starrte ihm verwundert hinterher. »Ähm, was machst du da?«

Er setzte sich aufs Sofa, schlug sich auffordernd auf die Oberschenkel und spitzte die Lippen. »Kommst du her? Wir haben keine Zeit zu verlieren!«

Ich lachte laut und warf dabei den Kopf in den Nacken. Schnell schaufelte ich mir noch ein bisschen Suppe in den Mund und warf ein paar Croutons hinterher, ehe ich aufstand und zu ihm ging.

Aus der einen unschuldigen Stunde wurden zwei Stunden, die mit zwei Shirts auf dem Boden und einer Horde wildgewordener Schmetterlinge in meiner Brust endeten.

Kapitel 26

Das erste Mal in meinem Leben bereute ich es beinahe, mir ein Haustier angeschafft zu haben. Würde meine flauschige Fellnase zuhause nicht stets und voller Vorfreude auf mich und ihren gefüllten Napf warten, hätte ich alle meine Vorsätze über Bord geworfen.

Nur ungern trennte ich mich von Henry. Wir verabredeten uns für nächsten Samstag. Ich würde Mona meinen Zweitschlüssel geben, damit sie sich im Fall der Fälle um Franz kümmern konnte. Füttern, Katzenklo säubern und Katze knuddeln würde sie ganz bestimmt für mich erledigen. Immerhin ging es hier um die liebestechnische Zukunft ihrer aller-, aller-, allerbesten Freundin. An meiner Überzeugungsrede würde ich allerdings noch arbeiten müssen.

Den zwei Shirts auf Henrys Wohnzimmerboden folgten keine weiteren Kleidungsstücke, auch wenn ich – zugegebenermaßen – nicht Nein gesagt hätte. Gentleman eben. Als schüchtern würde ich ihn nach heute Abend allerdings nicht mehr bezeichnen, mein wundgescheuertes Gesicht war dafür Beweis genug. Mein Kinn zeigte bereits kleine, rote Pickelchen, da es ununterbrochen über seinen Dreitagebart gekratzt war. Von meinen geschwollenen Lippen gar nicht erst anzufangen. Andere geben viel Geld aus, um solch volle tiefrote Lippen zu bekommen. Hoffentlich gab mein Badschrank noch Wundsalbe her. Ich würde sie dringend und in ungeheuren Mengen benötigen.

Henry begleitete mich noch bis zum Potsdamer Hauptbahnhof und wartete mit mir auf die S-Bahn.

»Meine Bahn kommt«, ich zeigte auf einen Zug, dessen Lichter uns immer näher kamen.

»Ach Mist.« Henry fluchte leise und lächelte mich verlegen an.

»Mist?«

»Sonst kommen die Bahnen doch auch nie pünktlich.«

»Ich würde auch gern noch länger bleiben«, flüsterte ich schüchtern und traute mich nicht, ihn anzuschauen. »Aber das würde Franz mir nicht verzeihen.«

Er seufzte, griff nach meinem Handgelenk und zog mich an sich. »Ich weiß.«

»Also dann.« Ich löste mich aus seiner Umarmung und deutete auf den Zug, der bereits eingefahren war. »Ich sollte wohl lieber einsteigen.«

»Richtig. Dann …«

»Bis bald?«, mein Herz pochte wie verrückt.

Henry nickte. »Genau. Bis bald.«

So stieg ich gerade noch rechtzeitig in die Bahn, die Türen gingen zu und sie setzte sich in Bewegung. Weg von Henry.

Da ich heute früh wenig vorausschauend losgefahren war, hatte ich nicht bedacht, dass die Nacht eventuell kalt werden würde. So lieh mir Henry einen seiner Kapuzenpullover, in dessen Stoff ich mich versinken ließ. Er duftete frisch gewaschen und nach ihm. Ich steckte meine Nase in den Stoff und inhalierte Henrys Duft, der kleine Wirbelstürme in mir heraufbeschwor.

Ich freute mich, die ganze Woche etwas von ihm bei mir tragen zu können. Würde es auffallen, wenn ich den Pullover in der Uni mit mir herumtrug und damit kuschelte? Bestimmt. Vermutlich würden mir meine Kommilitonen noch verwirrtere Blicke zuwerfen als eh schon täglich.

Ich versuche mir zwar immer einzureden, dass es egal ist, was andere von mir halten, doch seien wir mal ehrlich: Keiner will, dass andere schlecht von einem denken oder einen für komplett Banane halten.

Ich würde den Pullover zuhause lassen. So hätte ich etwas, auf das ich mich täglich freuen konnte, wenn ich nach Hause kam. Neben Franz, meiner Fernbedienung und George natürlich.

Die Anzeige an der Bahnhofsbushaltestelle verhöhnte mich. Dort stand, dass mein Bus erst in zwanzig Minuten kommen würde. Was nicht der Wahrheit entsprechen konnte, denn dann hätte der vorherige Bus just in diesem Moment abfahren sollen. Weder sah ich einen verspäteten Bus auf die Haltestelle zurollen noch machte ich die Rücklichter eines gerade gestarteten Busses aus.

Vielen lieben Dank, öffentliches Verkehrsnetz, dass du mich immer wieder im Stich lässt, aber im Gegenzug die dicken Kohlen kassierst!

Ich hatte nun die Wahl zwischen: erstens, mir an einer einsamen Bushaltestelle die Beine in den Bauch zu stehen, oder zweitens, allein den dunklen Nachhauseweg anzutreten. Ich entschied mich für die zweite Option. Ob mich nun ein Axtmörder an der Bushaltestelle überraschte oder ob er aus einer Häuserecke gesprungen kam, war ziemlich egal. Meine Mutter würde sich die Haare raufen, wenn sie mich zu dieser späten Stunde noch alleine draußen rumlaufen sehen würde. Dabei war es gerade erst Mitternacht. Ein mulmiges Bauchgefühl überkam mich dennoch. Die Dunkelheit und ich würden niemals Freunde werden.

Plötzlich vibrierte mein Handy in meiner Handtasche und jagte mir einen Schauder des Schreckens über den Rücken. Ich wühlte nach meinem Telefon und brachte meine komplette Handtaschenordnung durcheinander. Aber da ich nicht wollte, dass der Anrufer nach dem dritten Klingeln auf der Mailbox landete, war diese Maßnahme erforderlich. Kein anderer Name auf dem Display hätte mich in diesem Augenblick so glücklich machen können wie seiner.

»Hi.« Atemlos ging ich ran.

»Hey, Süße. Bist du schon zuhause?«

Er nannte mich schon wieder Süße! Wenn das kein Zeichen für eine bald beginnende Beziehung war.

»Nein, ich laufe gerade vom Bahnhof los.«

»Oh, pass auf dich auf.« Er klang besorgt.

»Ja, natürlich, mach ich. Keine Sorge. Du kannst ja einfach am Telefon bleiben?« Sofort fiel mir ein, dass er ja keine Flatrate hatte, also warf ich schnell hinterher: »Oh, oder ich rufe dich an? Sonst wird das für dich so teuer?«

»Okay, gerne. Dann bis gleich.«

Ich hörte ihn grinsen und wünschte, dass ich ihm in genau diesem Augenblick einen Kuss auf die Mundwinkel hätte drücken können.

»Bis gleich.« Ich legte auf, um sofort den Rückrufbutton anzuwählen.

»Hi.« Ich hörte ihn noch immer lächeln.

»So, jetzt können wir quatschen, während ich mich durch die dunklen Gassen Berlins schleiche.« Ich kicherte und verdrehte die Augen über mein albernes Verhalten.

»Schade, dass du nicht bleiben konntest.« Er seufzte. »Ich vermisse dich jetzt schon.«

Wie war es möglich, dass diese fünf kleinen Wörter mein Herz bis zum Hals schlagen ließen? Mein Mund wurde ganz trocken, ich bekam kaum ein Wort mehr heraus.

»Auch dich«, antwortete ich und schlug mir mit der freien Hand gegen die Stirn. Ich verzog das Gesicht zu einer Grimasse. Zum Glück konnte er mich nicht sehen. »Hast du deinen verkohlten Topf noch retten können?«, wechselte ich galant das Thema.

»Ja, ich habe ihn mit Scheuermilch und einem Stahlschwamm bezwungen, auch wenn meine Hände jetzt leider wundgescheuert sind.«

»Oh, von wund kann ich ein Lied singen«, beteuerte ich und musste lachen, was Schmerz durch meine Lippen jagte.

»Tut mir leid.« Er stieg in das Lachen mit ein. »Unsere Münder haben ja jetzt eine ganze Woche Zeit, um sich voneinander zu erholen.«

»Viel zu lange, wenn du mich fragst.«

»Finde ich auch.«

Ich jammerte grinsend: »Warum musst du bloß in Potsdam leben?«

»Warum musst du in Berlin wohnen?«, drehte er den Spieß um.

»Touché.«

»Übrigens, ich habe nächste Woche wieder Frühdienst.«

»Das heißt also, du wirst mich wieder mit Bildern der verschiedensten Haare in deinem Mittagessen bombardieren?«

»Wie gerne würde ich das verneinen.« Er stöhnte gequält auf. »Das ist echt ekelhaft, weißt du? Und irgendwie bin ich der Einzige, der jeden Tag Haare im Mittagessen hat. Zumindest hat sich noch kein Patient oder einer meiner Kollegen beschwert. Vermutlich hasst mich irgendjemand aus der Küche.«

»Ach, Blödsinn. Dich kann man doch gar nicht hassen.«

»Ach nein?«

»Nein. Du bist wie ein Welpe.«

»Sagt das Mädchen, das Hunde nicht leiden kann.« Er seufzte gespielt gekränkt. »Das nenne ich mal ein Kompliment!«

»Hey, Welpen zählen nicht. Jeder mag Welpen. Ich mag Hunde nur nicht, wenn sie erwachsen werden und stinken.«

»Katzen stinken doch auch.«

Das hätte er nicht sagen dürfen! »Das werde ich gleich Franz petzen! Er wird sich dann schon mal die Krallen schärfen.«

»Oooh, jetzt habe ich aber Angst.«

»Das würde ich dir auch raten. Franz ist eine Kampfmaschine, wenn es darauf ankommt.«

»Ich werfe ihm einfach eine Ladung Leckerlies hin, dann liebt er mich.« Seine Stimme klang siegessicher.

»Könnte funktionieren«, gab ich zu. »Für fünf Minuten.«

»Warum heißt er eigentlich Franz?«

»Möchtest du das wirklich wissen? Die Geschichte nimmt ein tragisches Ende.«

»Oje? Na los, erzähl!«

»Ursprünglich wollte ich zwei Kätzchen haben. Geschwister, Junge und Mädchen. Ich war mit meiner Mama bei der Züchterin und wir haben uns für zwei Kitten entschieden.« Ich seufzte in Erinnerung an die ganzen Katzenbabys, die damals um mich herumgetapst waren. »Das Katzenmädchen hatte wunderschöne Äuglein, die etwas zu weit auseinanderstanden. Eher unüblich für eine Norwegerkatze. Sie erinnerte mich an Romy Schneider und irgendwie kam mir der Name Sissi in den Sinn. Total kitschig, aber irgendwie süß.« Ich hörte ihn leise lachen. »Und meine Mama schlug für den Katzenjungen den Namen Franz vor. Sissi und Franz.«

»Und warum gibt es jetzt nur noch Franz? Ich glaube, ich möchte das Ende lieber nicht hören.«

Ich stellte mir vor, wie er sich die Augen mit den Händen zu hielt. »Tja, jetzt musst du da durch.«

»Okay, schieß los.«

Wie er das sagte, erinnerte ich mich an meinen damaligen Tippfehler, als ich »Scheiß los« und nicht »Schieß los« geschrieben hatte. Die Erinnerung daran jagte mir erneut die Röte in den Kopf.

»Ich mache es kurz und schmerzlos: Sissi ist aus dem Außengehege ausgebüxt und unter dem Rasenmäher-Traktor des Nachbarn gelandet. Der Arme wird seines Lebens nicht mehr froh. Stell dir mal vor, du überfährst ein Katzenbaby.«

»Ach du Scheiße! Das klingt furchtbar.«

Ich hörte das Mitgefühl in seiner Stimme und mir wurde ganz warm ums Herz. »Ja. Ich war wirklich traurig, dass ich doch nur ein Kätzchen mitnehmen konnte. Und nun hockt Franz eben auf seinem ungewöhnlichen Katzennamen.« Ich grinste. »Mittlerweile finde ich den Namen aber durchaus passend für eine Katze.«

»Besser als Snowball, Flecky oder Mauzi?«

»Ganz genau!« Ich durchwühlte meine Handtasche nach meinen Schlüsseln, was sich mit nur einer Hand als nicht ganz so einfach herausstellte. »So, ich bin jetzt zuhause.«

»Oh, sehr gut. Dann grüß Franz von mir und hab eine Gute Nacht. Schlaf gut!«

Er klang etwas enttäuscht. Hätte ich noch eine Runde um den Block gehen sollen? Irgendwie wollte ich nicht auflegen. Wieder sprach Oma Irma in meinen Gedanken: Man soll aufhören, wenn es am schönsten ist.

»Danke, du auch. Und träum süß!«

»Oh, das werde ich, glaub mir.«

Ich legte auf und betrat den dunklen Hausflur. Sachte ging ich die knarrende Treppe hinauf zu meiner Wohnungstür, um ja nicht Frau Glitzbein aufzuwecken. Ich schloss auf und wurde bereits von meinem hungrigen Tiger erwartet.

»Hallo, mein Mäuschen.«

Ich hockte mich hin, damit Franz sein Köpfchen gegen meine Knie und in meine Handfläche werfen konnte. Danach inspizierte er noch meine Handtasche – ich nenne das den Kitty-Zoll – und setzte sich wenige Augenblicke später fordernd vor seinen leeren Fressnapf.

Im Grunde wollen Katzen doch immer nur das Eine: Fressen.

Kapitel 27

»Nein, nein, nein … Das?«

Ich warf ein Kleidungsstück nach dem anderen durch die Luft und schüttelte unentwegt den Kopf. Nachdem ich gestern Abend mit meiner Kleiderwahl nicht weiter gekommen war, hatte ich die Entscheidung auf den heutigen Tag verlegt.

Den Tag aller Tage. Den wunderbarsten Tag der Woche.

Es war Samstag.

Nach einer schier endlosen Woche würde ich ihn heute endlich wieder sehen. Henry. Der Kerl, der mich nachts kein Auge mehr zutun ließ, da sich meine Gedanken unentwegt und ausschließlich um ihn drehten. Immer und immer wieder wie in Endlosschleife.

Nur leider ließ meine Entscheidungsfreude weiterhin zu wünschen übrig. Ich konnte mir meine Verzweiflung selbst nicht erklären, denn Henry hatte mir bisher nicht das Gefühl gegeben, dass meine Kleiderwahl das A und O des Date-Verlaufes bestimmen würde. Vermutlich könnte ich in einem Kartoffelsack mit fünf Löchern für Kopf, Arme und Beine aufkreuzen, und er würde es wohl gar nicht bemerken. Er blickte mir eh immer nur ins Gesicht.

Ob er meinen Körper überhaupt schon wahrgenommen hatte? Hatte er bemerkt, dass ich ein paar Pfund zu viel an den Beinen mit mir herumtrage?

Mit meiner Taille bin ich ja immer zufrieden gewesen. Ich habe eine. Das muss reichen. Hüfte habe ich auch. Zwar etwas zu viel, aber der männliche Urinstinkt soll doch darauf anspringen. Hab ich mal gelesen: Breites Becken ist gleich gebärfreudige Frau. Da setzt der männliche Trieb ein, was wirklich nicht schaden kann.

Und dennoch stand ich entmutigt vor meinem Kleiderschrank und suchte krampfhaft nach einem Kleidungsstück, das meine zu dicken Oberschenkel zumindest ein wenig kaschierte.

»Ach, was soll's«, grummelte ich und griff nach meinem Handy.

Mona ging direkt ran, wie so oft: »Hey Süße, was gibt es?«

Legt sie ihr Telefon auch mal aus der Hand? Ein wenig gruselig ist es schon, dass Mona immer innerhalb von Sekunden erreichbar ist.

»Modischer Notfall«, presste ich hervor. Ich stöhnte laut auf, als sich ein Kichern durch den Hörer schlich. Hatte ich doch gewusst, dass sie mich auslachen würde!

»Wie viel Zeit bleibt dir?« Ich hörte Monas Hausschlappen über den Holzfußboden patschen.

»Ich muss erst in vier Stunden los, wollte aber noch baden …«

Mona unterbrach mich: »… rasieren, peelen?« Ich konnte ihr Feixen genau vor mir sehen.

»Ja, auch das alles«, gab ich zu und grinste verlegen.

»Ich bin in einer halben Stunde da.« Ihrem Schnaufen nach zu urteilen zog sie sich bereits während des Telefonats an. »Und Finger weg vom Kleiderschrank!«

Eine Sekunde später legte sie bereits auf. Ich hätte gleichzeitig heulen und lachen können. Einerseits musste ich es doch mal alleine schaffen, mir eine vernünftige Kleider-Kombination zu zaubern, Mona schaffte es doch auch immer. Anderseits war ich froh, dass Mona eben Mona war und ich immer auf sie zählen konnte, egal, wie spontan ich sie brauchte. Sie hatte an einem Samstagvormittag bestimmt spannendere Dinge zu tun, als ihrer besten Freundin aus der modischen Patsche zu helfen.

Ich war ein wenig aufgeregt, immerhin hatte ich mit Mona seit mehreren Tagen nicht über Henry gesprochen. Genau genommen wusste sie nicht einmal, dass ich letzten Samstag bei ihm gewesen war. Dementsprechend wusste sie auch nicht, wie weit wir bereits gegangen waren. Wobei der Begriff »weit« relativ zu sehen war. Nach so vielen Wochen sollten wir eigentlich schon bis zum Äußersten gekommen sein. Aber bei uns lief eben alles anders, als es die Frauenzeitschriften predigen.

War das okay? Diese Frage stellte ich mir mittlerweile nicht mehr. Meine Selbstzweifel waren letzten Samstag wie eine Seifenblase im Sturm verpufft.

Dennoch konnte ich meine Angst nicht abstreiten, dass irgendetwas an ›uns‹ komisch war. Ich traute mich in Henrys Gegenwart nicht, von der Zukunft zu reden. Weder von meiner eigenen noch von unserer. Und ich traute mich schon gar nicht, das Wort ›Beziehung‹ auszusprechen. Ich verbat mir sogar, in seiner Gegenwart an dieses simple Wort zu denken, aus Sorge, er könnte womöglich doch Gedanken lesen. Wenn ich ihn zu etwas drängte, wurde er still und wies mich ab. Das Gefühl wurde ich einfach nicht los, und so richtete ich mich nach ihm. Was auch gar nicht schlimm war, wirklich nicht. Ich mochte die Themen, die er anschnitt, hörte ihm gerne zu und brachte mich ins Gespräch ein, sodass er nicht gezwungen war, Monologe zu führen. Außer wenn er von Fossilien redete. Da schweifte ich sofort wieder ab. Jetzt mal ehrlich, Fossilien sind unfassbar langweilig. Ihn allerdings faszinierten sie.

Als er das Wort ›Fossil‹ das erste Mal in den Mund genommen hatte, dachte ich, er spräche von der Marke. Zuerst war ich Feuer und Flamme und erzählte ihm von der Fossil-Uhr, die ich letztens beim Juwelier im Schaufenster gesehen hatte. Ich erntete allerdings nur einen unwissenden Blick und checkte sofort, dass er von Fossilien im eigentlichen Sinne sprach. Von alten Steinen, in denen irgendwelche Abdrücke prangen. Whoop Whoop. Meine Begeisterung hielt sich in Grenzen, was ihn jedoch nicht davon abgehalten hatte, mir seine Prachtstücke zu zeigen. Ich hätte ja viel lieber ein anderes Prachtstück gesehen.

Bei dem Gedanken lachte ich laut los und war froh, alleine zu sein. Ich schlenderte ins Badezimmer und kramte im Schrank nach meinen Badezusätzen.

Eigentlich will ich viel öfter baden, doch irgendwie komme ich nie dazu. Was aber auch zu großen Teilen das Verschulden von Kater Franz ist. Der stellt grundsätzlich irgendetwas an, wenn ich bade. Oder er kratzt an der Tür und miaut herzzerreißend, bis ich mich aus der Badewanne hieve, um dem Katerkönig Eintritt zu gewähren. Und wenn ich in weiser Voraussicht die Tür angelehnt lasse, setzt er sich auf die Toilette und starrt.

Er starrt mich an. Ohne sich zu bewegen.

Er starrt einfach, bis mir das Baden vergeht.

Heute sah ich allerdings meine Chance, da Franz immer noch so in sein Außengehege verliebt war. Vielleicht würde er nicht mitbekommen, wie ich mich im warmen Nass entspannte, meinen Körper von sämtlichen Haaren befreite und meine Haut seidenglatt pflegte. Sollte Henry ruhig glauben, dass meine Haut immer so sanft und weich ist wie die eines Babypopos.

Doch es kam, dass ich zwar eine Armee an Badezusätzen besaß, sie aber allesamt das Mindesthaltbarkeitsdatum überschritten hatten. Ich wählte eines aus, das noch wunderbar roch. Was sollte denn großartig passieren? Mir würde meine Haut schon nicht abfallen. Mutig stellte ich die weiße Flüssigkeit, die nach Milch und Honig roch, bereit.

***

»Das?« Mona hielt mir ein Top hin.

Ich schüttelte den Kopf. »Nein, das hatte ich schon letzten Samstag an.«

»Habt ihr euch etwa getroffen?« Ihre Stimme war schrill und ihre Augen glänzten vor Begeisterung. Dann wurde ihre freudige Miene jedoch durch einen leicht traurigen Blick abgelöst. »Warum hast du mir denn nichts erzählt?«

»Ich wollte mich nicht mit dir zanken«, gab ich kleinlaut zu und wich ihrem Blick aus.

»Süße, du weißt aber, dass ich mich für dich freue, wenn du verliebt bist, oder?« Gequält versuchte sie, mir ein Lächeln zu schenken.

»Ja, aber -«

»Kein aber. Ich freue mich für dich! Und wenn es dann doch nicht der wahre Prinz ist, bin ich trotzdem für dich da.« Sie stampfte mit dem Bein auf wie ein Kleinkind, das seinen Willen bekommen möchte.

»Siehst du?« Ihre Aussage machte mich eher wütend, als dass ich mich freute. »Du gehst jetzt schon davon aus, dass die ganze Geschichte mit Henry in die Hose gehen wird!« Eingeschnappt verschränkte ich meine Arme vor der Brust und zog einen Schmollmund.

»So meinte ich das doch gar nicht.«

Doch. Ich wusste, dass sie es ganz genau so gemeint hatte. Für einen kurzen Moment schloss ich die Augen.

»Ich weiß doch«, log ich. »Es ist alles etwas anders mit uns beiden, aber …« Ich kaute auf meiner Lippe herum.

»Aber was?« Mona blickte mit auffordernd an. »Was, was, was?«

Sie grinste mich dermaßen breit an, dass es mir unmöglich war, ihr nicht auch ein Lächeln zu schenken.

»Mann, letztes Wochenende haben wir uns endlich geküsst! Und wenn ich nicht Franz hätte, wäre ich sicherlich gleich bei ihm geblieben.«

Ich zuckte zusammen, da Mona plötzlich aufkreischte und in die Hände klatschte.

»Na endlich!«

»Jep.«

»Und?«

»Was und?«

»Küsst er gut? Schlecht? Nass? Trocken? Fordernd? Langweilig? Kurz? Lang?«

Ich lachte auf und legte ihr meine Hände auf die Schultern, damit sie nicht weiterhin bei jedem Wort hochhüpfte. »Er küsst so gut, dass wir es einige Stunden hintereinander durchgezogen haben.«

In meinem Inneren erwachten erneut die Brausepulverponys und rannten im Galopp meine Magenwände hoch. Ich würde ihn in nur wenigen Stunden wiedersehen, und dann könnten wir dort weitermachen, wo wir letzten Samstag aufgehört hatten.

Mona ging zu meinem Bett hinüber, setzte sich neben Franz, der sich auf meinem Kopfkissen zusammengerollt hatte, und kraulte ihn hinter den Ohren. »So, Kätzchen, ich schätze heute Abend werden wir zwei uns wiedersehen.« Franz öffnete nur verschlafen ein Auge und drehte sich gleich darauf auf die andere Seite. »Ja, ich freue mich auch«, sagte Mona beleidigt. Ich prustete los, hielt mir aber sofort die Hand vor den Mund.

Mona versucht einfach immer wieder, sich Franz Liebe zu erkraulen. Er zeigt ihr allerdings stets nur die kalte Schulter.

»Danke, Süße! Ich melde mich dann bei dir, wenn ich weiß, ob ich bei ihm bleiben werde oder nicht.« Ich zeigte auf meinen Kleiderschrank. »Und nun rette mich, bitte!«

Mona sprang auf und postierte sich wie eine Superheldin vor meinem Kleiderschrank, ehe sie ein mintgrünes Shirt mit gerafftem Ausschnitt hervorzog. Dazu eine lange, dunkelblaue Jeans, deren Stoff nicht sehr dick war.

»Und dazu ziehst du deine hellen Keilsandalen an. Et voilá!« Stolz strahlte sie mich an.

»Danke, du bist ein Schatz!« Ich nahm ihr die Kleidung ab und brachte sie direkt ins Badezimmer, sodass Franz gar nicht erst auf die Idee kommen konnte, sich darauf zu legen und sein halbes Fell auf ihr zu verteilen.

Mona kam mir hinterhergetrottet und schaute auf ihre Armbanduhr. »Hast du noch Zeit für einen Kaffee mit mir?« Unschuldig blickte sie mich an. Ich wusste genau, dass sie gern mehr von letzter Woche erfahren wollte.

»Na klar, ich schalte George gleich ein.«

»Juhu! Und dann lasse ich dich auch in Ruhe, damit du dich fertig machen kannst.«

»Wie gnädig.«

Ich lachte und zog sie hinter mir aus dem Bad. Gemeinsam gingen wir in die Küche, wo sie wie selbstverständlich zum Kühlschrank ging, um die Milch herauszunehmen. Derweil nahm ich ihre Lieblingstasse von meinem Regal und stellte sie unter George.

Kapitel 28

Henry: Bin gleich da.

Mürrisch steckte ich mein Handy zurück in meine Handtasche. Seit zehn Minuten stand ich schon in der Einkaufspassage vom Potsdamer Hauptbahnhof. Von Henry war weit und breit nichts zu sehen. Ich hatte bereits zwei alten Damen geholfen, die Steintreppe gesund und munter zu meistern, die Rolltreppe war defekt gewesen. Und ein blöder Mops hatte mich auch einmal angerülpst.

Ich bin überdurchschnittlich empfindlich, was ungenutzte Zeit betrifft, und werde schnell wütend, wenn ich nichts zu tun habe. Und auf jemanden zu warten ist der Inbegriff von dumm herumstehen und nichts zu tun zu haben.

Henry: Ich renne.
Henry: Wirklich.
Henry: Ich bin gleich da.

Diese Unfähigkeit, pünktlich zu sein, konnte auch nur er in etwas Niedliches verwandeln. Da ich jedoch nicht sofort klein beigeben wollte, zeigte ich ihm erst einmal die kalte Schulter.

Ich: Weniger tippen, mehr laufen.

Henry: Ok.

Ich: Hör auf zu tippen!

Henry: Ok.

Ich: Ich meine es ernst!

Henry: Ok.

Ich konnte nicht anders, es war unmöglich, mein Grinsen zu unterdrücken. Und so stand ich vor einer defekten Rolltreppe und grinste dümmlich vor mich hin.

»H-Hi.«

Unter Atemnot presste er dieses eine Wort hervor, als er plötzlich vor mir auftauchte wie ein Magier. Wie machte er das nur immer?

»Oh, hi.«

Ich strahlte ihn an in freudiger Erwartung, von ihm geküsst zu werden. Doch er lehnte sich nur vor und umarmte mich. So wie wir uns bisher auch immer begrüßt hatten. Für eine Sekunde konnte man mir wohl meine Verwirrung vom Gesicht ablesen, allerdings fasste ich mich schnell. Ich wollte nicht, dass er merkte, wie schnell er mich verunsichern kann. Okay, dann wohl kein Begrüßungskuss.

»Warum bist du zu spät?«

Wir setzten uns in Bewegung und ich hoffte vergeblich, dass er meine Hand nehmen würde.

»Weil meine Straßenbahn ausgefallen ist und ich gerannt bin.« Er drehte mir seinen Kopf zu und lächelte mich entschuldigend an.

»Okay. Und was hast du heute geplant?«

Das Thema zu wechseln, erschien mir die beste Methode, um nicht auszuflippen. Das hier lief ganz und gar nicht so, wie ich es mir vorgestellt hatte.

»Sushi.«

»Sushi?«, fragte ich mit hoher Stimme.

Ich liebe Sushi!

Hatte ich ihm vor einer Weile mitgeteilt. Dass er sich dieses Detail gemerkt hatte, ließ mein Herz vor Freude hüpfen.

»Jep, ich habe schon alles gekauft. Es fehlen nur noch Wasabi-Paste und eingelegter Ingwer.«

»Also der Ingwer muss meinetwegen nicht sein. Ich finde, der schmeckt immer wie Kernseife.«

»Ah, du hast also schon an einem Stück Seife geleckt, ja?«

In seinen Augen blitzte etwas auf und sein Lächeln haute mich um. Warum nur muss er so ein einnehmendes Lächeln haben? Es ist dieses Welpen-Syndrom. Er konnte Scheiße bauen und dennoch himmelte ich ihn an. Kleine Welpen, die auf einen Teppich pieseln, sind trotzdem noch herzallerliebst. Man kann ihnen niemals böse sein.

»Nein.« Ich verdrehte gespielt die Augen. »Ist dir beim Duschen noch nie Seife in den Mund gelaufen?«

»Nö.«

Er schüttelte den Kopf und hielt mir die Tür auf, die aus dem Bahnhof herausführte. Instinktiv wollte ich zu der Haltestelle laufen, an der wir letzten Samstag eingestiegen waren. Doch er hielt mich zurück, indem er nach meinem Handgelenk griff. Meine Haut kribbelte. Mir entwich ein lautloses Stöhnen.

»Wir müssen hier entlang.« Er zeigte in die entgegengesetzte Richtung. »Dort gibt es einen Asia-Shop. Die Wasabi-Paste kostet dort zwei Drittel weniger als im Supermarkt.«

»Ah, du Sparfuchs«, neckte ich ihn. Eigentlich freute ich mich jedoch über diese Einstellung. Für ein Schnäppchen gehe ich auch gerne mal einen etwas weiteren Weg zu Fuß, anstatt mehr Geld für haargenau dasselbe Produkt auszugeben.

»Ich kenne mich eben aus.« Er zwinkerte mir zu, wandte seinen Blick aber sofort wieder ab.

»Ist das deine Masche? Bekommst du so die Frauen rum?«

»Nein«, war seine knappe Antwort. Seine Stimme war harsch. Als hätte ich etwas gesagt, das ich niemals hätte sagen dürfen.

»O-okay.«

Ich traute mich nicht, weiter auf das Thema einzugehen, und dachte wieder, dass er sofort blockt, sobald ich etwas sagte, was ihm nicht gefällt. Ich wollte nicht zu dieser Sorte Mädchen gehören. Die Sorte, die sich selbst hinten anstellt, aus Angst, harsch zurückgewiesen zu werden. Eigentlich interessierte mich brennend, was sein Problem war. Warum konnte ich nicht einfach sagen, was ich wollte? Warum musste ich immer Sorge tragen, etwas Falsches von mir zu geben? Andererseits hatten die schönen Zeiten mit ihm immer alles wieder aufgewogen. Wenn er mich jetzt in diesem Moment geküsst hätte, wäre jedweder Ärger aus meinen Gedanken gewichen.

Ich bin schwach und ängstlich und hasse mich dafür.

»Hier.« Er öffnete eine Tür, die in einen unscheinbaren Laden führte, und bedeutete mir, hineinzugehen.

»Danke«, sagte ich lächelnd.

Drinnen wurden wir erst einmal von einer goldenen Winkekatze begrüßt, die so groß war wie ich. Henry ging sicheren Schrittes an ihr vorbei, zu einem Regal im hinteren Bereich des Geschäfts.

»Scharf oder eher nicht so scharf?«, rief er mir zu.

»Gibt es da einen Unterschied? Ich dachte, Wasabi ist Wasabi?«

Ich schloss zu ihm auf und stellte mich absichtlich dicht neben ihn, was mich einiges an Mut kostete. Zu meinem Bedauern wich er einen Schritt nach rechts. War das Absicht? Wollte er mir nicht nahe sein? Hatte er den Tag von vor einer Woche vergessen? Was war nur los mit ihm? Kein Kuss? Kein Händchenhalten? Und nun durfte ich ihm nicht einmal nahe sein?

»Ist mir egal.«

Meine Stimme klang trotzig. Ich war verletzt und wütend. Am liebsten wäre ich einfach umgedreht und aus dem Laden sowie aus der Stadt verschwunden. Allerdings wollte ich auch nicht so einfach aufgeben. Was immer er für ein Problem hatte, ich würde es herausfinden.

»Nimm einfach das.«

Ich griff willkürlich nach einer Paste, und als sich unsere Hände berührten, sah ich ihn aus den Augenwinkeln zusammenzucken. Warum reagierte er so auf meine Berührung? War es ihm unangenehm oder ging es ihm so wie mir?

»Okay.« Er ging an mir vorbei zur Kasse, steckte seine

Hand in die hintere Hosentasche und fischte sein Kinder-Portemonnaie heraus.

Verdattert blieb ich mit der Paste in der Hand stehen. Warum war er nur so unfreundlich? Das hatte ich absolut nicht verdient!

»Kommst du oder was?« Er klang angespannt. Auf seinem Gesicht gab es nicht die kleinste freundliche Regung.

Am liebsten würde ich auf ihn zu stolzieren, die Tube öffnen und ihm das Wasabi direkt ins Gesicht quetschen. Danach würde ich mit erhobenem Haupt das Schlachtfeld des Asia-Ladens verlassen und wir könnten jeder unserer Wege gehen. Mein dummes, dummes Herz allerdings war der Meinung, dass ich einfach tun sollte, als wäre nichts. Als wäre sein Verhalten normal und als würde ich ihm nichts anmerken.

Mann, seine Stimmungsschwankung ist schlimmer als die einer 50-jährigen Frau in der Menopause! Oder so. Vermutlich würden Frauenzeitschriften in diesem Punkt auch maßlos übertreiben.

Ich ging zu ihm an die Kasse. Wortlos legte ich die Tube ab und lächelte den jungen asiatischen Kassierer freundlich an. Gnädigerweise legte der sein Tablet, auf dem er einen Manga las, kurz zur Seite.

»Willst du laufen oder mit der Straßenbahn fahren?« Henry zeigte auf eine Haltestelle in der Nähe.

»Ist mir so was von egal.« Ich klang genervt. Wie er mir, so ich ihm.

Tut mir leid, Herz, aber auch ich habe meine Würde. Wenigstens ein ganz kleines bisschen.

Ich wollte, dass er mir meine Verstimmung ebenfalls anmerkte. Und ich hatte keine Lust auf Spielchen.

Kapitel 29

Wir fuhren mit der Straßenbahn. Im Endeffekt war ich froh darüber, denn auf einen stillen Fußmarsch von einer guten halben Stunde hatte ich wirklich keine Lust. Mit jeder Sekunde, die wir stumm nebeneinander saßen, wünschte ich mir mehr und mehr, dass ich ihn niemals kennengelernt hätte.

Plötzlich fühlte ich mich in seiner Gegenwart nicht mehr wohl. Mein Herz hüpfte nicht mehr vor Freude. Es tat das genaue Gegenteil, schmerzte und zog sich zusammen wie eine alte Rosine.

Er gab mir das Gefühl, alles andere als willkommen zu sein. Warum lud er mich dann zu sich ein? Und vor allem: Was hatte seinen Gefühlswechsel hervorgerufen? Meine simple, lustig gemeinte Frage, ob er mit Sushi immer die Frauen verführt? Hatte ich einen Nerv getroffen?

Darf es zwischen einem Paar überhaupt so einen Nerv geben? Ich bin vielleicht manchmal altmodisch, aber für mich gibt es nichts, worüber man mit dem Partner nicht reden darf. Absolut gar nichts.

Ich schüttelte leicht den Kopf und seufzte. Mein Blick wanderte unauffällig zu ihm herüber. Ausnahmsweise freute ich mich mal über meine Haare, die mir ins Gesicht fielen und mich von ihm abschirmten. Dass ich in Gedanken schon von uns in Pärchenform sprach, war irgendwie lächerlich.

Wir waren kein Paar.

Wir waren NOCH kein Paar.

Immer optimistisch bleiben.

Zwar riet mir mein Verstand, die Finger von ihm zu lassen, mein Herz brüllte allerdings umso lauter, dass ich ihm vertrauen sollte. Also würde ich ihm vertrauen. Ihm und meinem Herzen.

***

Henry atmete einmal tief durch, ehe er den Schlüssel ins Schlüsselloch steckte. Er lehnte seine Stirn gegen die Wohnungstür, atmete ein weiteres Mal tief ein und drehte sich zu mir um. Mein erster Gedanke war, dass er mich bitten würde, nach Hause zu fahren. Mein Herz fühlte sich an wie ein prall gefüllter Luftballon, der jeden Moment zu platzen drohte.

»Sorry«, flüsterte er und schloss kurz die Augen.

»Schon okay«, antwortete ich mit zittriger Stimme.

Ich biss mir mental sofort in den Arsch. So einfach ließ ich ihn davonkommen? Er hatte mich die letzte dreiviertel Stunde behandelt wie einen dreckigen Streuner. Und nun brauchte er nur ›Sorry‹ zu sagen und ich küsste ihm bereits wieder die Füße? Was war nur los mit mir?

»Ich würde mich freuen, wenn du noch mit reinkommen magst.« Seine Stimme war ruhig und doch unsicher. Es erweichte mein Herz.

»Na klar. Immerhin stehe ich schon hier, oder nicht?«

Mein Mund verformte sich zu einem aufmunternden Lächeln. Er schenkte mir ebenfalls sein wunderschönes Lächeln. Dann drehte er den Schlüssel um, gab der Tür einen Schubs und nickte in seine Wohnung.

»Kommen Sie herein, Mylady.«

Ich grinste in Erinnerung an die letzte Situation, in der er mich so genannt hatte. »Vielen Dank.«

Drinnen zog ich meine Schuhe aus und stellte meine Handtasche neben das Badezimmer. Dieses Mal würde ich nicht unvorbereitet das Bad betreten. Allerdings gab es heute auch keine Bäche unter meinen Armen. Es war zwar sehr warm draußen, doch bei weitem nicht so heiß wie letztes Mal. Ich hatte sogar eine dünne Jacke mit, für den Fall, dass ich nach Hause fahren würde. Da ich für alle Eventualitäten gewappnet sein wollte, schleppte ich außerdem frische Unterwäsche, ein frisches Oberteil, Blasenpflaster, Sneakers sowie meinen Kulturbeutel inklusive Kondome mit mir herum.

Man kann ja nie wissen.

Keine Ahnung, wie das alles in meine Handtasche passte. Ich war schon als Kind immer ein Ass im Tetrisspielen auf meinem pinken Game Boy Color gewesen.

»Oh nein, warum summst du solch einen Ohrwurm?« Henry fasste sich an die Stirn und lachte mich an.

Ich hatte gar nicht gemerkt, dass ich begonnen hatte, die Tetrismelodie zu summen. »Ups, sorry.«

»Diesen Ohrwurm werde ich heute bestimmt nicht mehr los.«

»Gern geschehen«, antwortete ich spitz und streckte ihm die Zunge heraus.

Von jetzt auf gleich war alles anders. Ohne jegliche Vorwarnung war er bei mir, legte mir eine Hand um die Taille, die andere in meinen Nacken und drückte mir seinen Mund auf die Lippen. Sofort zogen sich wieder meine Eingeweide zusammen, mein Herz begann zu flattern. Ich öffnete mich für seinen Kuss und ließ es einfach geschehen. Es war mir egal, dass er mir noch vor zehn Minuten das Gefühl gegeben hatte, ich wäre der letzte Dreck. Vielleicht würde es ja nicht mehr vorkommen.

So schnell, wie der Kuss begonnen hatte, endete er auch wieder. Abrupt wandte er sich von mir ab, die Augen noch immer geschlossen.

»Henry?«

Ich erwartete komischerweise nichts von ihm. Er hätte mich anschweigen können, mich anschreien, mich noch einmal küssen. Mittlerweile war ich für alles gewappnet.

Langsam öffnete er ein Auge. Das zweite folgte. Seine Mundwinkel wanderten nach oben, er fuhr sich mit beiden Händen durch die Haare. Dabei fielen mir seine trockenen Ellenbogen auf.

Gibt es auf dieser Welt überhaupt einen einzigen Mann, der sich um die Haut an seinen Ellenbogen kümmert? Selbst die penibelsten Schönlinge haben schrumpelige, weiße Ellenbogen.

»Ich hätte schwören können, dass der Kuss eben ein Traum war.« Er grinste mich immer noch an.

»Bitte was?« Ich verstand nur Bahnhof.

»Mavis …« Sein Atem ging schwer.

»Henry?« Ich zog fordernd eine Augenbraue hoch.

Er räusperte sich. »Dass du überhaupt noch hier bist, obwohl ich mich gerade benommen habe wie der größte Idiot …«

»Tja, ich bin eben keine Idiotin«, antwortete ich schnippisch und stemmte meine Hände in die Taille.

»Ich weiß, aber ich bin einer. Es tut mir leid.«

Sein Gesichtsausdruck war richtig gequält. Verarschte er mich hier? Was sollte die ganze Aktion? Zuerst war alles gut, beim Asia-Laden kam sein Gemütswechsel, in seiner Wohnung angekommen küsste er mich endlich, und nun entschuldigte er sich voller Reue? Der Mann durchlitt innerhalb weniger Stunden eine ganze Palette verschiedenster Gefühlen!

Mein Herz sagte mir, dass ich bleiben, doch mein Verstand schrie, dass ich gehen sollte. Jetzt, wo es wehtun würde, mich aber nicht umbrachte. Kopfschüttelnd gehorchte ich meinem Verstand und griff nach meiner Handtasche.

»Vielleicht sollte ich besser gehen«, flüsterte ich.

Doch Henry hielt mich plötzlich am Handgelenk fest. So stark, dass es beinahe schmerzte. »Nein, bitte! Geh nicht, es tut mir leid.«

»Henry …« Ich versuchte, den Kloß in meinem Hals hinunter zu schlucken. »Du machst mir Angst.«

Er ließ meine Hand erschrocken los. »Ich … ich habe einfach einen schlechten Tag. Ich verspreche dir, das kommt nicht mehr vor!«

Diese Aussage erinnerte mich an meinen Streit mit Max. Damals hatte ich Henry vehement verteidigt und behauptet, dass jeder mal einen schlechten Tag hätte. Henry hatte mehrere. Das wusste ich, hatte es aber immer verdrängt. Genau wie das Wort ›Depression‹.

»Ich weiß nicht recht, Henry.« Ich massierte mein Handgelenk, den Blick starr darauf gerichtet. »Was ist nur los mit dir?« Meine Stimme war nicht mehr als ein Flüstern.

Ich spürte seinen Blick auf mir. Drehte den Kopf, um ihm direkt in die Augen zu sehen. Sein Blick war fest, dennoch strahlten seine Augen eine Traurigkeit aus, die mir bisher nicht aufgefallen war.

»Letzten Samstag wolltest du mich nicht gehen lassen«, erinnerte ich ihn sanft. »Wir haben die ganze Woche telefoniert und uns ohne Unterlass geschrieben.« Der Kloß in meinem Hals wuchs an. »Du hast mir ständig kleine Kuss-Smileys geschickt und mir geschrieben, wie sehr du dich freust, mich wieder in den Arm nehmen zu können.« Ich musste stark schlucken, damit der Kloß mir nicht die Stimme abband. »Und dann umarmst du mich nur flüchtig zur Begrüßung?«

Ich schüttelte verzweifelt den Kopf. Bitte, bloß nicht heulen, Mavis! Ich biss tapfer die Zähne zusammen.

»Und dann im Asia-Laden rutschst du von mir weg, als wäre ich eine fremde Person? Und kaum, dass wir in deiner Wohnung sind, überfällst du mich mit einem Kuss, entschuldigst dich und glaubst, alles ist wieder toll?«

Ich hörte mich an wie eine Oberzicke, doch ich fand, dass ich das gute Recht dazu hatte.

Den Drang, lauter zu werden, unterdrückte ich. »Du glaubst vielleicht, ich hätte das nicht gemerkt, aber ich bin nicht auf den Kopf gefallen. Ich merke sehr wohl, dass du irgendetwas mit dir herumträgst, was du mir nicht sagen willst.«

Ich stellte meine Handtasche auf dem Boden ab und verschränkte herausfordernd und beschützend zugleich die Arme vor meiner Brust. Irgendwo war ich mächtig stolz auf mich, dass ich nicht zu heulen begonnen hatte.

Er starrte mich ausdruckslos an, ehe er sich wieder räusperte und sprach: »Ich kann im Augenblick nichts weiter tun, als mich bei dir zu entschuldigen, Mavis.«

Mir reichte das im Augenblick allerdings nicht. »Nein! Was ging dir vorhin durch den Kopf? Als ich dich – nur aus Spaß, wohlgemerkt – gefragt habe, ob du alle Frauenherzen mit Sushi erobert hast … Ich habe damit einen Nerv getroffen. Welchen, Henry?«

Ich wusste nicht, woher ich den Mut und die für mich stark ausgebildete Eloquenz nahm. Normalerweise fällt mir das Sprechen schwer. Besonders, wenn es um ein ernstes Thema geht.

Es verging eine gute Minute, ehe er wieder die Stimme hob: »Ich habe an meine Exfreundin gedacht.« Seine Lippen bildeten eine schmale, harte Linie.

Ich hatte es mir beinahe gedacht. Jetzt stand ich vor der Wahl, seine Antwort so hinzunehmen, oder ihn dazu zu bringen, mir genau zu erzählen, was das Problem mit seiner Exfreundin war. Denn eines war klar: Er hatte ein Problem. Und ich wollte keine Lückenbüßerin sein.

Kapitel 30

Henry suchte keine Ausflüchte. Er legte mir nur seine Hand auf den unteren Rücken, wie er es schon so oft getan hatte, und führte mich zum Sofa. Wir ließen uns nieder. Zwischen uns hätte Melissa McCarthy Platz gehabt.

»Meine Exfreundin hat mich verlassen.«

Ich schnaubte wütend. »Du sagtest mir, *du* hättest sie verlassen, Henry. Warum hast du mich angelogen?«

»Macht doch keinen Unterschied.« Er zuckte mit den Schultern.

»Und ob es einen Unterschied macht! Derjenige, der verlässt, hat meist mit der Sache abgeschlossen. Derjenige, der verlassen wird, oft nicht. Und wie es aussieht, gehörst du wohl zur zweiten Kategorie, oder täusche ich mich?«

»Ja.«

»Ja? Ich täusche mich?«

Er nickte langsam. »Es ist nicht so, wie du denkst.«

»Wow, jetzt bekomme ich schon Standardsprüche von dir?«, ich konnte nicht fassen, dass er versuchte, mich auf diese lausige Art zu besänftigen.

Er fuhr sich nervös durch die Haare. »Ich bin über die Beziehung mit ihr hinweg.«

Ich ließ nicht locker: »Und was ist dann dein Problem? Du musst es mir erklären, Henry. Ich kann deine Gedanken nicht lesen.«

»Sie hat mich betrogen und wurde sogar schwanger. Hat mich von jetzt auf gleich verlassen und ist zu ihrem neuen Typen gezogen.«

Es quälte ihn sichtlich, an diese Erfahrung zurückzudenken. Mir tat es ein wenig leid, ihn so bedrängen zu müssen.

Ich legte etwas Mitgefühl in meinen Ton: »Ich verstehe dennoch nicht, was das mit mir zu tun hat?«

»Ich möchte einfach nicht noch einmal so verletzt werden.« Er lächelte nervös. »Wow, klingt total männlich, oder?«

Kurz war ich versucht, meine Hand auf seine zu legen, entschied mich jedoch dagegen. »Nein, das klingt einfach nur menschlich.« Ich fächelte mir Luft zu. Mir war plötzlich sehr heiß, was vermutlich an dem unangenehmen Gespräch lag. »Das klingt bestimmt lahm, aber ich würde niemals jemanden betrügen. Wirklich, niemals.«

»Das ist schön zu hören. Dennoch hat sie irgendetwas in mir kaputt gemacht. Seit der Geschichte mit ihr fällt es mir schwer, Vertrauen aufzubauen.«

»Wie lange ist es her?«

»Bald ein Jahr.«

»Okay. Und was kann ich tun?«

»Nichts. Ich kann noch keine Beziehung mit dir eingehen.«

Ich nickte professionell und hielt seinem Blick stand, doch mein Herz bekam einen schmerzhaften Riss. »Warum nicht?« Anscheinend wollte ich, dass er die Klinge, die er mir soeben ins Herz gestochen hatte, noch einmal herumdrehte.

»Weil ich im Augenblick immer an sie denken muss. Und das ist dir gegenüber nicht fair.« Er stützte die Ellenbogen auf seinen Beinen ab und legte den Kopf in seine Hände.

»Dann sollte ich wohl doch besser gehen.« Ich erhob mich und war froh, dass ich trotz zittriger Beine aufrecht stehen konnte.

»Nein, bitte!« Wieder sah er mich flehentlich an.

»Henry, ich bin kein Spielzeug, okay?«

Meine Stimme verriet meine Unsicherheit, was mir in diesem Augenblick egal war. Er wollte keine Beziehung mit mir eingehen, das hatte er mir gerade direkt ins Gesicht gesagt. Was verschwendete ich hier dann überhaupt meine Zeit? Ich hatte die ganzen letzten Monate verschwendet, erkannte ich. Hinterher ist man bekanntlich immer schlauer.

»Das weiß ich!« Er schlug mit der Faust auf die Couch, was mich zusammenfahren und mir einen kalten Schauer der Angst über den Rücken laufen ließ. Was für einen inneren Kampf musste er nur austragen? »Ich mag dich, Mavis.« Er blickte mir in die Augen. »Ich mag dich mehr, als es mir selbst lieb ist.«

»Wo liegt dann das Problem?«

Meine Beine gaben nun doch nach. Ich ließ mich wieder neben ihn plumpsen.

»Das sagte ich bereits.« Er klang verzweifelt und wütend. »Ich denke immer wieder an sie zurück, obwohl ich sie nicht mehr liebe. Das weiß ich mittlerweile zu einhundertzehn Prozent. Es ist dir gegenüber einfach nicht fair. Gott!«

Erneut fuhr er sich durch die Haare, die ihm mittlerweile wild vom Kopf abstanden. Ich blickte ihn weiterhin stumm an. Wollte nur, dass er mir erklärte, warum ich bei ihm bleiben und mein Herz diesen Schmerzen aussetzen sollte.

»Glaubst du, es wird sich ändern?« Ich wisperte, da es mir die aufstauenden Tränen unmöglich machten, mit fester Stimme zu sprechen.

»Ich hoffe es. Bitte, Mavis, gib mir Zeit. Ich habe dich … mehr als gern. Und ich bin mir sicher, dass ich dabei bin, mich in dich zu verlieben.«

Mir stockte der Atem. Er war ›dabei‹, sich in mich zu verlieben? Ich war es bereits, und das seit Monaten! Anfangs war ich mir so sicher gewesen, dass er das Gleiche für mich fühlte. In Liebesfilmen und -romanen ist es doch auch immer so einfach.

Irgendwo regte sich aber auch Hoffnung in mir. Wie tief konnten seine Wunden schon sein? Gut, er war von einer anderen Frau aufs Übelste verletzt worden, doch er würde schon darüber hinwegkommen. Max' Vermutung war Mist gewesen. Da war ich mir sicher.

Ich klammerte mich an diese Hoffnung und entschied mich, meinem Herzen zu glauben und zu bleiben. Zumindest für heute Abend. Schritt für Schritt. Jetzt, wo ich wusste, was ihm zu schaffen machte, war es einfach, die Steine aus unserem gemeinsamen Zukunftsweg zu kicken.

»Okay«, antwortete ich und atmete tief durch. Ich glaubte fest daran, dass wir eine Zukunft hatten.

»Wirklich?« Er riss die Augen in Erstaunen auf.

Ich nickte und hob die Schultern an. »Was soll schon Großartiges passieren?«

Du könntest mir das Herz brechen, dachte ich traurig, versteckte meine Zweifel jedoch hinter einem Lächeln.

»Danke!« Er lächelte ebenfalls, berührte mich am Kinn und flüsterte: »Darf ich dich küssen?«

Ich bejahte lachend. Nichts wünschte ich mir mehr in diesem Augenblick. Wenn wir uns immer wieder küssten, würde er sich bestimmt schneller, als er denken konnte, in mich verlieben.

Bei dem Aufeinandertreffen unserer Lippen explodierte mein Innerstes. Ich schwor mir, jede einzelne Berührung von ihm zu genießen. Zwar wollte ich es nicht wahrhaben, aber jede seiner Berührungen könnte die letzte sein. Ich war hin- und hergerissen zwischen Hoffnung und Resignation.

»Das Sushi macht sich nicht von allein, oder?«, fragte ich zwischen zwei Küssen und brachte ihn damit zum Lachen. »Warum lachst du?«

»Ich muss mich korrigieren.«

»Inwiefern?«

»Ich bin nicht dabei, mich in dich zu verlieben.«

»Was?« Seine Worte verletzten mich, was nicht zu seinem Grinsen passte.

»Ich bin bereits in dich verknallt. Und ich bin mir sicher, dass mit der Zeit mehr daraus werden kann.«

»O-kay«, sagte ich langgezogen und beäugte ihn misstrauisch.

Der traurige Schleier war aus seinen Augen gewichen. Wie konnte das sein? ›Verknallt‹ war nun nicht unbedingt das Wort, das ich gerne gehört hätte. Für den Anfang reichte es mir aber aus.

Beschwingt sprang ich von der Couch und bahnte mir meinen Weg in die Küche. Dieses Auf und Ab machte hungrig. Außerdem wollte ich mich ablenken, denn ich wurde dieses mulmige, einengende Gefühl in meiner Brustgegend nicht los.

»Verknallt …«

Seufzend klammerte ich mich an seine Worte. Mit der Zeit würde schon mehr daraus werden. Ich musste nur geduldig sein.

Kapitel 31

»Weißt du, wie viel von der Paste ich auf die Blätter schmieren muss?« Hilfesuchend blickte Henry sich in der Küche um.

Ich war gerade dabei, den Klebreis in den Topf zu füllen, und wandte mich ihm kopfschüttelnd zu. »Nein, sorry. Keinen blassen Schimmer. Vielleicht einen Esslöffel voll? Im Sushi-Restaurant bekommt man doch auch immer einen ordentlichen Klecks.«

Er kniff die Augen zusammen, um den winzigen Text auf der Tube lesen zu können. Dabei hielt er seinen Arm mal nah an sich heran, mal weit von sich weg. Zuerst unterdrückte ich mein Lachen. Als er sich dann samt der Wasabi-Paste zum Licht drehte und die Nase krauszog, konnte ich nicht mehr an mich halten und brach in schallendes Gelächter aus.

»Du brauchst nicht zufällig eine Brille?«

Ich hielt mir den Bauch vor Lachen und erntete einen beleidigten Blick seinerseits.

»Könnte sein?« Er hielt mir die Tube hin. »Der Text ist aber auch wirklich klein. Hier, versuch du doch dein Glück.«

Siegessicher nahm ich ihm die Tube ab, denn ich hatte Adleraugen und wollte ihn nur zu gern von meinen Vorteilen überzeugen. Dann legte ich aber den Kopf schräg und stemmte eine Hand in die Hüfte. Meine typische Das-ist-doch-jetzt-nicht-dein-ernst-Geste.

»Ich muss dich enttäuschen, ich kann keine japanischen Schriftzeichen lesen. Willst du mich verkohlen?«

Er kratzte sich verlegen am Kinn. »Das ist Japanisch? Kein Wunder, dass ich nichts lesen konnte. Von wegen Brille! Ich brauche keine, siehst du.«

»Äh, ja, genau. Du kannst nicht einmal Japanisch von Deutsch unterscheiden. Es wäre wohl allerhöchste Zeit für eine Brille.«

Er warf einen Blick auf die Herduhr und zwinkerte mir zu. »Weißt du, was wirklich an der Zeit ist?«

Schüchtern strich ich mir eine Haarsträhne hinters Ohr und lächelte ihn unschuldig an. »Was denn?«

»Wir sollten …« Er grinste und zeigte ins Wohnzimmer. Was eine Aufregung in mir auslöste, die ich kaum beschreiben konnte.

»Wir sollten was?« Ich zog eine Augenbraue hoch in der Hoffnung, einen sexy Gesichtsausdruck zu bieten.

»… ganz dringend Nachrichten schauen gehen. Komm!«

Er wusch sich die Hände und hielt mir eine hin. Unschlüssig, ob ich der Berührung gewappnet war, griff ich schließlich nach seiner Hand. Wir gingen gemeinsam ins Wohnzimmer. Dort setzte er sich aufs Sofa und zog mich zu sich herunter. Ich saß so nah bei ihm, dass ich sein Herz klopfen spüren konnte. Mein eigenes Herz schlug doppelt so schnell, wie es eigentlich sollte, ich spürte meinen Puls in meinem Hals vibrieren. Unsere Oberschenkel berührten sich komplett, meine Hüfte lag an seiner Hüfte, und er hielt immer noch meine Hand fest. Ich traute mich nicht, ihn anzublicken, denn dann würde er das Verlangen in meinen Augen lesen können. Das Verlangen, mich sofort auf ihn stürzen zu wollen.

Zu meiner Überraschung griff er mit der freien Hand tatsächlich nach der Fernbedienung und schaltete den Fernseher ein. Nachdem wir ganze zwei Minuten stumm nebeneinander gesessen hatten, in denen die Ponys in meinem Bauch wieherten und tobten, hob er seine Hand. Er umfasste mein Kinn und drehte meinen Kopf zu sich herum. Die Nachrichten waren sofort vergessen. Wieder einmal verlor ich mich in seinen wunderschönen Augen, die von einem dichten, schwarzen Wimpernkranz umrandet wurden.

Ohne zu zögern beugte ich mich zu ihm vor und küsste ihn. Ich merkte ihm an, dass er zwei Sekunden brauchte, um zu realisieren, dass ich an seinen Lippen klebte. Doch dann griff er mit beiden Händen nach meiner Hüfte und setzte mich auf seinen Schoß. Da er nur ein kleines Stück größer ist als ich, musste ich mich ganz schön zu ihm runterbeugen. Es war viel gemütlicher, als es anfangs schien.

Bei anderen Kerlen, die meist um die zwanzig bis dreißig Zentimeter größer sind als ich, muss ich meinen Kopf heben und klage noch Tage später über meinen steifen Nacken. Das würde mir bei Henry niemals passieren.

Als wir uns voneinander lösten, war der Samstagabend-Film bereits im vollen Gange.

Plötzlich blickten wir uns erschrocken an und riefen gleichzeitig: »Scheiße, der Reis!« Henry war schneller als ich auf den Beinen. Dicht gefolgt von mir, hechtete er in die

Küche. Komischerweise gab es keinen Brandgeruch, auch der blaue Rauch war nicht da.

»Oh wow, den Reis kaufe ich ab jetzt immer.« Henry hob den Deckel an und winkte mich zum Herd. »Schau! Unten zwar angebrannt, aber den Rest können wir für unser Sushi verwenden.«

Ich reckte beide Daumen in die Höhe und grinste ihn an. »Dann mal los!«

Ich griff nach einem Löffel, mit dessen Hilfe ich einen Klumpen Reis auf die vorbereitete Bambusmatte samt Algenblatt schmierte. Henry tat es mir nach, und so rollten wir jeder zwei Matten Sushi, schnitten die Stücke zurecht und legten die einzelnen Röllchen in Tupperdosen.

»Ich hab eine Idee!«, rief Henry und verschwand plötzlich aus der Küche.

Ich sah ihm neugierig nach. Er war in einem der zwei Zimmer verschwunden, die ich bisher noch nicht gesehen hatte. Zurück kam er mit einer Flasche Rosé sowie einem Korb.

»Was denn nun, Rotkäppchen?«, stichelte ich. »Müssen wir deiner Großmutter etwas von unserem Sushi vorbeibringen?«

Er stellte den Korb samt Weinflasche auf dem kleinen Bistrotisch ab. »Nein, wir gehen spazieren.«

»Tun wir das?«

Meine Begeisterung hielt sich in Grenzen. Ich wollte viel lieber mit ihm auf der Couch lümmeln und mir nach jedem Bissen Sushi einen Kuss abholen. Stattdessen sollte ich mit einem männlichen Rotkäppchen durch das dunkle Potsdam latschen?

»Oder möchtest du nicht?«

Seine Verunsicherung war irgendwie niedlich. Er schien sich auf den Spaziergang gefreut zu haben. Da ich ihn nicht enttäuschen wollte, änderte ich meine Meinung.

»Doch klar, gerne!« Ich schenkte ihm ein breites Lächeln und half ihm, die Dosen in den Korb zu packen. »Und der Wein?« Ich zeigte auf die Flasche. »Trinken wir den aus der Flasche wie zwei Teenager, die sich an Mamas und Papas Vorrat bedient haben?«

Er schüttelte den Kopf und kramte in seinem Küchenschrank. »Warte.«

Das tat ich brav und pfiff anerkennend, als er zwei Plastikbecher in Form von Weingläsern aus dem Schrank zauberte.

»Ich wusste doch, dass ich die irgendwann brauchen würde.« Grinsend packte er sie ebenfalls in den Korb.

»Servietten?«, warf ich ein.

Er nickte und verschwand erneut in dem mysteriösen Raum. Wenige Sekunden später kam er mit einem Stapel Papierservietten wieder heraus.

»So, aber bevor es losgeht …« Er nahm meine Hand und zog mich hinter sich her, »… verlangt die Couch ein weiteres Mal nach dir.«

»Du Spinner«, lachte ich.

Erst mein lautes Magengrummeln bewegte uns dazu, unsere Schuhe anzuziehen, den Korb zu nehmen und uns auf den Weg zu machen. Ich zog mir meine dünne Jacke an, und auch Henry zog sich einen Pullover über den Kopf.

»Dann mal los.« Er hielt mir die Tür auf.

Mir war durch die ganze Küsserei mittlerweile so warm geworden, dass ich mich nach der kühlen Nachtluft sehnte.

Ich konnte es kaum erwarten, Hand in Hand mit ihm durch die Straßen zu laufen.

Draußen duftete es nach Sommernacht. Dennoch beschlich mich ein mulmiges Gefühl, als die von mir verabscheute Dunkelheit über uns hereinbrach.

Kapitel 32

»Hier entlang.« Henry führte mich eine ruhige Straße hinunter, in der einige Mehrfamilienhäuser lagen.

Ich folgte seinem ausgestreckten Arm mit dem Blick und blinzelte zweimal. Das war doch nicht sein Ernst?

»Äh, nein?« Ich blieb stehen.

»Äh, doch?« Er kam ebenfalls zum Stillstand und drehte sich zu mir um.

»Keine zehn Pferde bringen mich dazu«, sagte ich bockig und stellte mich breitbeinig hin.

»Komm schon. Ich verspreche, dir wird nichts passieren.« Er zwinkerte aufmunternd und hielt mir seine Hand hin.

»Ach, bist du ein Superheld und kannst mich beschützen, oder was?«

»Nein«, lachte er. »Ich stehe nicht so auf diese Unterhose-über-der-Jeans-Sache.«

Das brachte mich nun auch zum Lachen. »Punkt für dich.«

Ich stellte mir vor, wie er nur in Unterhose bekleidet vor mir stehen würde. Mein rot angelaufenes Gesicht würde mich noch verraten, also schaute ich schnell auf meine Füße.

Zum Glück hatte ich meine Sneakers eingepackt, sonst müssten meine Zehen in den Keilsandaletten erfrieren.

»Trotzdem nein.«

Ich nahm seine Hand nicht, kreuzte stattdessen die Arme vor der Brust und schüttelte den Kopf, dass meine Haare wild um meinen Kopf flogen. Ich war sogar versucht, mit dem Fuß auf den Boden zu stampfen und ›Nein, nein, nein, nein, nein!‹ zu rufen. Das wäre aber etwas over the top gewesen.

»Bitte, Mavis?« Er lächelte und hielt mir tapfer seine Hand hin.

»Sag mir erst, was du da drin vorhast.«

»Das kann ich nicht. Dann ist der Moment versaut.«

Seine ausgestreckte Hand wanderte nervös zu seinen Haaren und er biss sich auf die Unterlippe. Gott, wenn er das macht, kann ich ihm einfach nicht wiederstehen!

»Okay, warum sollte ich nachts einen Park betreten?« Ich zeigte theatralisch auf den hohen, beleuchteten Torbogen, durch den er mich hindurchführen wollte.

»Weil dort drin etwas ganz Tolles auf dich warten wird. Wirklich.«

»Ach ja?«

»Ja!«

»Und was? Haust du mir den Sushikorb über den Kopf, übergießt mich mit Roséwein und zündest mich anschließend an, um alle Spuren zu beseitigen?«

»Okay, deine Fantasie möchte ich mal haben.«

Er kam einen Schritt auf mich zu. Ich wich ihm nicht aus. Sofort spürte ich seine Wärme, als sein Kopf sich meinem näherte.

»Ja?«, nuschelte ich an seinen Lippen, die keinen Millimeter von meinen entfernt waren. »Ich hätte gerne ab und zu nicht so eine blendende Fantasie.«

Gerade als ich meinen Mund auf seinen drücken wollte, zog er sich zurück und ging auf den Parkeingang zu.

»Den Kuss bekommst du, wenn du jetzt mit mir hier reingehst.«

Ich lachte. »Du gemeiner Fiesling! Sollte mir da drin irgendetwas passieren, bringe ich dich um!«

»Ich freue mich darauf.« Er nahm meine Hand und gab mir einen behutsamen Schubs. »Los jetzt!«

***

»Hör endlich auf zu lachen!«, befahl ich Henry mürrisch.

»Sorry«, brachte er unter Japsen hervor. »Aber wie du gerade den Parkwächter angebrüllt hast …«

»Er hat mich erschreckt!«

Ich biss die Zähne aufeinander, um nicht ebenfalls loszulachen. Leider musste ich zugeben, dass die Situation durchaus lustig gewesen war.

Ich hatte mich gerade erst mit dem Fakt angefreundet, dass ich im Dunkeln durch einen sparsam beleuchteten Park schlenderte, den ich nicht kannte, als uns plötzlich ein uniformierter Mann mit Taschenlampe entgegenkam. Ich schrie auf und fragte ihn brüllend, was er von uns wollte. Dabei teilte ich ihm gleich mit, dass wir kein Geld hätten, ich den schwarzen Gürtel in Karate besäße und ihm eine Weinflasche über den Kopf ziehen würde, sollte er auch nur einen Schritt näherkommen. Erst mit Henrys Lachen erkannte ich, dass es sich um einen Parkwächter handelte, der mithilfe einer Taschenlampe die Trauerweiden nach möglichen Liebespaaren abgesucht hatte. Sex unter freiem Himmel ist verboten, teilte er uns mit. Ein Glück konnten weder der Parkwächter noch Henry meine Gesichtsfarbe erkennen.

»Du bist echt unglaublich süß«, brachte Henry hervor und griff nach meiner Hand, die ich ihm beleidigt entzogen hatte.

»Jaja.« Ich verdrehte die Augen. »Verrätst du mir jetzt endlich, was wir vorhaben?« Ich warf einen Blick auf meine Armbanduhr, deren Zeiger im Dunkeln leuchteten. »Wir laufen jetzt schon seit zehn Minuten durch diesen verdammt gruseligen Park.«

Er sagte nichts, hob nur meine Hand an und zeigte damit auf ein beleuchtetes Gebäude. Der Kiesweg unter unseren Füßen lief auf eben dieses zu.

»Was ist das?«

Ich besah das hübsche Gebäude, das von außen einem kleinen, alten Schloss glich. Das war doch bestimmt ein Museum? Wollte er *Nachts im Museum* mit mir nachstellen?

»Das ist das Marmorpalais«, antwortete er schlicht.

»Und was wollen wir im Marmorpalais?«

»Wir gehen nicht ins Marmorpalais.«

»Und warum zeigst du mir dieses Marmorpalais?«

»Wir gehen auf die andere Seite des …«

Ich hielt ihm mit meiner freien Hand den Mund zu. »Wenn du jetzt noch einmal ›Marmorpalais‹ sagst …«

»Was dann?«, brachte Henry gedämpft hervor.

»Dann … dann halte ich dich die ganze Nacht wach!«

»Marmorpalais! Marmorpalais! Marmorpa-«

Weiter kam er nicht, denn ich drückte einfach meinen Mund auf seinen. Küssen war schon immer die effektivste Methode, um jemanden zum Schweigen zu bringen.

Wir standen nun unmittelbar vor dem Eingang. Den Korb hatte Henry auf der untersten Stufe der Treppe abgestellt, die ins Marmorpalais führte. Er umschlang mich fest mit seinen Armen und drückte mich an seinen Körper. Seine Hände waren gerade zu meinem Po gewandert, als uns ein Räuspern auseinanderfahren ließ.

Der Parkwächter leuchtete uns mit seiner Taschenlampe ins Gesicht und grinste. Dachte er ernsthaft, wir würden hier eine Nummer schieben? Was gibt es nur für seltsame Leute!

»Sorry, wir sind schon weg.«

Henry nahm den Korb und meine Hand und gemeinsam gingen wir die Treppe hinauf. Meine Neugierde wuchs mit jeder Stufe, die wir erklommen. Was hatte er bloß mit mir vor?

»Sind wir bald daaa?«, fragte ich mit einer Kleinmädchenstimme.

»Ja, sind wir.«

Er drehte mir seinen Kopf zu. Durch die Beleuchtung am Haus konnte ich ihn wieder richtig erkennen. Wir schauten uns einfach nur an, was mich zunehmend unsicher machte.

»Warum siehst du mich so an?« Meine Stimme brach, was mir peinlich war.

»Du bist echt süß, Mavis.« Er legte wieder den Kopf schief. Bestimmt wusste er schon, dass ich voll auf diese Welpen-Tour abfahre.

»Das sagtest du bereits.« Ich senkte den Blick und biss mir auf die Unterlippe, um mein Grinsen zu kaschieren.

»Komm, süße Mavis. Es geht in …« Er schaute auf meine Armbanduhr. »… fünfzehn Minuten los!«

»Was?«, fragte ich perplex und stolperte ihm hinterher. »Was geht in fünfzehn Minuten los?«

Wir gingen um das Marmorpalais herum. Der Anblick, der sich mir dort bot, ließ meinen Atem stocken.

»Wow!«, flüsterte ich und spürte Henrys warme Hand auf meiner Taille.

Kapitel 33

Allein der Umstand, dass Henry mich an solch einen wunderbaren, perfekten, schönen Ort gebracht hatte, machte das Date zu dem besten Date, das ich jemals gehabt hatte. Und vermutlich jemals haben werden würde. Nichts konnte den Anblick toppen, der sich mir bot.

Vor uns erstreckte sich ein See. Am anderen Ufer stand ein Schloss, das ich mangels kulturellen Interesses nicht kannte. Das einzige mir bekannte Schloss in Potsdam ist Schloss Sanssouci, und das war es meines Erachtens nicht. Das Schloss auf der anderen Seite des Sees war hell erleuchtet, es spiegelte sich in den sanften Wogen wider. Leise brachen Wellen gegen die Mauer, vor der wir standen.

»Gefällt es dir?« Henrys ruhige Stimme durchbrach die Stille.

»Bist du irre?«, quietschte ich. »Natürlich!«

Er atmete erleichtert aus und stellte den Korb auf der hüfthohen Mauer vor uns ab. »Ein Glück. Den Zorn einer enttäuschten Mavis wollte ich unter keinen Umständen auf mich ziehen.«

»Wie meinst du das?«, fragte ich verwundert.

»Na, da scheuche ich dich durch einen dunklen Park mit gefährlichen Parkwächtern, und dann gefällt dir meine Überraschung nicht? Das wäre vermutlich gar nicht gut.«

»Glaub mir, es gibt keine Frau auf der Welt, der das hier nicht gefallen würde.«

»Keine?« Er hob eine Augenbraue an.

»Keine!«, versicherte ich ihm und knuffte mit der Faust gegen seinen Oberarm. »Aber wo wollen wir uns hinsetzen? Hier gibt es keine Bänke.«

Ich fummelte an meinen kaputten Nagelbetten herum. Er würde sich doch nicht mit mir auf die Wiese setzen wollen?

Ich hasse es, auf dem Boden zu sitzen. Noch schlimmer ist es, wenn der Boden dreckig ist und man Gefahr läuft, Gras- oder Erdflecken von der Kleidung entfernen zu müssen. Außerdem – noch viel peinlicher – bin ich ungefähr so sportlich wie ein übergewichtiger Pinguin. Das Auf-den-Boden-setzen geht ja noch. Kniffliger wird es dann beim elegant-wieder-vom-Boden-aufstehen.

»Hier.« Er zeigte auf die Mauer, die bestimmt keinen halben Meter breit war.

»Auf der Mauer?« Ungläubig starrte ich ihn an.

»Genau.« Er zuckte mit den Schultern, bereits dabei, sich auf der Mauer niederzulassen. »Komm!« Er drehte sich mit dem Blick zum See und zeigte auf ein Stück Mauer zu seiner Linken.

»Ist … ist das Wasser … tief?«

Ich rührte mich keinen Millimeter. Argwöhnisch schaute ich auf die sanften Wellen, die zwei Meter unter uns gegen die Mauer schlugen.

»Welche Antwort willst du hören?«

Ich erkannte ein Grinsen auf seinem Gesicht, das vom Mondschein beleuchtet wurde.

»Die wahre?« Ich biss mir auf die Unterlippe und entschied mich schnell um. »Oder lieber die, die mich beruhigt?«

»Das Wasser ist allerhöchstens einen Meter hoch.«

Ich erkannte an seiner Stimmlage, dass er schwindelte. »Okay, und jetzt die ehrliche Antwort?«

»Ich weiß es nicht. Für gewöhnlich geht man hier nicht baden.« Er griff liebevoll nach meinem Handgelenk und zog mich zu sich. »Ich verspreche dir, dass ich sofort hinterherspringe, solltest du, warum auch immer, baden gehen.«

»Wirklich?« Ich entspannte mich.

»Wirklich. Und jetzt komm schon!«

Wieder legte er den Kopf schief, doch ich rührte mich nicht. »Mavis?«, ein kehliges, leises Lachen drang aus seinem Inneren.

»Darf man hier überhaupt sitzen?«

Mir war natürlich bewusst, dass ich nur Zeit schinden wollte. Ich wusste nicht, warum, aber ich hatte großen Respekt vor dem See und wollte nicht nass werden. Außerdem lagen vielleicht alte Fahrräder im Wasser, an denen ich mich verletzen könnte, sollte ich – geschätzte – zwei bis drei Meter hinabstürzen.

»Wen sollte es denn stören, wenn wir zwei hier auf der Mauer sitzen, Sushi essen, Wein trinken und uns das -« Er unterbrach sich selbst, als hätte er sich an seinen eigenen Worten verbrannt.

»Sich das was?«, hakte ich nach.

»Nichts.« Er mied meinen Blick, indem er zum Schloss hinüberschaute. »Ich möchte nicht die Überraschung verraten.« Er zuckte mit den Schultern und klopfte mit der Hand erneut neben sich.

Ich seufzte und setzte mich unbeholfen auf die Mauer. Zuerst zog ich nur ein Bein an, sodass ich wie auf einem dieser Kinder-Plastik-Pferdchen auf dem Rummel saß. Ich atmete tief ein und aus, zog das zweite Bein ebenfalls an und ließ schließlich beide über dem See baumeln. Die Hände krallte ich zu beiden Seiten in die Mauer. Ich spürte bereits, wie meine Oberarme zitterten, so angespannt war ich.

»War das so schwer?« Henry strich mir sanft über den Oberarm und goss mir einen Schluck Wein in eines der Plastikgläser.

»Ach, sei ruhig«, lachte ich etwas entspannter. »Ich bin eben vorsichtig.«

Ich ließ die Mauer los und nahm ihm dankend das Glas aus der Hand. Nachdem er sich ebenfalls sein Glas gefüllt hatte, hielt er es mir hin, damit ich anstoßen konnte.

»Cheers«, sagte ich und setzte das Glas an die Lippen.

»Cheers«, erwiderte er lächelnd.

Ich spürte, wie er mich beim Trinken beobachtete.

»So, wann beginnt meine Überraschung?«

Kann ein einziger Schluck Wein plötzlich mutig machen? Ich spürte, wie meine Sorge abzustürzen sich verflüchtigte und ich mich der Situation hingab.

»Es kann sich nur noch um ein paar Sekunden handeln.« Er nahm mir das Glas aus der Hand und stellte es zum Korb auf der Mauer neben sich.

»Okay«, flüsterte ich.

Er rückte ein Stück an mich heran. Unsere Köpfe waren sich so nah, dass mich erneut ein wohliges Kribbeln durchfuhr.

»Wir können die Zeit auch gerne sinnvoll überbrücken.« Er kam meinem Mund mit seinen Lippen ein Stückchen näher, verharrte jedoch kurz davor.

»Ach ja?« Meine Stimme war nicht mehr als ein Flüstern.

»Ja.« Seine Hand fand meine Taille. Er zog mich mit solcher Leichtigkeit an sich, als würde ich nur so viel wie eine Packung Mehl wiegen.

»Wie denn?«, hauchte ich.

Er schloss die Augen und lächelte, während seine Hand von meiner Taille zu meinem Nacken wanderte. Ein wohliger Schauer durchdrang mich, als sich unsere Lippen zum hundertsten Mal heute trafen. Dennoch fühlte es sich neu für mich an. Unsere Zungen fanden sich und wir erkundeten uns gegenseitig. Eine Gänsehaut bedeckte meinen gesamten Körper. Ich seufzte auf, als seine Hand sanft meinen Rücken auf- und abfuhr.

Es knallte in der Ferne. Unter normalen Umständen hätte mich das schreckhaft aufspringen lassen, doch ich war so in unseren Kuss versunken, dass ich es nur am Rande wahrnahm. Erst beim zweiten, etwas lauteren Knall öffnete ich langsam die Augen.

»Wow«, seufzte ich zwischen unseren Küssen. »War das deine Überraschung?« Ich deutete mit dem Kopf zum Himmel, der durch ein farbenfrohes Feuerwerk zum Leuchten gebracht wurde.

»Überraschung gelungen?« Er fuhr sich mit der Zunge über die Lippen und legte mir seinen Arm über die Schulter.

»Absolut!« Ich nickte und strich mir meine Haare hinter die Ohren. »Absolut«, wiederholte ich beinahe lautlos. Ich spürte das Gewicht seines Armes auf meinen Schultern und fühlte mich unendlich sicher.

Stumm schauten wir zum Himmel empor und genossen das Feuerwerk. Ich lächelte ununterbrochen.

»Kannst du mich mal zwicken?«, fragte ich.

»Warum das?«, lachte er und massierte mir beiläufig den Nacken.

»Es ist so kitschig wie in einer Romanze. Das kann doch alles nicht wahr sein.« Ich schmiegte mich in seine Hand.

»Es gibt dort drüben öfter mal ein Feuerwerk. Das wird immer in der Zeitung angekündigt, damit sich niemand wegen Ruhestörung beschwert.«

»Ach so?« Ich runzelte die Stirn. »Und warum gibt es heute ein Feuerwerk?«

Er zuckte mit den Schultern. »Oft sind es Hochzeitsfeuerwerke. Oder sie sind der Abschluss irgendeiner Veranstaltung. So genau weiß ich das nicht.«

»Ist ja auch egal, warum.«

Ich lehnte mich mit einem zufriedenen Lächeln an ihn und genoss den Augenblick in vollen Zügen. Vollkommener kann ein Moment nicht sein, sagte mein verliebtes Herz, das den mürrischen, undurchsichtigen Henry von vor ein paar Stunden so gut wie vergessen hatte.

***

»Oh nein!« Ich schmollte, als der Himmel schwarz blieb und sich wieder einzelne Sterne darauf abbildeten. »Ist es etwa vorbei?«

»Sieht so aus, Süße.«

Eine ganze Horde Schmetterlinge flog in mir los. Einfach nur, weil er mich ›Süße‹ genannt hatte.

»Sushi nun jetzt und?«, faselte ich.

Peinlich berührt kniff ich die Augen zusammen. Mein Sprachsystem schien nicht mehr zu funktionieren. Und das nur wegen eines nicht mal einfallsreichen oder originellen Kosenamens. Aber egal: Kosename ist Kosename.

Henry lachte auf, gab mir einen Kuss und setzte sich ein Stück weiter nach rechts, damit zwischen uns etwas Platz entstand. Er kramte in seinem Rotkäppchenkorb herum und positionierte die Frischhaltedosen mit dem selbstgemachten Sushi zwischen uns. Dann gab er mir eine Serviette und füllte Sojasauce in einen kleinen Plastikbehälter, von dem ich nicht bemerkt hatte, wie er ihn in den Korb gepackt hatte. Schließlich nahm er unsere Plastikgläser und hielt mir meines hin.

»Danke.« Ich nahm es ihm ab und trank einen großen Schluck. Auf einmal war ich so durstig, als hätte ich seit Ewigkeiten nichts mehr getrunken.

»Guten Appetit«, strahlte er mich an.

Er griff mit seinen Stäbchen nach einem Stück Sushi, dippte es in die Sojasauce und steckte es sich mit einem einzigen Happs in den Mund. Keine zwei Sekunden später landete der rohe Fisch im Wasser. Henry prustete und hustete und fasste sich mit schmerzverzerrtem Gesicht an den Kopf.

»Alles okay?« Erschrocken riss ich den Mund auf, nicht wissend, was ich tun sollte.

»Meine Schädeldecke brennt, verfluchte Scheiße!«

Tränen blitzten in seinen Augen.

»Okay?« Ich verkniff mir ein Grinsen, unsicher, ob die Situation gerade ernst war.

»Ein Esslöffel Wasabi war eindeutig zu viel«, lachte er über sich selbst. »Sorry«, entschuldigte er sich dann und blickte dem schwimmenden Stück Sushi hinterher.

»Kein Ding.« Ich zeigte auf unser misslungenes Abendessen. »Und nun?«

»Vielleicht können wir die Paste etwas abkratzen?«

»Einen Versuch ist es wert.« Ich griff nach einem Stück, rollte es auf und schüttelte sogleich den Kopf. »Nein, das wird wohl nichts. Der Reis klebt einfach zu gut.«

Henry ließ die Schultern hängen und verzog den Mund.

»Ich probiere auch ein Stück«, prahlte ich, um ihn aufzumuntern. Das war bereits das zweite Mal, dass seine Kochkünste zu wünschen übrig ließen. Es schien ihn mitzunehmen. »Vielleicht war ja nur dein Stück so super scharf. Und sobald man sich an die Schärfe gewöhnt hat, geht es.«

Ich nahm mir ein Stück mit den Fingern und tränkte es großzügig in Sojasauce. Dabei hegte ich die Hoffnung, dass die Sauce die Schärfe ein wenig neutralisieren würde. Henry wandte während meines Selbstversuches den Blick nicht von mir ab, vermutlich bereit, mich zu retten.

»Mh«, schmatzte ich wenig damenhaft mit vollem Mund. »Iff klauge, dein ftück war ekftra scharf.«

Ich kaute unermüdlich und spürte, wie sich die Schärfe an meinem Gaumen ausbreitete. Mutig mampfte ich weiter. Kurz bevor es schmerzhaft wurde, flaute es ein wenig ab. Allerdings nicht, ohne in der Nase zu zwiebeln, dass mir die Tränen kamen.

***

»Willst du noch einen Schluck?« Henry deutete mit dem Kopf auf das leere Plastikglas in meiner freien Hand und ich nickte.

Wir blieben kurz stehen, damit er mein Glas erneut auffüllen konnte, und gingen dann Hand in Hand zum Parkausgang.

Henry hatte noch drei super scharfe Stücke erwischt, was mich jedes Mal in schallendes Gelächter ausbrechen ließ. Ich selbst erwischte zu meinem Bedauern auch zwei Mörderstücke und musste Henrys Lachen über mich ergehen lassen. Meine Schädeldecke begann ebenfalls zu brennen, ich dachte, sie würde jeden Moment abfallen. Danach wanderte der Schmerz in meine Ohren, eher er sich in meiner Nase absetzte und schließlich komplett verflog. So abenteuerlich hatte ich noch nie gegessen.

Wir hatten noch nicht darüber gesprochen, ob ich die Nacht bei ihm verbringen würde. Ich konnte mir aber nicht vorstellen, dass er ernsthaft davon ausging, dass ich so spät noch den Nachhauseweg antreten würde.

Kapitel 34

Ich brauchte mehr Zeit!

Immer wieder blickte ich von meiner Hand, die in der warmen von Henry lag, zur Straßenbahnhaltestelle gut zwanzig Meter vor uns. Ich wusste zwar, dass wir auf dem Rückweg vom Park dort vorbeikommen würden, aber jetzt, wo sie immer näher rückte, wurde ich nervös.

Gleich war es soweit: Ich würde aussprechen müssen, dass ich die Nacht gern bei und vor allem mit ihm verbringen wollte. Das hatte ich noch nie zu einem Typen gesagt. Bisher hatte es einfach keinen Kerl gegeben, der es wert gewesen war, dass ich die ganze Nacht blieb.

Wie sollte ich es formulieren? Ich begann vor Nervosität zu schwitzen, obwohl die Nacht eine schneidende Kälte mit sich brachte. Meine Nase war mittlerweile ein einziger Eisklumpen. Wie gerne würde ich sie in Henrys Halsbeuge vergraben und sie dort wärmen. Ich griff mir unauffällig an die Nase und schirmte mit der Hand mein Lächeln ab. Henry dachte vielleicht, dass es mir nicht auffiel, aber ich bemerkte seine Blicke sehr wohl. Alle paar Schritte neigte er den Kopf zu mir oder schaute mich aus dem Augenwinkel an.

Gerade als ich mich räuspern wollte, um Henry mitzuteilen, dass ich heute bei ihm bleiben würde, rief eine mir unbekannte Stimme seinen Namen: »Hey, Henry!«

Ein gut aussehender Mann, ich schätzte ihn auf Mitte zwanzig, kam auf einem Fahrrad zu uns gefahren und winkte Henry fröhlich zu. Das musste einer von Henrys Kumpels sein, mit denen er immer BMXt … oder wie immer man das nennt, wenn man mit einem Minifahrrad Kunststückchen übt. Ich dürfte niemals dabei zuschauen. Vermutlich würde mir jedes Mal das Herz stehen bleiben, wenn Henry mit seinem BMX abhebt.

Fast erwartete ich, dass Henry meine Hand loslassen würde. Innerlich bereitete ich mich schon auf die Enttäuschung vor. Ich ging davon aus, dass er seinen Freunden noch nichts von mir erzählt hatte, denn bisher hatte es ja auch nicht viel zu erzählen gegeben. Anders als erwartet verstärkte er aber seinen Griff um meine Hand.

»Hey, Val!«

Henry hob die Faust. ›Val‹ tat es ihm gleich und stieß mit seiner Faust gegen Henrys. Was für Gangster.

»So spät noch unterwegs?« Henry wackelte mit den Augenbrauen, was ›Val‹ erröten ließ.

»Was ist das eigentlich für ein bescheuerter Name?«, fragte ich mich und hielt mir abrupt die Hand vor den Mund. Ich hatte die Frage tatsächlich laut gestellt!

›Val‹ warf mir einen beleidigten Blick zu und Henry ließ meine Hand los, um sich lachend auf die Schenkel zu klopfen.

»Ups.« Ertappt hob ich die Schultern und schenkte ›Val‹ ein entschuldigendes Lächeln.

Der tat für eine Sekunde beleidigt, lachte dann aber ebenfalls. »Mein Name ist Valentin.«

»Schöner … Name?« Ich grinste keck.

»Jaja, das sagen sie alle. Kleiner Tipp: Gib deinem Kind niemals einen Namen, bei dem Lacher vorprogrammiert sind.«

Valentin zwinkerte mir zu und wandte sich wieder an Henry. Der hatte zwischenzeitlich wieder mit einer Selbstverständlichkeit nach meiner Hand gegriffen, die mir schwindelig werden ließ.

»Sehen wir uns die Woche im Park?« Valentin streichelte seinen Fahrradlenker und zog fragend eine Augenbraue hoch. Henry nickte nur. »Also dann, euch noch einen schönen Abend!« Valentin fasste sich mit zwei Fingern an die Stirn, was aussah, als würde er salutieren, und radelte davon.

»Danke, werden wir haben«, rief Henry ihm fröhlich hinterher und zwinkerte mir zu.

Wie sollte es anders sein: Ich lief knallrot an und kicherte dämlich. Meine Hände begannen zu schwitzen. Am liebsten hätte ich sie an meiner Jeans abgewischt, doch leider lag meine eine Hand in seiner. Augen zu und durch. Vielleicht bemerkte er es ja nicht.

»Ist dir kalt?« In seiner Stimme lag eine Mischung aus Besorgnis und Zuneigung.

»Nein.« Ich schüttelte den Kopf.

Das entsprach der Wahrheit. Seit wir Valentin getroffen hatten, glühte ich förmlich.

»Woher kennst du Valentin?« Einerseits war ich neugierig, andererseits wollte ich das Thema wechseln.

»Aus der Grundschule.« Ein Lächeln huschte über Henrys Gesicht.

Er erzählte mir von ihrem ersten Schultag und einigen Flausen, die sie angestellt hatten. In Null Komma Nichts standen wir vor seiner Wohnungstür, und ich überlegte krampfhaft, wann wir an der Haltestelle vorbeigelaufen waren. Ich hatte es nicht bemerkt.

»Henry?«, sprach ich ihn leise an.

Er starrte seine Tür an, ohne sich einen Millimeter zu rühren. Überlegte er gerade, ob er den Abend mit mir weiterführen wollte? Zu meiner Erleichterung steckte er den Schlüssel ins Schloss, stieß die Tür auf und ließ mich eintreten.

Kurz stand ich wie bestellt und nicht abgeholt im Flur. Erwartete er, dass ich nun meine Sachen nahm, damit wir uns auf den Weg zur Haltestelle machen konnten? Oder dass ich mich meiner Sneakers entledigte und sie ordentlich an den gewohnten Platz stellte? Wenn Henry nur etwas getan hätte. Irgendetwas.

»Soll …«, stammelte ich.

»Möchtest …«, begann er gleichzeitig.

»Wow, ist das peinlich.« Verlegen schaute ich auf meine Schuhe und biss mir in die Wange. Ich mied seinen Blick aus Angst, darin etwas zu lesen, was ich nicht lesen wollte.

»Ein bisschen schon, ja.« Er räusperte sich. Auch wenn ich ihn nicht anblickte, wusste ich instinktiv, dass seine Hände in seinen Haaren verschwunden waren. »Was wolltest du sagen?« Er lehnte sich rücklings an die Wohnungstür, entfernte sich dabei einen Schritt von mir.

»Ähm … Also … Ich wollte fragen, ob …« Ich holte tief Luft und sah ihm direkt in die Augen. »Ob ich hierbleiben …

darf oder ob ich … gehen soll?« Erleichtert darüber, es ausgesprochen zu haben, atmete ich schwer aus.

»Wenn du möchtest, kannst du bleiben«, antwortete er schlicht.

Seltsamerweise lag keinerlei Emotion in seiner Stimme. Er verunsicherte mich. Auf keinen Fall wollte ich mich aufdrängen. Wobei ich die letzten Stunden nicht das Gefühl gehabt hatte, das zu tun. Eher war er mir glücklich erschienen, mich bei sich zu haben. Allerdings hatte ich erst heute lernen müssen, dass Henry eine emotional tickende Zeitbombe ist. Wie gern würde ich in ihn hineinblicken und erfahren, was in ihm vorging.

»Was möchtest *du* denn?«, drehte ich den Spieß um.

Einige Sekunden starrte er nur an mir vorbei. Sein Kiefer mahlte. Kurz bevor ich einen Rückzieher machen konnte, kam ein Wort aus seinem Mund: »Bleib!«

Seine Stimme war fest und hart, sein Blick undurchdringlich. Ich wurde nicht schlau aus ihm. Wo war seine Fröhlichkeit von vor wenigen Minuten hin? Wo das Glitzern in seinen Augen, als er mich während des Feuerwerkes geküsst hatte? Wo sein Lächeln, als er meine Hand nahm? Und wo sein zügelloses Lachen, als mir die Schädeldecke gebrannt hatte, weil ein Esslöffel Wasabi eindeutig zu viel gewesen war?

Stand nun wieder der Henry vor mir, der mich keines Blickes würdigte und mich hinter ihm her trotten ließ wie ein treudoofer Köter?

»Okay«, brachte ich mit zittriger Stimme hervor. Ich bückte mich sofort, um meine Schuhe auszuziehen. Vielleicht bemerkte er meine Unsicherheit ja nicht.

In meinem Magen grummelte es schmerzhaft. Ich wünschte, es läge an der ordentlichen Portion Wasabi. Doch das bohrende Gefühl hatte eine andere Ursache. Ich fühlte mich nicht mehr bei Henry willkommen. Dennoch wollte ich bei ihm bleiben. Er würde bestimmt nicht den ganzen Abend in dieser Verfassung sein. Auch wenn der Kloß in meinem Hals wuchs, blieb ich positiv. Ich sehnte mich schlichtweg nach seiner Nähe, in der ich mich so wohl fühlte. Dafür nahm ich seine kleine ›Macke‹ eben in Kauf.

Kompromisse muss jeder schließen, oder?

Ohne ein weiteres Wort ging er an mir vorbei, in das mysteriöse Zimmer, das bestimmt sein Schlafzimmer war. Ich machte keinen Mucks. Stand einfach nur da und kämpfte mit den Tränen. Ich traute mich nicht einmal zu atmen. Sollte ich ihm folgen?

Kopfschüttelnd nahm ich meine Handtasche und ging ins Badezimmer, um mich umzuziehen, abzuschminken und mir die Zähne zu putzen. Das, was ich sah, als ich wenige Minuten später das Bad verließ, versetzte mir einen schmerzhaften Stich. Die Realität haute meiner Hoffnung mit voller Wucht in die Fresse.

Kapitel 35

Ich konnte entweder meine Sachen schnappen und mich auf leisen Sohlen davonschleichen oder meinen Stolz hinunterschlucken und bleiben. Dann wollte er die Nacht eben nicht mit mir verbringen. Vollkommen okay, Mavis!

Ich war einfach dumm zu glauben, dass wir nach so einem schönen Date gemeinsam würden einschlafen können. Im Bad hatte ich sogar schon überlegt, auf welcher Seite ich liegen würde, und ob er schnarchte oder sabberte. Selbst Letzteres konnte mich nicht abschrecken.

Nur in dieser Nacht würde ich das jedenfalls nicht erfahren.

Die Tür zu seinem Schlafzimmer war verschlossen, kein Licht drang mehr durch den Spalt am Boden. Er schlief wohl bereits. Allein.

Natürlich hätte ich mutig in sein Schlafzimmer schleichen und mich einfach in sein Bett legen können. Allerdings wiesen die angeschaltete Leselampe und das Bettzeug auf der Wohnzimmercouch eindeutig darauf hin, dass dies mein Nachtlager sein würde.

Wir schliefen also in getrennten Betten – in Ordnung. Das tun ältere Pärchen doch teilweise auch? Vielleicht hat er nur einen leichten Schlaf und kann keinerlei Ablenkung gebrauchen.

Ich griff nach meiner Handtasche und ging mit hängenden Schultern auf das Sofa zu, ließ meine Habseligkeiten daneben fallen und setzte mich. Plötzlich rannen mir heiße Tränen übers Gesicht. Womit hatte ich diese Zurückweisung verdient? In meinem vorherigen Leben musste ich ein riesiges Arschloch gewesen sein, weswegen sonst sollte das Karma mich auf diese Weise bestrafen? Vermutlich hatte ich Kitten ertränkt, Omas Treppen hinuntergeschubst und rothaarige Frauen verbrannt.

Unaufhörlich floss es meine Wangen hinab. Ich stützte die Arme auf meinen Knien ab und ließ den Kopf in meine Hände sinken, bis ich nichts weiter als ein kleines, kaputtes Häufchen Elend war.

Es konnte doch nicht sein, dass dieses kleine Fünkchen Verliebtheit mich darüber hinwegtröstete, wie Henry mit mir umging? Jede Teenie-Zeitschrift von Mona würde mich brüllend mit Gewehren nach Hause scheuchen. Ich hatte hier eindeutig nichts mehr verloren.

Mit tränenverschleierten Augen blickte ich auf meine Füße. Ich wollte sie hypnotisieren, aufzustehen und einfach zu gehen. Wenigstens eines meiner Körperteile musste doch vernünftig sein. Mein Blick wanderte zum Fenster, durch das das Licht des Mondes fiel und Henrys Wohnung einen silbrigen Schimmer verlieh. Das machte mich noch trauriger.

Eigentlich liebe ich dieses Licht. Doch es gibt Momente, die vergisst man nicht, egal, wie weit in der Vergangenheit sie liegen.

Von nun an würde ich das Mondlicht mit der Tatsache verbinden, dass mich der Typ, den ich seit einer Weile datete, auf dem Abstellgleis hatte stehen lassen. Der Henry-Zug würde erst morgen wieder bei mir einfahren und mich abholen. Oder er fiel aus.

Ich würde ihm noch diese eine Chance geben. Wenn er mir morgen früh eine vernünftige Erklärung für sein Verhalten lieferte, würde ich zum Frühstück bleiben.

Ich schüttelte den Kopf über meine Naivität. Wie oft hatte ich Henry schon letzte Chancen gegeben? Ich war ein verliebter Schwächling und stellte mich und mein Selbst hinten an.

Aber diese ganzen Liebesromane verklickern einem doch immer, dass man Opfer bringen muss, um glücklich zu sein. Auch wenn mein Opfer so groß ist wie der Mount Everest, Henrys hingegen so groß wie ein halber Maulwurfshügel.

Ich seufzte. Selbst wenn ich mich dazu entschieden hätte zu gehen, wäre ich nicht sehr weit gekommen. Keine zehn Pferde konnten mich dazu bewegen, nachts in einer mir unbekannten Stadt einen Fuß vor die Tür zu setzen.

Resigniert schlug ich die Decke auf. Ich bettete meinen Kopf auf dem viel zu harten Kissen und versuchte vergeblich, Schlaf zu finden.

***

Mein Unterbewusstsein nahm Geräusche in der Küche wahr. Es klapperte und klirrte und das Radio lief. Leise griff ich nach meinem Handy, um mich im schwarzen Display zu spiegeln. Mir klappte der Mund auf: Ich sah aus wie eine Alkoholleiche. Meine Augen waren geschwollen, meine

Nase schimmerte rot und meine Haut sah aus wie ein mit Wasser durchtränkter Schwamm. Die paar Plastikgläschen Wein hatten ihren Dienst nicht versagt, wie das Stechen hinter meiner Stirn bestätigte.

Wenn ich schnell genug aufsprang und zum Bad hechtete, könnte ich es erreichen, ehe Henry mich bemerkte. Drinnen könnte ich mir dann kaltes Wasser ins Gesicht spritzen und meinen Freund Carli-Concealer bitten, sein Bestes zu geben. Zuversichtlich warf ich die Decke zur Seite, schnappte mir meine Handtasche und schnellte auf die Badezimmertür zu.

Selbstverständlich erreichte ich die Tür nicht. Ich blieb mit meinem nackten Fuß an der Türschwelle hängen und landete bäuchlings mitten im Flur.

»Mavis?«, drang Henrys erschrockene Stimme aus der Küche. »Ist alles okay mit dir?«

Ich rührte mich nicht, blieb einfach mit dem Gesicht auf dem Boden liegen. Das musste ein Albtraum sein!

Oma Irma sagt immer, wenn man sich etwas sehnlichst wünscht, geht es auch in Erfüllung. Ich wünschte mir in diesem Augenblick nichts sehnlicher, als dass sich der Boden auftat und mich verschluckte. Für immer und ewig.

Plötzlich spürte ich Henrys Hand auf meinem Rücken. Er legte seine Handfläche auf meinem Schulterblatt ab und rüttelte leicht an mir.

»Hast du dir etwas getan?« Ich hörte, wie er ein Lachen unterdrückte. »Süße?«

Fuchsteufelswild sprang ich auf. Er hatte mit diesem Wort einen Nerv getroffen, denn ich wusste, dass ich aussah wie eine Irre: barfuß, im Schlabbershirt, ohne BH und mit wild abstehenden Haaren. Mir egal, dass er sah, in welchem

Zustand ich war. Jeder mit geringem Menschenverstand konnte mir ansehen, dass ich die halbe Nacht geweint hatte.

»Nenn mich nicht Süße!«, fauchte ich ihn an.

Ich riss ihm meine Tasche aus der Hand, die er aufgehoben hatte, ging ins Badezimmer und knallte die Tür hinter mir zu wie ein pubertierender Teenager.

»Ganz toller Auftritt, Mavis«, murmelte ich mir selbst zu und ließ mich auf dem zugeklappten Toilettendeckel nieder. »Ganz toller Auftritt!«

Einerseits wünschte ich mir, dass Henry mich in Ruhe ließ. Andererseits wollte ich, dass er sich bemühte, indem er an die Tür klopfte, sich entschuldigte und fragte, ob es mir gut ginge. Da er mein Clownsgesicht schon gesehen hatte, war mir alles weitere auch egal. Dann kannte er jetzt eben auch Vogelscheuchen-Mavis.

Eine Viertelstunde später stand ich in der Küche, die Arme vor der Brust verschränkt und die finsterste Miene aufgesetzt, die ich in meinem Gesichtsausdruck-Repertoire hatte finden können. Henry stand mit einer Tasse frisch gebrühtem Kaffee an seine Anrichte gelehnt und sah mich mit seinen traurigen Welpenaugen an. Ich erkannte einen Mix aus Scham und Traurigkeit, aber auch Hoffnung in seinem Blick.

»Willst …« Seine Stimme war piepsig, er räusperte sich. »Willst du einen Kaffee trinken?«

Ich nickte und beobachtete ihn, wie er sich umdrehte, um eine der vielen weißen Tassen aus seinem Schrank zu nehmen. Das Geschirr ließ ihn so erwachsen wirken. Ich dachte an meine eigene wild durcheinandergewürfelte Tassensammlung.

Mein Blick heftete sich auf den Spalt zwischen seiner Jeans und seinem Shirt, das ein wenig hochgerutscht war. Ein Zentimeter nackte Henry-Haut und in mir pochte es. Ich zwang mich, den Blick abzuwenden und stattdessen seine Hände zu beobachten, die zur Kaffeekanne griffen und das braune Lebenselixier in die Tasse laufen ließen. Jeder Schritt, den er auf mich zukam, rief ein bisschen mehr Nervosität in mir hervor. Als er endlich vor mir stand und ich seinen Duft wahrnahm, schloss ich kurz die Augen und atmete einmal tief ein und aus.

»Danke«, sagte ich weniger kühl als vorgehabt und nahm einen Schluck.

Ich wünschte, George wäre hier. Filterkaffee schmeckt einfach nicht. Nach so einer beschissenen Nacht nicht einmal einen vernünftigen Kaffee zu bekommen, grenzte an Folter.

»Frühstück?« Henry lächelte schüchtern und nickte in Richtung des Wohnzimmers.

Verwundert runzelte ich die Stirn und folgte ihm. »Oh!«

Der Wohnzimmertisch war gedeckt. Es gab frische Brötchen, Marmeladen und mehr Aufschnitt als in einem 4-Sterne-Hotel. Wie hatte er das alles in der kurzen Zeit, die ich grübelnd im Bad verbracht hatte, auf die Reihe bekommen?

Ich hasste es, dass Henry mich immer wieder überraschen kann. Und ich hasste meinen Bauch, der mir fröhlich mitteilte, dass die Ponys wieder die Wände hochgaloppierten. Mein Selbstwertgefühl verpuffte und ich zwang meine Zweifel wieder in die Flucht. Ich war mir sicher, dass es eine Erklärung für letzte Nacht geben würde.

Allerdings würde ich warten, bis Henry das Thema anschnitt. Ich hatte mich für heute genug blamiert.

»Dein Kaffee schmeckt scheiße.« Ich grinste ihn an und zwinkerte, um das Eis zwischen uns zu brechen.

»Ich weiß.« Henry legte den Kopf in den Nacken und lachte befreit.

Er kam auf mich zu, nahm mir die Tasse aus der Hand und stellte sie auf den Tisch. Ich wusste nicht mehr, was ich mit meinen Händen anstellen sollte, und pfriemelte nervös am Saum meines Oberteils herum. Seine Hände umfassten mein Gesicht. Ich warf ihm einen verwunderten Blick zu. Sein Gesicht kam meinem näher und er sah mich undurchdringlich an.

»Danke, dass du noch da bist«, flüsterte er und senkte seine Lippen auf meine.

Es war immer dasselbe: Er stößt mich von sich, nur um es selbst zu bereuen. Fast, als würde er mir gar nicht wehtun wollen. Warum dann das alles?

Ich schaffte es einfach nicht, zu fragen. Ließ mich stattdessen vom Wirbelsturm der Gefühle erfassen. Ich schloss die Augen, gab mich unserem Kuss hin und verfluchte meinen schwachen Charakter.

Kapitel 36

»Du kleines, verdammtes Mistvieh!«

Wütend rannte ich hinter Franz her. Sichtlich verzweifelt suchte er Unterschlupf unterm Sofa. Leider hatte er die Rechnung ohne die zehn Meter Toilettenpapier gemacht, die er dabei hinter sich her zog und die sich um seinen kleinen Katzenkörper wandten.

»Dass man dich auch nicht mal für drei Minuten allein lassen kann!«, meckerte ich ihn an.

Ich war nur schnell den Hausmüll zu den Mülltonnen bringen gegangen, ohne die Tür zum Bad zu schließen. Franz sah seine Chance, seine kleine rosafarbene Nase in Angelegenheiten zu stecken, die ihn nichts angingen. Nachdem er also meine wenigen Tiegel, Tuben und Deos vom Regal gefegt hatte, freundete er sich mit der Rolle Toilettenpapier an. Die Freundschaft ging so weit, dass er ihr die ganze Wohnung zeigte. Kaum war ich wieder in der Wohnung, fiel mein Blick auf das Winter Wonderland aus Zellulosefetzen im Flur. Im Schlaf- und Wohnzimmer hatte er sich auch ausgetobt, glücklicherweise hatte ich die Küchentür geschlossen. Als würde das nicht reichen, hatte der kleine Idiotenkater es tatsächlich geschafft, sich in seiner panischen Flucht vor mir in Toilettenpapier einzuwickeln.

»Komm her, du Mumie.« Ich hockte mich vor das Sofa.

Einige Sekunden später lugte ein Ohr darunter hervor. Noch ein paar Sekunden und Franz traute sich komplett heraus. Er tapste beschämt auf mich zu und fraß mir das Leckerchen direkt aus der Hand. Während er knusperte, befreite ich ihn umständlich von dem Papier und schüttelte dabei den Kopf.

Normalerweise wäre ich mit meiner Kamera oder wenigstens meinem Smartphone hinter ihm hergerannt, um meiner Mutter und Mona ein Bild von seiner Schandtat zu schicken. Noch vor einigen Monaten hätte ich eher gelacht, als mich mürrisch über seine Katzendummheiten aufzuregen. Doch seit ein paar Wochen spürte ich, wie sich mein fröhliches Naturell änderte. Und das ging mir gewaltig gegen den Strich. Aber was sollte ich tun? Ich konnte nichts für meine Gefühle. Sie waren eben da.

Mona hatte ich in letzter Zeit kaum gesprochen, geschweige denn gesehen. Ich wollte ihr einfach nicht Rede und Antwort stehen und mir erst recht nicht anhören, dass sie es wusste. Sie wusste, dass Henry Ärger bedeutete. Und dass ich mich in etwas verlor.

Henry hatte mich voll und ganz in der Hand. Seine Handlungen entschieden mittlerweile darüber, ob ich einen guten oder einen schlechten Tag hatte. Manchmal schrieb er mir bereits morgens, dass er mich vermisste und sich wünschte, ich wäre bei ihm. Das waren meine guten Tage. Ich ging dann mit einem Lächeln aus dem Haus und die Schmetterlinge tanzten Tango, Hip-Hop, Jive und Riverdance. Dann gab es aber auch die Tage, an denen ich ihm schrieb, voller Hoffnung, liebe Worte zurückgesandt zu bekommen. Teilweise antwortete er gar nicht oder erst nach mehreren Stunden, dann nur kurz angebunden und ohne Herzchen oder Kuss-Smiley. Vor einigen Monaten hätte ich ein paar alberne Smileys und Emojis nie für zu wichtig gehalten. Nun entschieden sie über mich.

Innerhalb der letzten vier Wochen hatten wir uns fünf Mal gesehen. So einen katastrophalen Abend wie den mit dem Sushi hatte es glücklicherweise nicht mehr gegeben, allerdings war auch nicht mehr zur Sprache gekommen, ob wir beieinander übernachteten.

Ich schob immer Franz vor und log ihn an. Sagte, dass ich mich um meinen Kater kümmern musste, obwohl ich mir nichts sehnlicher wünschte, als dass Henry mich bat, bei ihm zu bleiben. Aber das tat er nicht. Es verlängerte den Riss in meinem Herzen jedes Mal ein bisschen mehr.

Doch sobald er mich wieder anrief und mir sagte, wie hübsch ich wäre, mir einen schönen Tag wünschte, herumspann und mir schrieb, dass er mich eines Tages über die Schwelle unseres eigenen Hauses tragen würde, klebte er dickes Panzertape auf den Riss. Er schenkte mir immer wieder neue Hoffnung, an die ich mich klammerte wie an ein rettendes Seil über einem Abgrund.

Heute war einer der schlechten Tage. Seit ich ihm am Morgen einen schönen Tag gewünscht hatte, kam keine Antwort von ihm, obwohl er meine Nachricht gelesen hatte. Allerdings war ich auch nicht in der Position zu fragen, warum er mir nicht antwortete. Immerhin war ich nicht seine Freundin. Er war mir keine Rechenschaft schuldig. Immer und immer wieder redete ich mir das ein und glaubte es mittlerweile selbst.

Der Blick in meinen Kühlschrank verriet mir, dass ich vergessen hatte, einzukaufen. Ich fand nur eine halbe Gurke und Ketchup vor. Seufzend schüttelte ich den Kopf. Ich konnte nicht schon wieder ohne etwas zu essen ins Bett gehen, das hatte ich bereits gestern getan. Mit dem Resultat, dass ich nachts von meinem knurrenden Magen wach wurde und ich ihn beruhigte, indem ich eine Tafel Schokolade in mich hineinstopfte. Ein paar Sekunden darauf überkam mich schon das schlechte Gewissen. Ich hatte nicht gerade gut geschlafen.

Ich griff nach meinem Handy, das ich zum Laden an die Steckdose über der Küchenplatte gestöpselt hatte, und öffnete eine Lieferservice-App.

»Chinesisch oder Pasta?«, fragte ich Franz, der mit schiefgelegtem Kopf neben mir stand. Ich bückte mich zu ihm herunter und drückte ihm einen Kuss hinters Ohr. Er ließ es mit einem Knurren über sich ergehen, ehe er beleidigt davontapste.

»Chinesisch«, entschied ich und wählte Ente mit Gemüse in Erdnusssauce, mein asiatisches Leibgericht, aus.

Noch während ich das Handy in der Hand hielt, vibrierte es. Mein Herz schlug mit einem Mal schneller. Mir raste regelrecht der Puls.

Henry: Hey Süße, wie war dein Tag? :)

Dass er sich den ganzen Tag über nicht bei mir gemeldet hatte, war sofort hinfällig.

Ich: Hi, der war okay. Ich bin froh, dass endlich Wochenende ist :) Und deiner?

Henry: Auch okay, aber ich vermisse dich.

Mein Grinsen war so breit, dass meine Mundwinkel meine Ohren berühren mussten. Ich biss mir auf die Unterlippe. Was sollte ich antworten? Dass ich ihn auch vermisste? Sollte ich ihn fragen, wann wir uns wiedersehen würden? Während ich grübelte, vibrierte mein Handy erneut.

Henry: Wollen wir uns morgen sehen?

Dankbar atmete ich die Luft aus. Auf diese Frage konnte ich einfach antworten, ohne mich zu entblößen.

Ich: Klar, gerne. Was wollen wir machen?

Henry: Ich hab einen Plan.

Oh, oh. Henrys Pläne endeten meist in einem missglückten Versuch, mir ein Abendessen zuzubereiten.

Ich: Gehören Töpfe und Pfannen dazu? :P

Henry: Du bist so süß. Nein.

Ich konnte es nicht oft genug lesen, quietschte gar vor Begeisterung, worauf Franz einen kontrollierenden Blick in die Küche warf.

Ich: Was soll ich anziehen?

Henry: Nichts? :D

Mein lautes Lachen drang durch die Wohnung. Es befreite meinen Brustkorb endgültig von dem Kloß, der sich im Laufe des Tages darin eingenistet hatte. Ich war glücklich. Auch wenn es ab und zu nicht so lief, wie ich es mir wünschte, schaffte Henry es, mich nur durch wenige Worte glücklich zu machen. Im Großen und Ganzen war das, was wir hatten, schön.

Mittlerweile wussten wir viel mehr übereinander. Sogar Henry ging offener mit seiner Vergangenheit um. Dass seine Exfreundin ihn für einen anderen verlassen hatte und sogar schwanger wurde, während Henry noch mit ihr zusammen gewesen war, war natürlich eine harte Nuss. Doch ich hatte das Gefühl, dass er heilte. Ich half ihm nur zu gerne dabei. Damit ging auch die sexuelle Spannung zwischen uns einher, die sicherlich bald ihren Höhepunkt finden würde.

So unschuldig waren wir zwar auch nicht mehr, doch am Ende waren wir bisher nicht angekommen. Vielleicht würde mit ihm zu schlafen alles ändern. Vielleicht wäre das die Schlüsselszene in unserer Liebesgeschichte.

Ich: Ist klar ;D Und jetzt ehrliche Antwort: Was soll ich anziehen? Wo gehen wir hin? Was soll ich mitbringen?

Das Nachrichtenprogramm zeigte mir an, dass Henry tippte. Und aufhörte zu tippen. Wie gebannt starrte ich aufs Handy, runzelte vor Vorfreude die Stirn. Wieder tippte er, hörte auf und war schließlich kurz offline.

Ich zuckte mit den Schultern, wechselte das Fenster und sandte meine Lieferservice-Bestellung ab. Glücklichsein macht hungrig. Ich freute mich bereits, mich gleich mit meiner Asiette, Franz und Netflix auf die Couch zu hauen.

Gerade als ich das Handy ablegen wollte, ging eine neue Nachricht von ihm ein.

Henry: Zieh an, was du möchtest. Aber zeig nicht zu viel Haut, sonst kann ich für nichts garantieren. Ich verrate nicht, wo wir hingehen. Aber bring frische Unterwäsche und deine Zahnbüste mit. <3 Und besorge dir einen Kittysitter. Ich freue mich auf dich!

Herzinfarkt. Schnappatmung. Kreislaufkollaps.

Ich: okay <3

Kapitel 37

Ich vermisste meine beste Freundin. Während ich verloren vor meinem Kleiderschrank stand, um mich herum ein heilloses Durcheinander an Klamotten, wünschte ich mir Mona her.

Die letzten Wochen, nein, Monate hatten wir uns ziemlich voneinander entfernt. Zuerst wollte ich es nicht einsehen, doch es war eindeutig mein Verschulden. Ich ließ Mona nicht mehr an mich heran. Ließ sie nicht mehr sagen, was sie dachte. Wir waren immer ehrlich zueinander gewesen, und ich hatte das immer an ihr geschätzt. Andererseits war ich nicht einverstanden mit ihrer negativen Meinung über Henry. Ich war auch selbst schuld daran, denn ich beschwerte mich in erster Linie über ihn, wenn er mich mal wieder auf die Palme brachte. Oder zum Weinen. Jedes Mal war Mona da und hörte sich mein Gejammer an. Kein Wunder also, dass sie ein schlechtes Bild von ihm bekommen hatte.

Das ist ähnlich wie mit Produktrezensionen auf Shoppingportalen. Wenn alles tippitoppi ist, schreibt man nichts. Wenn man aber – warum auch immer – unzufrieden ist, verfasst man eine negative Meinung und warnt so vor Fehlkäufen.

Nur dass Henry absolut kein Fehlkauf ist. Alle seine positiven Eigenschaften wiegen die Kratzer in seiner Seele auf. Er braucht nur ein Wort zu sagen, und ich schmelze dahin und will seiner tiefen Stimme bis ins Jenseits lauschen. Dazu ist er intelligent und leidenschaftlich. Auch wenn ich seine Leidenschaft zu toten Dingen in Steinen nicht nachvollziehen kann. Er ist sportlich und achtet auf seine Gesundheit. Und auch auf meine, was etwas nervig, aber auch süß ist. Was will man von einem angehenden Medizinstudenten schon erwarten?

Ich liebe seine braunen Wuschelhaare, die er – zugegebenermaßen – mal wieder professionell bändigen lassen sollte. Langsam fielen sie ihm in seine wunderschönen hellbraunen Augen … Spiegel seiner Seele.

Ich kann von ihnen ablesen, wann Henry fröhlich ist, aber auch, wann ihm etwas gegen den Strich geht. Da hilft alles falsche Lächeln nichts.

»So ein Mist.« Ich seufzte und brachte räumlichen Abstand zwischen mich, meinen Kleiderschrank und den Klamottenhaufen, in dem ich stand. In der Küche warf ich George an, um mir meine zweite Tasse Morgenkaffee zu machen.

Wenn ich nicht weiter weiß oder keine Lust mehr habe, hilft eine gute Tasse Kaffee immer.

»Oh, wenn ich dich nur mitnehmen könnte.« Ich streichelte über George, während er brummend zum Leben erwachte. »Morgen früh werde ich mich wieder mit ekelhaftem Filterkaffee zufriedengeben müssen.«

Siedend heiß fiel mir ein, dass ich Mona noch nicht gefragt hatte, ob sie Franz heute Abend füttern könnte. Ich fühlte, wie mich eine Schuldwelle übermannte. Es war bestimmt zwei Wochen her, dass ich mich bei ihr gemeldet hatte, und jetzt hoffte ich, dass sie sich um meinen Kater kümmerte? Aber wen sollte ich sonst fragen? Ich vertraute niemandem mehr als ihr und würde keinen anderen Menschen allein in meine Wohnung lassen.

Mit meiner tröstenden Tasse Kaffee lief ich ins Wohnzimmer und ignorierte meinen gehässigen Kleiderschrank. Ich ließ mich aufs Sofa plumpsen und blickte nach draußen zu Kater Franz, der auf einem Stuhl saß und Vögel anmeckerte.

Ab und zu springt er ins Netz, worauf ich ihn immer tadele oder etwas Weiches nach ihm werfe. Der Typ würde es noch schaffen, das Katzennetz zu zerreißen und vom Balkon zu stürzen! Nicht auszudenken.

Die Benachrichtigungs-LED meines Handys blinkte. Ich zog die Beine an und kuschelte mich in die Kissen, in einer Hand den Kaffee, in der anderen das Handy.

Henry: Guten Morgen, Schönheit. Schon wach?

Wenn er wüsste, wie ich in diesem Augenblick aussah, würde er sich das Wort ›Schönheit‹ sicher noch mal überlegen. Auf meinem Gesicht lag eine Maske. Ich hatte sie heute entgegen meines Versprechens mir gegenüber, niemals vor einem Date eine Maske aufzulegen – man weiß ja nie, ob man sie verträgt –, auf mein Gesicht geschmiert. Passend dazu trug ich meine Haare in einem unordentlichen Zwiebeldutt und mein XXL-Shirt, unter dem ich keinen BH anhatte, wies einige Löcher und eine Million Katzenhaare auf. Ich war reif für eine RTL-Vormittags-Show.

Ich: Na klar, dir auch einen guten Morgen, hübscher Typ. :P

Henry: Soll ich dich abholen oder wollen wir uns treffen?

Oho, er ging heute ja gleich in die Vollen. Wollte ich, dass er mich abholte? Nicht, dass ich ihn hineinbat und wir dann nicht voneinander loskamen und ich schlussendlich mein Super-Date mit ihm verpasste? Grinsend tippte ich meine Antwort.

Ich: Das kommt darauf an, was wir unternehmen und wo es stattfindet! ;)

Ich bin so unglaublich pfiffig. Mental klopfte ich mir auf die Schulter. Nun musste er mir sagen, was er mit mir vorhatte.

Henry: Ich hole dich ab.

So viel dazu. Pfiffig, ha!

Ich: Du Fiesling. Aber okay, wann bist du da?

Henry: In drei Stunden?

Oh was? Schon? Der Blick auf die Wanduhr verriet mir, dass es erst 08:30 Uhr in der Frühe war. Ich konnte doch jetzt nicht schon mit eingezogenem Schwanz bei Mona durchklingeln. Was, wenn sie noch schlief?

Ich: Okay, ich freue mich.

Henry: Ich mich erst. Wirklich. Ich bin glücklich, Mavis. Liebe <3

Ich: Liebe <3

Ich konnte nicht atmen. Mein Brustkorb vibrierte, mein Magen rebellierte. Entweder bekämpften die Schmetterlinge und Ponys sich oder sie feierten eine Brausepulver-Sause. Ich wusste es nicht.

Das Einzige, das ich wusste, war, dass von jetzt an alles glatt laufen und dass heute der Tag aller Tage werden würde. Mavis würde kein bemitleidenswerter Single mehr sein und einem Typen hinterherlaufen, der sie nicht verdient. Nein, er verdient mich, und wie! Der Mensch, der mich am glücklichsten macht, ist nun mal er.

Dieses eine kleine Wort entfachte ein Glücksgefühl in mir, das mich schweben ließ.

Liebe.

Liebe, Liebe, Liebe.

Noch nie hatte das jemand zu mir gesagt. Es fehlten zwar noch zwei grundlegende Worte, aber früher oder später würden diese auch noch ihren Weg über seine Lippen finden.

Nach einigen Sekunden, in denen ich einfach nur mein Handy angestarrt hatte, wechselte ich das Fenster zu der Internetseite, auf der ich Henry kennengelernt hatte. Ich musste dringend etwas in der Uni-Gruppe nachfragen, da ich in letzter Zeit mit den Gedanken nicht ganz bei der Sache war. Max wusste inzwischen mehr Bescheid als ich, was besorgniserregend war.

Kaum dass ich mich eingeloggt hatte, wurde mir angezeigt, wer von meinen Freunden neuerdings etwas hochgeladen hatte. Ganz weit oben stand Mona. Neugierig klickte ich den Ordner an und bereute es sofort.

Anscheinend war sie letzte Nacht aus gewesen. Mit einer Gruppe von Mädels, die ich nicht kannte. Sie hatte mal erzählt, dass sie ein paar Leute kennengelernt hätte. Allerdings war mir nicht bewusst gewesen, dass sie sich so gut verstanden, um am Freitagabend gemeinsam feiern zu gehen. Eigentlich hätte *ich* doch mit ihr feiern gehen sollen. Oder zumindest mit von der Partie sein.

Mein Herz wurde schwer. Nur mühsam hielt ich Tränen der Enttäuschung zurück. Ich hatte Angst, dass Mona mich austauschte. Auf den Fotos wirkte sie ausgelassen und fröhlich, doch erkannte ich in ihrem Blick und an der Art, wie sie die Mundwinkel nach oben zog, dass etwas nicht stimmte.

Der Uhrzeit nach zu urteilen, zu der sie die Fotos hochgeladen hatte, würde sie noch tief und fest schlafen. Also würde ich auf keinen Fall anrufen.

Ich ließ den Blick durchs Wohnzimmer schweifen. Er heftete sich auf eine kleine Kiste, in der ich hunderte von Postkarten mit verschiedenen Sprüchen und Motiven sammelte. Ich fischte eine heraus. Auf ihr war ein Schirm abgebildet, der eine Katze vor dem Regen beschützte. Darüber stand in großen Lettern ›SORRY‹. Ich begann zu schreiben.

Liebe Mona,

ich bin die miserabelste beste Freundin der Welt. Lass es mich wieder gut machen. Morgen Nachmittag, 16:00 Uhr im Eiscafé – es geht auf mich.

Ich vermisse dich.

P.S.: Schaust du heute Abend und morgen Früh einmal nach Franzi? Bitte, bitte! Ich lege dir auch die geheimen Super-Leckerchen hin, die er ganz bestimmt aus deiner Hand fressen wird. Versprochen!

Kuss. Mavis – die schreckliche, egoistische (und hoffentlich noch beste) Freundin.

Ich nahm mir einen bunten Briefumschlag, steckte die Karte hinein und legte sie in den Flur. Zeit, mich von meiner Gesichtsmaske, den fettigen Haaren und der löchrigen Kleidung zu befreien. Danach würde ich zu Mona flitzen und die Karte an ihre Wohnungstür kleben.

Kapitel 38

Aus meinem Vorsatz, nicht beim ersten Klingeln wie eine Irre alles stehen und liegen zu lassen und zur Tür zu sprinten, wurde nichts.

Ich war gerade dabei, meinen Kühlschrank auszuwischen, damit ich mich irgendwie beschäftigte und nicht nervös auf meiner Bank im Flur saß, um auf Henry zu warten. Das Läuten der Klingel traf mich so unvorbereitet, dass ich vor Schreck einen gläsernen Einlegeboden aus der Verankerung riss. Ich hätte ihn entweder fallen lassen können, was ein Scherbenmeer verursacht hätte, oder ihn vorsichtig ablegen, was viel zu zeitaufwendig gewesen wäre. Ich entschied mich für die blamable Option und schleppte den Einlegeboden mit zur Tür. Henry stand bereits vor dieser. Unglaublich! Wie ein Magier, der durch geschlossene Türen gehen kann.

»Du drin, wie schon?«, stammelte ich.

»Was?« Henry lachte und machte sich seine Schuhe an dem Fußabtreter sauber.

»Sorry.« Ich lächelte schief und wollte mir selbst in den Hintern beißen. In Henrys Gegenwart fällt es mir von Zeit zu Zeit schwer, vernünftige Sätze zu bilden.

»*Ich* habe mich zu entschuldigen.« Verlegen fuhr er sich in Henry-typischer Manier durch seinen Haarschopf.

Natürlich wusste ich, was jetzt kam. Aus seinen geplanten drei Stunden Anfahrtszeit waren vier geworden. Ich war auf den ausschlaggebenden Grund gespannt, den er mir gleich zweifelhaft darlegen würde.

»Ich hatte … meine Schwester bei mir. Sie wollte partout nicht wieder nach Hause.«

Die Schwester also. Ich verdrehte die Augen. Dass ich nicht gut auf seine ach so tolle Schwester Fenja zu sprechen bin, wusste er bereits. Langsam ging mir das kleine Biest gewaltig auf den Wecker. Nicht nur, dass sie mir so oft meine Zeit mit Henry gestohlen hatte, nein, das Band zwischen den beiden ist stärker, als ich es mir für Henry und mich je erträumen könnte. Seine Schwester hat immer oberste Priorität. Ein Mucks von ihr und Mavis ist Geschichte. Dabei hatte er noch vor ein paar Monaten, in unserer Anfangszeit, gesagt, sie spanne ihn nicht oft ein. Dass es nur ab und zu mal vorkam.

Musste er sich wirklich immer um Fenja kümmern oder flüchtete er womöglich nur vor mir? Nahm er seine kleine Schwester als Vorwand? Es kam mir komisch vor.

»Wollen wir dann gleich los?«, fragte ich und zeigte in die Küche. »Oder möchtest du vorher etwas trinken?«

»Nein.« Er schüttelte lächelnd den Kopf. »Mein Plan impliziert einen Kaffee-und-Kuchen-Stopp am Nachmittag.«

»Oh, lecker!« Ich liebe es, gemütlich in Cafés zu sitzen, Kaffee zu schlürfen und mir ein Stück Kuchen zu gönnen. »Gut, gib mir zwei Minuten«, rief ich ihm zu, während ich samt Kühlschrank-Einlegeboden im Bad verschwand, um meinen Kulturbeutel zu holen. Ich verstaute ihn in meinem Rucksack, den ich bereits im Flur positioniert hatte.

»Willst du gleich bei mir einziehen?«, grinste Henry und zeigte auf meinen Rucksack.

Erschrocken blickte ich ihn an. Für eine Hundertstelsekunde hatte ich gedacht, er meinte die Frage womöglich ernst. Mein Verstand war wirklich nicht mehr auf der Höhe. Warum hätte er das fragen sollen?

»Nein. Aber wenn ich den ganzen Tag meinen Übernachtungskram in meiner Handtasche rumschleppe, bekomme ich Schulterschmerzen.«

»Du kannst sie im Auto lassen.« Er machte eine wegwerfende Handbewegung.

»Im Auto?« Ungläubig starrte ich ihn an.

»Vier Reifen, viel Blech, Lenkrad, Schaltknüppel«, zählte er lachend auf.

»Ich weiß, was ein Auto ist!« Peinlich berührt holte ich meine Handtasche aus dem Wohnzimmer, wo Franz zu einer Kugel zusammengerollt auf dem Sofa schlief. »Ich wusste gar nicht, dass du ein Auto hast?«

Ein wenig wunderte mich das schon. Ist das nicht etwas, das man von seinem eventuellen Bald-Freund wissen sollte?

»Bisher haben wir es ja nie gebraucht.« Er lächelte.

»Aber heute brauchen wir es?«

»Auch nicht unbedingt, aber so sparen wir uns das Hin- und Hergefahre.«

»Okay. Cool!« Freudig griff ich nach meinen Sneakers und warf einen letzten Blick ins Wohnzimmer zu Franz. »Los geht's!«

***

»Was machst du da?«

Ich saß neben Henry auf dem Beifahrersitz und war gerade dabei, Mona eine Nachricht zu schreiben. »Ich schreibe«, weihte ich Henry ein.

Es vergingen gefühlt zehn Minuten. Dabei waren es bestimmt nur zehn Sekunden, ehe Henry wieder das Wort ergriff.

»Und wem?«

Er klang angefressen. War Henry etwa eifersüchtig? Ein Teil in mir sprang auf und schrie: ›Juhuu!‹ Wenn er eifersüchtig war, musste das heißen, dass ich ihm mehr bedeute. Ein anderer Teil in mir dachte allerdings: ›Du musst es ihm nicht sagen, immerhin seid ihr offiziell kein Paar.‹ Da ich jedoch keinen Streit vom Zaun brechen wollte, entschied ich mich, ehrlich zu sein.

»Ich schreibe nur schnell Mona. Wegen Franz.«

Ich hob den Kopf, um Henry zu mustern. Er wandte den Kopf seinerseits zu mir. Unsere Blicke trafen sich. Wie jedes Mal, wenn er mir direkt in die Augen schaut, explodierten meine Eingeweide. Ich sah in seinem Blick etwas aufblitzen, konnte es allerdings nicht einordnen.

»Okay.« Er nickte knapp.

Ich sah, dass einer seiner Mundwinkel leicht zuckte, als er den Blick wieder auf die Straße richtete. Er freute sich. Und ich freute mich über seine Erleichterung darüber, dass ich nur Mona schrieb.

»Verrätst du mir bitte endlich, wo wir hinfahren?«, drängelte ich.

»Wir sind in ein paar Minuten da«, versprach er und schielte auf sein Handy.

Schon die ganze Autofahrt über hatte er es vor mir abgeschirmt, damit ich nicht sehen konnte, wohin uns die Routenplaner-App führte. Die Gegend kam mir bekannt vor. Ich war auf jeden Fall schon mal hier gewesen.

Wir passierten einen Bahnhof und eine Straßenbahnhaltestelle. Ich kniff die Augen zusammen, um das Schild lesen zu können.

»Wir gehen in den Tierpark?« Ich klatschte in die Hände wie ein Kleinkind, das gleich ins Hüpfburgenland darf.

»Och Manno!« Henry nickte und verbarg sein Grinsen. »Jetzt hast du mir doch die Überraschung versaut.«

»Absolut nicht! Ich liebe den Tierpark. Besonders die Pinguine.« Wäre ich eine Cartoonfigur gewesen, hätten sich in meinen Augen kleine Herzen gebildet. »Oh, und die Elefanten! Und die Raubkatzen!«

Ich strahlte ihn an und legte meine Handfläche auf meinen Bauch, der vor Freude hüpfte. Bisher hatte ich noch nie ein Date im Tierpark gehabt, obwohl ich es mir insgeheim gewünscht hatte. Den ganzen Tag spazieren gehen, sich unterhalten und süße Tiere beobachten, zwischendrin einen Snack verzehren und das schöne Wetter genießen … Glücklicherweise hatte ich mich für Sneakers entschieden. In meinen Sandalen hätte ich auf keinen Fall den ganzen Tag laufen können.

Wir ergatterten ohne langes Suchen einen Parkplatz nahe am Eingang.

»Zweimal Studenten, bitte.« Henry lächelte die alte Dame am Schalter freundlich an, die uns allerdings nur missbilligend anblickte.

»Dann will ick ma eure Studäntn-Oosweese sehn«, krähte

sie mit ihrer Berliner Schnauze.

In solchen Momenten muss ich immer stark an mich halten. Für gewöhnlich pflaume ich unfreundliche Menschen zurück an.

Heute war es mir allerdings egal. Ich war hibbelig und freute mich, einen schönen Tag mit Henry verbringen zu dürfen. Also kramte ich ruhig in meiner Handtasche nach meinem Portemonnaie, nahm meinen Studentenausweis heraus und knallte ihn auf den Tresen. Dabei zog ich arrogant eine Augenbraue hoch. Wie du mir, so ich dir.

Mit den Eintrittskarten in den Händen schlängelten wir uns durch das mindestens zwei Meter hohe Drehkreuz. Kaum dass wir einen Schritt in den Tierpark gesetzt hatten, wollte ich am liebsten losrennen. Gleich nach rechts zu den Eulen! Ich schmiss meinen Geldbeutel achtlos in meine Handtasche und warf Henry im Gehen einen glücklichen Blick zu.

»Warte!« Henry hielt mich lachend am Unterarm fest und zog mich an sich.

Innerhalb der letzten Monate hatte ich mich daran gewöhnt, dass wir uns zur Begrüßung nie küssten. Ich wusste nicht, warum. Es gab sogar Treffen, an denen wir uns nicht einmal nahekamen. Das war verstörend und verunsicherte mich, allerdings scheint das einfach so zu sein zwischen uns.

Wir sind eben eigen. Das ist unser Ding.

Umso überrumpelter war ich, als ich mit meinem Oberkörper auf Henrys prallte und er seine Hände an meine Taille legte. Ich hob den Kopf an, um ihm in die Augen blicken zu können. Sie strahlten. Auch Henry fühlte sich heute wohl.

Sein Mund verzog sich zu einem breiten Lächeln und er küsste mich. In der Öffentlichkeit. Für viele keine

Besonderheit, aber Henry und ich küssten uns nur bei ihm zuhause oder wenn es stockfinster draußen war.

Dieser eine Kuss hier und heute, dieser Kuss im Hier und Jetzt, zwischen anderen Menschen, ließ mein Herz höherschlagen. Es bedeutete mir mehr, als ich in Worte zu fassen imstande war. Meine Beine wurden zu Pudding, ich fühlte mich, als würde ich auf Wolken wanken.

»Das hätte ich schon viel früher tun sollen«, hauchte er und richtete damit ein Chaos in meinem Inneren an.

»Wir haben uns doch schon vorher geküsst?« Vor lauter Aufregung bekam ich kaum einen Ton heraus.

Henry schloss für eine Sekunde die Augen und atmete einmal tief ein und aus. Dann schüttelte er lächelnd den Kopf. »Nein. Ich meine, es auch jedem zu zeigen.«

»Jedem was zu zeigen?« Ich wollte weiter Honig ums Maul geschmiert bekommen. Wollte, dass er mich durch simple Worte in den siebten Himmel beförderte.

»Dass ich dich bei mir haben möchte. Dass ich derjenige sein möchte, der dich in der Öffentlichkeit küsst. Dass ich derjenige bin, der zu dir gehört.«

Ich sah ihm an, wie schwer es ihm fiel, diese Worte über die Lippen zu bringen. Ich selbst war nicht mehr fähig, etwas zu erwidern. Stattdessen krallte ich mich in sein Shirt und küsste ihn leidenschaftlich.

»Komm.« Er hielt mir seine Hand hin, die ich überglücklich ergriff.

Gemeinsam starteten wir unseren Weg, der als erstes an den Eulen vorbeiführen würde. Für außenstehende Personen mussten wir wie ein Pärchen aussehen. Das machte mich auf seltsame Art und Weise stolz.

Wir hatten es geschafft.

Kapitel 39

»Okay.« Henry warf den Kopf in den Nacken und lachte ausgelassen. »Du möchtest also einen Baby-Pinguin, einen Baby-Puma, einen Baby-Elefanten und ein …?« Er kniff die Augen zusammen.

»Ein Baby-Zebra«, half ich ihm grinsend auf die Sprünge.

»Ein Baby-Zebra«, wiederholte er.

Ich nickte eifrig, bedacht darauf, ja nicht seine Hand loszulassen. Die letzten paar Stunden hatten wir uns immer an den Händen gehalten. Die kurze berührungsfreie Zeit, in der wir vor dem Elefantenauslauf auf einer Bank gesessen und Oreo-Kekse gegessen hatten, war mir viel zu lang vorgekommen.

Kann man süchtig nach Berührungen werden?

Ich würde das googeln, sobald ich wieder zuhause war.

»Woran denkst du?« Henry lächelte mich an.

»An Hände.«

»An Hände?« Eine Falte bildete sich auf seiner Stirn.

»Ich denke an unsere Hände und …« Ich brach ab.

»… und was?«

»Und dass ich nicht möchte, dass du sie wegnimmst.«

Betreten schaute ich zu Boden. Meine Sneakers waren vom staubigen Boden mittlerweile sandfarben geworden. Ich würde sie in die Waschmaschine stecken müssen. Andererseits wollte ich mich noch lange an diesen Tag erinnern. Ich war anscheinend so verrückt, dass ich der Verliebtheit wegen meine Kleidung nicht mehr waschen wollte.

Ruckartig schoss meine Hand zu meinem Kopf. Niemals wieder würde ich diese Hand waschen, wirklich, niemals wieder. Ich erschauderte, als Henry mit dem Daumen sanft über meinen Handrücken fuhr. Sein Gesichtsausdruck blieb unverändert. Hatte er es intuitiv getan? Oder war ihm bewusst, dass er mich gerade gestreichelt hatte? Sollte Letzteres der Fall sein, ließ er sich nichts anmerken.

Ich hingegen benahm mich seit einer Stunde wie der größte Nappel. Kaum einen Satz brachte ich vollständig zustande, geschweige denn grammatikalisch korrekt oder in logischem Zusammenhang. Henry schien das allerdings süß zu finden.

»Mavis?«

Er stupste mir gegen die Schulter und ich zuckte zusammen. Na großartig! Nicht nur, dass ich wirr sprach, ich war nicht einmal mit meiner halben Aufmerksamkeit bei Henry. Er musste mich für eine Irre halten.

»Was?« Meine Stimme klang atemlos, als hätte ich eben einen 100-Meter-Lauf hinter mich gebracht. Dabei schlenderten wir im Seniorentempo durch den Tierpark.

»Ich fragte, ob du lieber ein Mädchen oder einen Jungen haben möchtest?«

»Was? Ich möchte noch keine Kinder mit dir!«

Ich brüllte den Satz eher, als dass ich sachlich blieb. Henrys amüsierter und gleichzeitig erschrockener Gesichtsausdruck ließ darauf schließen, dass ich ihn fehlverstanden hatte.

»Gut zu wissen.« Er grinste.

»Lass mich raten, das war nicht das, was du wissen wolltest?« Ich lächelte gequält.

Bitte, Erdboden, bitte tu dich einfach auf, verschlucke mich und spucke mich erst wieder aus, nachdem Henry mich vergessen hat!

Er schüttelte den Kopf und ließ meine Hand los, um mir seinen Arm über die Schulter zu legen und mich an ihn zu ziehen. Ich musste aufpassen, dass ich nicht anfing, zu hyperventilieren. Wieder einmal verfluchte ich ihn für seine Fähigkeit, einen einzigen Pudding aus meinem Körper zu machen. Ich hatte Sorge, dass meine Knie nachgaben und ich den Boden küsste.

»Über Kinder reden wir erst viel später«, flüsterte er mir ins Ohr. Dabei zog er das ›viel‹ übertrieben lang. »Für den Augenblick wollte ich nur wissen, ob du einen männlichen oder einen weiblichen Baby-Pinguin haben möchtest.«

Er brachte mich damit zum Lachen, was allerdings nichts an meinem wackelpuddingähnlichen Zustand änderte. »Ein Mädchen mit einer rosa Schleife«, überlegte ich laut, »und einen Jungen mit blauer Latzhose.«

Ich grinste ihn verlegen an. Er lachte und drückte mir einen Kuss auf den Scheitel. Eine so vertraute Geste, dass sie mir beinahe Freudentränen in die Augen jagte. Vor meinem geistigen Auge sah ich, wie Henry und ich mit Franz zusammen auf der Couch lagen und erschöpft auf das kleine Wesen blickten, das wir zusammen erschaffen hatten.

Sofort schüttelte ich den Kopf. Für solche Gedanken war es eindeutig zu früh. Nicht nur, dass Henry und ich erst seit ein paar Minuten zusammen waren, ich war gerade mal 19

Jahre alt und auf keinen Fall bereit, mein Leben einem anderen Menschen zu widmen. Zumindest keinem anderen Menschen als Henry.

Eine kleine Verunsicherung durchzuckte mich. Waren wir überhaupt zusammen? Direkt darüber geredet hatten wir nicht. Sollte ich es vielleicht ansprechen? Einerseits wollte ich das geklärt haben – was sollte ich sonst Mona und Max erzählen? –, andererseits wollte ich nicht unseren wunderbaren Tag zerstören. Ich hatte nicht vor, heute Nacht allein und traurig mit Franz im Bett zu liegen. Falls mein Kater mich überhaupt eines Blickes würdigte. Kann man bei der rosa Schweinchennase nie wissen.

»Mavis?« Henry fuhr sich mit der Hand durch die Haare. »Hast du mir zugehört?«

Ich war echt unmöglich. Wieder war ich so in meine Gedanken vertieft gewesen, dass ich Henrys Frage nicht wahrgenommen hatte.

»Äh, doch, doch, ich habe dir zugehört. Klar.«

»Und?«

»Und … was?«

Mist. Er merkte bestimmt, dass ich nur so tat, als wüsste ich, wovon er sprach.

»Na, was denkst du? Ja oder nein?«

Okay, ich hatte eine Fifty-Fifty-Chance, richtig zu antworten. Er würde mich schon nicht gefragt haben, ob ich mein Erstgeborenes verkaufe würde. Für Rumpelstilzchen sah er auch viel zu gut aus.

»Ja?« Ich räusperte mich. »Ich meine, ja, gerne.«

Oh bitte, lass mich keine Dummheit angestellt haben!

»Wirklich?« Wissend grinste er.

»Ja!« Ich würde nicht nachgeben.

»Du willst wirklich noch eine komplette Runde durch den Tierpark drehen?«

Er hatte mich tatsächlich auflaufen lassen. So ein Fiesling. »Du bist gemein!« Ich schlug ihm gegen den Oberarm.

»Hey!« Sofort rieb er sich die getroffene Stelle.

Dann zog er mich zu sich, sodass mein Gesicht seinem ganz nahe war. In freudiger Erwartung kribbelte mein Puddingkörper.

»Hi«, flüsterte ich.

»Guten Tag«, flüsterte er zurück, schloss die Augen und überbrückte die letzten Millimeter zwischen uns.

Es war mir egal, dass wir mitten im Weg standen. Es war mir auch egal, dass der blöde Papagei im Käfig neben uns lauthals ›Pipi‹ rief. Das Räuspern des älteren Herrn, der sich den Pipi-Gei gerne näher angesehen hätte, ließ mich nicht einmal mit der Wimper zucken. Ich vergaß mich komplett in unserem Kuss und konnte mir nichts Schöneres auf der Welt vorstellen.

Seine Hände lagen besitzergreifend auf meiner Taille. Ich griff in seinen Nacken und fuhr durch seinen Haaransatz. Ohne dass wir es geplant hatten, wurde der Kuss heftiger. Für eine Sekunde vergaß ich sogar, wo wir uns befanden.

Henry war der Erste, der sich löste. Er räusperte sich, nahm meine Hand und zog mich einige Meter weiter. Als keine Person mehr in unserer unmittelbaren Nähe war, hielt er an. Die Beule in seiner Hose war unübersehbar.

Mir blieb die Luft weg. Ungeniert starrte ich in seinen Schritt, ehe ich ihm in die hellbraunen Augen blickte. Sie wirkten in diesem Moment eher schwarz. Henry war erregt, und auch in meinen Eingeweiden hatte sich alles zusammengezogen.

Kapitel 40

»Wann kommt er nur endlich raus?«, murmelte ich mir selbst zu und erntete dafür den verwunderten Blick eines älteren Herrn mit Gehstock. Meine Wangen liefen rot an, als mir bewusst wurde, dass ich meine Frage laut ausgesprochen hatte.

Ich kickte einen Stein in Richtung des Gebäudes, in dem Henry ›nur mal kurz‹ verschwunden war. Das dauerte nun allerdings schon – ich blickte auf die Uhr – siebeneinhalb Minuten.

Hört sich nicht lang an, allerdings können sieben Minuten unfassbar lang sein. Zum Beispiel, wenn man in der Schule oder an der Uni eine Präsentation halten muss, die mindestens sieben Minuten dauern soll. Sieben Minuten, in denen ich jedes Mal lieber eines qualvollen Todes gestorben wäre, als vor dreißig bis fünfzig Menschen zu stehen und etwas halbwegs Intelligentes von mir zu geben. Allerdings überlebe ich so was auch immer ohne Schaden, also würde ich die Wartezeit hier ebenso schadenfrei verwinden.

Gerade als ich mein Handy aus der Handtasche nehmen wollte, erschien Henry im Türrahmen. Er kam verlegen lächelnd auf mich zu. Ohne Umschweife nahm er meine Hand und wir gingen weiter.

»Ähm …«, begann ich.

»Ähm?« Henry fixierte mich mit seinem Blick, was die Worte in meinem Mund wieder durcheinanderbrachte.

»Du warum so lang da drin?« Ich stöhnte und schlug mir mit der flachen Hand gegen die Stirn. Dass Henry belustigt die Augenbrauen hochzog, half keineswegs.

»Ich …« Er räusperte sich und blickte auf seine Sneakers, als wären sie das Interessanteste auf dem gesamten Erdball. »Ich konnte …«

»Du konntest?« Grinsend sah ich ihn an. Nein, ich starrte ihn nieder. Nun wusste er vielleicht, wie peinlich es ist, wenn man nicht die richtigen Worte findet.

»Ich musste …« Wieder brach er ab.

»Du musstest was?« Ich verlor allmählich die Geduld.

»Mann!« Henry ließ meine Hand los, um sich mit beiden Händen übers Gesicht zu fahren.

»Mann was?«

Ich griff erneut nach seiner Hand. Er ließ es glücklicherweise geschehen. Ich machte mir immer noch Sorgen, dass er mich plötzlich abweisen könnte. Meine Geste gerade hatte mich einiges an Mut gekostet.

»Na ja …« Er holte Luft und lachte. »Ich musste so lange warten, bis ich wieder unter die Leute gehen konnte.«

»Wie meinst du das?«

Er zeigte mit der freien Hand auf seinen Schritt. Der Groschen fiel endlich. Sofort liefen mein Gesicht, mein Hals, vermutlich mein ganzer Körper knallrot an.

»Oh.« Verlegen steckte ich meine Haarsträhne hinter mein Ohr. »Okay.«

Nun war er es, der mich erst niederstarrte und dann in schallendes Gelächter ausbrach. Ich wusste nicht, ob ich lieber im Erdboden versinken oder in sein Lachen mit einsteigen sollte. Er nahm mir die Entscheidung ab, indem er stehen blieb und mir einen Kuss auf die Lippen drückte. Lachend erwiderte ich ihn, stemmte mich aber gleich darauf von ihm weg.

»Nicht, dass du mich wieder zehn Minuten allein lässt«, beantwortete ich seinen fragenden Blick mit einem Zwinkern.

***

»Sag du«, forderte Henry mich auf. »Deine Entscheidung.«

»Ich weiß nicht«, jammerte ich.

Henry ließ leicht genervt den Kopf in den Nacken fallen und pustete die Luft aus seinen Wangen. »Mavis, Süße, bitte.«

»Mir ist das echt egal.«

Spontaneität ist eindeutig nichts, was auf unserer beider Fähigkeitenliste steht.

Unschlüssig, ob wir in ein Restaurant zu Abend essen gehen oder etwas zu ihm nach Hause bestellen sollten, standen wir seit geschlagenen zehn Minuten auf dem Fahrradweg einer Wohnsiedlung. Nicht nur ein Fahrradfahrer hatte uns seitdem den Mittelfinger präsentiert. Sind immer so viele Radfahrer unterwegs?

Die Luft im Wagen wurde immer dünner. Meine Synapsen schienen nicht mehr korrekt angeschlossen zu sein. Innerlich schrieb ich bereits eine Pro- und Kontra-Liste. Für das Restaurant sprach, dass alle anderen uns für ein Pärchen halten würden. Dagegen, dass ich Tollpatsch mich in Restaurants benehme wie eine Elefantenkuh im Porzellanladen. Und ich war noch nie in meinem Leben so aufgeregt wie heute. Da war eine scherbenfrohe Katastrophe vorprogrammiert.

Für den Lieferservice sprach, dass Henry und ich nicht die Finger voneinander lassen mussten, außer in der Minute, in der das Essen kam. Dagegen sprach, dass wir unseren Dreck selbst wegräumen mussten.

»Hast du noch einen guten Wein zuhause?«, fragte ich.

Er legte den Kopf schief. »Machst du davon jetzt deine Entscheidung abhängig?«

»Ja!«

»Na, wenn es darum geht, lass uns ins Restaurant. Die haben leckereren Wein als ich zuhause.«

»Okay.« Ich lächelte erleichtert, als Henry endlich das Auto aus der Ausfahrt lenkte.

»Ich stelle das Auto zuhause ab und wir laufen. Ist das in Ordnung für dich?«

Er setzte den Blinker und fuhr eine schmale Gasse entlang. Hoffentlich würde uns kein Wagen entgegenkommen.

»Klar, kein Ding. Wie lange laufen wir zum Restaurant?«

»Vielleicht so zwanzig Minuten.«

Henry lenkte aus der Gasse heraus und fuhr auf der Hauptstraße entlang. Ich erkannte sie sofort wieder. Hier waren wir langspaziert, als wir unser Sushi-Feuerwerk-Abend-Date hatten. Gemischte Gefühle machten sich in mir breit. Doch ich wollte nicht negativ denken, schüttelte den Kopf und konzentrierte mich auf heute.

Der Tag war bisher wunderschön gewesen. Ich erinnerte mich an das Gefühl, das mich durchwärmt hatte, als Henry mir vor wenigen Stunden gesagt hatte, dass er mich bei sich haben wollte. Ich wollte auch bei ihm sein. Und ich wollte, dass er seine Meinung niemals ändern würde.

Erst als Henry den Motor abstellte, realisierte ich, dass wir vor seinem Wohnhaus standen. Er stieg aus, kam um das Auto herum und hielt mir wie ein Gentleman die Tür auf.

»Danke dir.« Ich gab ihm einen schüchternen Kuss auf die Wange und inhalierte dabei seinen unglaublichen Duft.

»Möchtest du noch einmal hoch auf die Toilette?« Er zeigte zum Fenster seines Wohnzimmers hoch.

»Ja, gerne kurz frisch machen. Meine Haare sehen bestimmt furchtbar aus. So kann ich nicht in ein Restaurant gehen.« Um meine Aussage zu unterstreichen, glättete ich meine Haare mit den Handflächen und zog eine Grimasse.

»Blödsinn.« Henry schaute mir verliebt in die Augen, was meinen Körper von neuem durcheinander brachte. »Ich finde dich wunderschön, Mavis.«

Er nahm meine Hand und gemeinsam gingen wir zu seiner Wohnung.

»Danke«, flüsterte ich und senkte den Kopf.

Ich bin es nicht gewohnt, Komplimente zu erhalten. Und ich bin es nicht gewohnt, derart verliebt zu sein.

Ich finde dich wunderschön … Seine Worte hallten in mir nach und ließen mich schweben. Ich lächelte und biss mir verträumt auf die Unterlippe.

Er fand mich wunderschön.

Kapitel 41

»Mavis, Vorsicht!« Ich spürte einen harten Griff um meinen Oberarm und versuchte, mich diesem zu entziehen.

»Uhwups!« Ich kicherte bei dem wackeligen Versuch, die Treppe hinaufzusteigen. Das war allerdings nicht so einfach, denn diese drehte sich um sich selbst. Die Stufen rannten vor meinen Füßen weg – ehrlich.

Aus meinem Mund kam ein Rülpser. Ich hörte Henry lachen. Ein Schamgefühl überkam mich, doch blendete ich es sofort aus. Immerhin musste ich hier Mount Treppos hinaufsteigen. Das erforderte all meine Fähigkeiten, all meine Konzentration, all meinen Sinn und alles, was ich sonst noch hatte.

»Daweinwagut, oder?«, nuschelte ich. Zumindest blickte Henry mich verständnislos an, also ging ich davon aus, dass meine Aussprache nicht mehr die alltagstauglichste war.

»Anscheinend, Süße. Anscheinend.«

Henry atmete schwer aus. Ein zufriedenes Grinsen stahl sich auf sein Gesicht. Der Wein war aber auch super lecker gewesen. Warum kam aus meinem Mund eigentlich nur Kauderwelsch, wenn meine Gedanken so klar und vollständig waren? Das ergab keinen Sinn. Der Wein musste mich kaputt gemacht haben. Ich versuchte ein weiteres Mal, einen vernünftigen Satz zu sprechen, hielt mitten auf der Treppe an. Ruckartig drehte ich mich zu Henry um, was mich etwas taumeln ließ.

»Schlawwisch heute wiedaufm Soffa?« Ich hatte meine Mühe, ihn durchgehend anzublicken, da er wie ein Kreisel vor meiner Nase herumtanzte. »Kannsu bidde ma stillstehn?«

Ich hielt ihn an der Schulter fest, doch er drehte sich stoisch weiter.

»Ich stehe still.« Er lachte und griff wieder nach meinem Oberarm. »Komm, wir sind gleich da.«

»WO?«, brüllte ich lauter als beabsichtigt.

Ich hielt mir gackernd den Zeigefinger vor den Mund und machte ›Psscht‹. Dabei stach ich mir einen Fingernagel in mein Nasenloch. Ein starker Schmerz durchzuckte mich.

»Au! Das tut so weh! Kannsu mal gucken, Dr. Henry?«

Ich legte den Kopf in den Nacken, damit Henry, der immer noch eine Stufe unter mir stand, mir in die Nase gucken konnte.

»Lass uns erst einmal in der Wohnung ankommen. Dann gucke ich dir in alle deine Löcher.«

Er lachte, verstummte allerdings, als ihm auffiel, was er gerade gesagt hatte. Augenblicklich wich meine Betrunkenheit ein Stück. Ich verschluckte mich vor Lachen an meiner eigenen Spucke. Der Husten, der meinen Körper erschütterte, war so heftig, er würde noch die Nachbarn in den Hausflur locken.

»Scheiße«, fluchte Henry.

Kurzerhand griff er mit einer Hand in meine Kniekehle, ließ die andere an meinem Rücken und trug mich die letzten paar Stufen zu seiner Wohnung hoch. Dort setzte er mich auf der letzten Treppenstufe ab. Er fuhr mir mit einer Mischung aus Klopfen und Streichen über den Rücken, wie damals in der Bar, was meinen Hustenanfall linderte.

»Danke«, japste ich.

»Geht's wieder?« Besorgt blickte er auf mich herab, während er seine Wohnungstür öffnete.

Ich nickte und machte Anstalten aufzustehen, doch hinderte mich die tanzende Treppe daran. Erneut spürte ich den schützenden, warmen Griff um meine Oberarme. Wenig später saß ich auf Henrys Sofa, ein Glas Mineralwasser und eine Aspirin auf dem Tisch vor mir. Ich nestelte an meiner Handtasche herum und fischte mein Handy heraus.

»Esis ers um acht?«, bemerkte ich erschüttert. Meinem Pegel zumute musste es mindestens Mitternacht sein.

»Jep, und du hattest nur zwei Gläser Wein.« Henry legte seinen Zeigefinger unter mein Kinn, um es anzuheben. »Du verträgst echt nicht viel, hm?«

»Siehso wohl aus.« Ich hickste und hätte mich am liebsten unter dem Sofa verkrochen. »Gibmi eine halbe Stunde, dann bini wieder normal.«

»Ich finde die angedudelte Mavis aber auch ganz süß.« Er beugte sich zu mir herüber und blickte mir lächelnd in die Augen.

»Ich gehe mich mal abschminte … abschminte … fuck … abschminken un friss… frischmahn.« Ich zeigte mit ausgestrecktem Arm in den Flur. »Aber vorher …«

Ich griff nach dem Wasserglas und leerte es in einem Zug. Mann, hatte ich einen Brand!

***

Der Blick in den Spiegel ernüchterte mich augenblicklich. Henry musste gelogen haben. An mir war rein gar nichts süß. Meine Haare standen mir zu Berge und mein Mascara krümelte fröhlich auf meine Wangenknochen herab. Außerdem hatte ich ein Stück Salat zwischen den Schneidezähnen. Peinlicher konnte es für mich nicht werden!

Murrend griff ich nach meinem Kulturbeutel, den ich bereits im Bad positioniert hatte. Geübt tränkte ich ein Wattepad mit meinem Make-Up-Entferner. Aber alle Übung half nichts: Wenn man ein Glas Wein zu viel hat, hat man ein Glas zu viel. Immerhin ging nur ein ganz kleines bisschen daneben.

Während ich mein Gesicht von Farbe befreite, ärgerte ich mich über mich selbst. Ich wusste, dass ich nicht viel Alkohol vertrage, und hatte trotzdem nicht nach dem ersten Glas aufgehört. Ich hatte mir meinen Abend selbst versaut. Andererseits war der Abend noch jung. Vielleicht musste ich nur ein Stündchen warten, und die gemeinsame Nacht konnte starten, als wäre nichts passiert?

Ich drehte den Wasserhahn auf, ließ mir Wasser über die Handgelenke laufen, was einen angenehmen Schauder durch meinen Körper jagte. Ich spritzte mir das eiskalte Wasser ins Gesicht. Es war so kalt, dass ich fiepte, aber es half. Ich trocknete mir das Gesicht ab und griff nach meiner Zahnseide, um die Essensreste zu entfernen. Meine Güte, wie unangenehm! Keine Chance, dass er nicht gesehen hatte, wie ich meine halbe Vorspeise spazieren trug.

***

Etwas neben mir bewegte sich und riss mich aus dem Schlaf. Panisch blickte ich mich um, ehe ich realisierte, wo ich war.

Ich lag in Henrys Arm auf dem Sofa. Wir hatten beschlossen, einen Film zu schauen, dabei kann mein betrunkenes Ich nicht viel falsch machen. Nur war ich anscheinend eingeschlafen. Ich erinnerte mich an gar nichts mehr, was den Film betraf.

»Hey, Schlafmütze.« Henry gab mir einen Kuss auf die Schläfe und zog seinen Arm unter mir hervor, um ihn zu massieren.

»Oh nein! Wie lange hab ich auf deinem Arm gelegen?« Geschockt hielt ich mir die Hand vor den Mund.

»Fast zwei Stunden?« Er blickte verlegen an mir vorbei.

»Und warum hast du ihn nicht weggenommen?«

»Damit ich dich nicht wecke?« Er zuckte mit den Schultern.

»Du bist vielleicht blöd.«

Ich lachte und schüttelte den Kopf. Wie selbstverständlich strecke ich meine Hand nach ihm aus und streichelte seinen Arm. Ich spürte, wie sich seine Härchen aufstellten und seine Haut von einer Gänsehaut überzogen wurde.

»Wollen wir rübergehen?«

Seine Stimme war ruhig und leise, doch mein Puls schlug höher.

»Rüber? Ins Schlafzimmer?«

Ich biss mir auf die Unterlippe. Was für eine dumme Frage!

»Falls du magst? Du kannst auch hier –«

Ich unterbrach ihn: »Komm jetzt bloß nicht auf die dumme Idee, mir vorzuschlagen, ich könnte wieder auf der Couch schlafen!«

»Okay, dann komm.« Er hievte sich hoch und hielt mir seine Hand hin.

Schon der kurze Weg vom Wohnzimmer durch den Flur ließ meine Nervosität ins Unermessliche steigen. Ich fühlte mich, als wäre ich auf dem Weg zu meiner persönlichen Guillotine und auch noch mächtig froh darüber. Was heute Nacht womöglich geschehen würde, hatte ich mir seit Wochen gewünscht.

Oder war es womöglich doch zu früh? Natürlich kannten wir uns nun schon viele Monate. Andere brauchen keine fünf Minuten, ehe sie miteinander in die Kiste steigen. Allerdings bin ich nicht so ein Mensch und würde auch niemals so jemand werden. Ich musste einem Menschen erst bedingungslos vertrauen. So wie ich Henry vertraute.

Ich atmete tief ein und schüttelte meine Bedenken fort. Es gibt kein ›zu früh‹, wenn es sich richtig anfühlt. Es gibt nur ein ›zu spät‹, wenn man zu lange wartet. Und Henrys körperliche Reaktion im Tierpark hatte mir gezeigt, dass er ebenfalls nicht warten wollte. Oder konnte.

»Magst du links oder rechts schlafen?«

Wir standen in seinem Schlafzimmer. Henry entfernte gerade die Tagesdecke von seinem Bett.

»Du hast eine Tagesdecke, Opi?« Ich prustete los.

»Ja, ich weiß, ich bin uncool.« Er zwinkerte und schlug die beiden Bettdecken zurück.

»Schläfst du immer mit zwei Decken und zwei Kissen?«

»Nein.« Er biss sich auf die Unterlippe und lächelte mich an. »Also, welche Seite?«

»Auf der rechten?« Ich zeigte auf die Seite, die näher an der Tür war. Wegen meinem schon immer ausgeprägten Fluchtinstinkt schlafe ich lieber zur Tür.

»Okay, dann …« Verlegen fuhr er sich durch die Haare. »… leg dich hin?«

Ich nickte und ging auf das Bett zu. Meine Kleidung hatte ich bereits gegen ein langes Shirt von Henry eingetauscht, das er mir freundlicherweise zur Verfügung gestellt hatte. Während ich unter die Bettdecke krabbelte, zog er sich sein Shirt aus. Mein Blick heftete sich auf seine glatte Brust und verharrte dort. Ich wollte sofort mein Schlafzimmer mit diesem Anblick tapezieren.

Kurz darauf folgte seine Jeans, was nicht nur ihn, sondern auch mich schlucken ließ. Der Anblick von Henry in Boxershorts machte mich nervös, auch wenn es nicht das erste Mal war. Allerdings würde es heute Nacht womöglich das erste Mal sein, dass auch dieses Kleidungsstück den Boden kennenlernte.

Mein Herz sprang mit jedem Schritt, den Henry auf das Bett zukam, ein Stück mehr aus meiner Brust. Steif wie ein Brett lag ich da und wartete, bis er sich neben mich legte.

»Mavis?«, flüsterte er.

»Ja?« Meine Stimme war nur noch ein aufgeregtes Hauchen, so sehr schmerzte mein Hals durch das Pochen meines viel zu schnellen Pulses.

»Magst du nicht unter die Decke kommen?«

Er klang unglaublich sexy und meine Anspannung löste sich etwas. Ich robbte unbeholfen auf seine Seite und verschwand unter der Decke, die er mir aufhielt.

Er zupfte an meinem Shirt. »Das brauchst du nicht«, flüsterte er an meinem Mund, ehe er mich küsste.

Unsere Münder wussten, was sie taten. Sie waren bereits ein eingespieltes Team. Ich öffnete meine Lippen, um seiner Zunge Eintritt zu gewähren, und schmeckte ihn. Der Duft unseres Kusses umhüllte uns und verscheuchte sämtliche Zweifel aus meiner Brust.

Ich löste mich kurz von ihm, setzte mich neben ihm auf und zog mir das Shirt über den Kopf. Nun saß ich nur mit Slip bekleidet vor ihm. Das Mondlicht schien ins Zimmer und direkt auf meine Brüste, die er mit schwarzen Augen betrachtete.

»Gott, Mavis, du bist wunderschön«, stieß er durch seine zusammengebissenen Zähne. Dann beugte er sich vor und verteilte sanfte Küsse auf meiner Haut.

Ich war verliebt, auf Wolke 7. Ich war so glücklich wie noch nie in meinem Leben und wusste, dass wir zusammengehörten.

Ich ließ mich fallen.

Kapitel 42

Als ich aufwachte, lag Henry nicht mehr neben mir. Sofort zog sich mein Herz zusammen, was albern war, immerhin war er noch da. Nur eben nicht in meiner unmittelbaren Nähe.

Ich setzte mich auf und bedeckte meinen nackten Oberkörper mit der Bettdecke. Ich musste sie im Schlaf von mir gestrampelt haben wie ein Kleinkind. Peinlich.

Ich griff nach meinem Handy, das neben mir auf einem Stapel Bücher lag. Das LED signalisierte mir, dass ich eine neue Nachricht hatte.

Mona: 15:00 Uhr Eiscafé. Ich brauche dich.

In mir schrillten die Alarmglocken. Warum brauchte Mona mich? Ging es ihr gut? Das schlechte Gewissen überdeckte mein Glücksgefühl wegen Henry. Ich sorgte mich. Mein Gewissen plagte mich außerdem.

Ich war so sehr auf mich selbst konzentriert gewesen, dass ich mich nicht einmal für Monas Probleme interessiert hatte. Sie hatte aber auch nichts gesagt. Allerdings hätte ich es merken sollen, wenn irgendetwas bei ihr schieflief. Das ist der Job einer besten Freundin.

Ich tippte mit flinken Fingern eine Antwort und griff nach Henrys T-Shirt, das ich mir über den Kopf stülpte.

Ich: Ich werde da sein. Ich hab dich lieb.

Prompt kam ihre Antwort, was mich traurig lächeln ließ. Mona und ihre verdammte 24-Stunden-Erreichbarkeit.

Mona: Ich dich auch.

Mit schweren Beinen kletterte ich aus dem Bett und hielt mir den Kopf. Ab sofort hasse ich Wein! Hoffentlich lag die Aspirintablette noch auf dem Couchtisch.

Als ich die Schlafzimmertür einen Spalt öffnete, drang der Duft von Brötchen und Kaffee in meine Nase. Aber dass Kaffeeduft täuschen kann, musste ich bereits lernen. Wie sollte ich Henry nur verklickern, dass sein Kaffee schmeckt wie eingelegte Trombose-Socken?

Barfuß lief ich auf die Badezimmertür zu, jeder Schritt schmatzte auf dem Parkett. Leise schloss ich die Tür hinter mir, verriegelte sie und erschrak bei meinem Anblick im Spiegel.

Ich sah schlichtweg durchgenommen aus. Meine Haare standen ab wie nach einem Cabrio-Trip und meine Lippen waren dunkelrot und geschwollen. Sogar mein Kinn war wund. Die größte Veränderung erkannte ich allerdings an meinen Augen. Sie strahlten eine glückliche Zufriedenheit aus und wirkten sogar hier im Bad heller als sonst.

Ich kramte ein kleines Döschen Lippenfett aus meiner Kulturtasche und cremte meine Lippen und mein Kinn großzügig ein. Ich sah aus wie Dolly Buster und konnte mir ein Kichern nicht verkneifen. Plötzlich spürte ich, dass meine Blase zu platzen drohte. Der Wein klopfte an.

***

»Hey, guten Morgen.« Ich stand im Rahmen der Küchentür und klopfte einmal dagegen.

»Guten Morgen, Süße.«

Henry legte das Handtuch ab, mit dem er gerade die Küchenplatte trockengewischt hatte. Er kam zu mir, um mir einen Kuss zu geben, doch ich hielt abwehrend die Hände hoch.

»Schau dir meine Lippen an«, lachte ich und verdrehte die Augen. »Warum siehst *du* nicht so aus?«

Er grinste. »Vermutlich, weil dein Damenbart nicht so kratzt?«

»Mein WAS?« Beleidigt zog ich die Augenbrauen zusammen.

»Damenbart«, rief er und flüchtete an mir vorbei ins Wohnzimmer. Dem würde ich eine richtige Abreibung verpassen!

Doch sobald ich das Wohnzimmer betrat, war mein Rachewunsch wie ausgelöscht. »Wow, Henry …« Ich hielt mir den Zeigefinger vor die Lippen, auf denen ich herumbiss. »Daran könnte ich mich gewöhnen«, feixte ich und ging auf den gedeckten Frühstückstisch zu. »Wann hast du das alles gemacht?«

Er zuckte mit den Schultern und zog mir einen Stuhl zurecht. »Ich bin seit zwei Stunden wach, Schlafmütze.«

Erst jetzt fiel mein Blick auf die Coffee-to-go-Becher. Einer für jeden von uns.

»Hast du Kaffee gekauft?« Ich riss die Augen auf.

»Jap. Ich weiß doch, dass du Kaffee liebst.« Er zwinkerte mir zu und setzte sich ebenfalls hin.

»Danke.« Ich versuchte unauffällig auf meine Armbanduhr zu schielen.

»Was ist los?« Henry hatte es bemerkt und deutete auf mein Handgelenk.

»Mona hat mir geschrieben. Sie fragt, ob ich Zeit für sie habe.«

»Wann willst du los?« Es schwang keinerlei Vorwurf in seiner Stimme mit.

»Bald?« Entschuldigend zuckte ich mit den Schultern.

Henry seufzte und hielt mir einen Korb mit Brötchen hin. »Okay, aber iss erstmal etwas.«

Später brachte er mich zur Straßenbahnhaltestelle. Leider verpasste ich meine Straßenbahn, da wir uns viel lieber küssten, als dass ich einsteigen wollte. Nach weiteren zwanzig Minuten, in denen wir leidenschaftlich meine Haut ruinierten, stieg ich in die Bahn und winkte ihm glücklich zu.

Nicht die Alkoholleiche auf dem Sitzplatz mir schräg gegenüber, nicht die brütende Hitze, die sich mit der feuchten Luft subtropisch anfühlte, nicht der kläffende Köter auf dem Schoß der Dame neben mir und auch nicht der plötzlich einberufene Schienenersatzverkehr konnten mir meine Stimmung vermiesen.

Letzte Nacht hatte ich Momente erlebt, an die ich mich noch in vielen Jahren erinnern würde. Nie konnte ich mich so fallen lassen und hatte das Gefühl, so selbstverständlich akzeptiert zu werden. Wie kitschig das auch klingen mag: Henry hatte Gefühle in mir geweckt, die ich nur aus Filmen kannte.

Und diese Szenen spule ich meistens vor. Denn mal ehrlich: Die hält doch niemand aus.

»*Dieser Zug endet hier*«, riss mich die automatische S-Bahn-Ansage aus meiner Liebesmelancholie. »*Bitte alle aussteigen!*«

Sogar die Alkoholleiche regte sich, was mich dazu veranlasste, schneller aufzustehen. Betrunkene Menschen sind unberechenbar, und mein empfindlicher Magen verträgt keinen Geruch von Erbrochenem. Sollte er doch den Hund im Meerschweinchenformat vollkotzen.

***

»Ja, ich habe dich auch vermisst.« Ich nahm Franz auf den Arm und küsste ihn hinterm Ohr. »So, so, so, so sehr!«

Er gab ein zustimmendes Schnurren von sich. Vielleicht sollte ich öfter Mal eine Nacht woanders verbringen. Dann merkt Franz mal wieder, was er doch Tolles an mir hat.

Ich hatte noch eine Stunde, ehe ich zum Eiscafé musste. Also zog ich mir noch im Flur die Kleidung aus, um fix unter die Dusche zu springen. Als ich aus dem Bad zurückkehrte, bemerkte ich, dass Franz sich eine Höhle aus meinen Klamotten gebaut hatte. Ich fluchte über meine Dummheit. Nun würde ich wieder zwanzig Minuten meines Lebens verlieren, da ich die Kleidung erst einmal von Katzenhaaren befreien musste.

***

Ich hoffte auf dem Weg zum Eiscafé, dass das, was immer Mona mir gleich erzählte, nichts allzu Schlimmes sein würde.

Ich bin eine absolute Niete im Trösten. Wenn einem ein Kind über den Kopf streicht und dabei ›Ei Ei‹ sagt, ist das ja noch niedlich. Bei mir wirkt das eher so, als wäre eine Sicherung in meinem Oberstübchen durchgebrannt.

Ich sah Mona bereits auf mich warten, als ich in die Straße zu unserem Stammeiscafé einbog. Schnell warf ich einen unauffälligen Blick auf meine Armbanduhr, um mich zu vergewissern, dass ich nicht zu spät war. Monas Körperhaltung verhieß nichts Gutes: Sie ließ die Schultern hängen, ihr Blick war starr auf den Boden gerichtet. Als sie ihren Kopf hob und ich ihre blutunterlaufenen Augen sah, beschleunigte ich meinen Schritt.

Sofort warf sie sich in meine Arme und begann zu weinen. Sie war nur noch ein schluchzendes Häufchen Elend, das hickste, schniefte und unaufhörlich Wasser verlor. Ich schloss meine Arme um sie und wog sie langsam hin und her, bis sie sich beruhigte.

»Was ist los, Mona?« Meine Stimme war brüchig. Mir fiel es schwer, nicht selbst zu weinen. Noch nie hatte ich Mona so aufgelöst gesehen.

»Lass … lass uns …« Ihre Sprache wurde von Schluchzern unterbrochen. »Lass uns reingehen.« Sie zeigte erschöpft auf die Eingangstür.

Ich kramte in meiner Handtasche nach einem Taschentuch und reichte es ihr. In weiser Voraussicht hatte Mona sich nicht geschminkt, sodass sie sich nun ihr Gesicht damit trocknen konnte.

»Danke«, schniefte sie und drehte sich zum Eingang.

Drinnen blickte uns Cara, die Bedienung, mitleidig an. »Zwei große Kaffee für euch wie immer?« Sie versuchte sich an einem kleinen Lächeln, das wir höflich erwiderten.

»Also, was ist los?« Ich strich Mona, die neben mir auf der Sitzbank saß, vorsichtig über den Rücken.

»Es ist aus.« Wütend griff sie nach dem kleinen Milchkännchen und verteilte die Hälfte von dessen Inhalt auf dem Tisch.

Ich griff reflexartig nach einer Serviette und wischte damit die Milch auf. Anschließend nahm ich ihr das Kännchen aus der Hand und schenkte uns beiden in unsere mit Kaffee gefüllten Tassen ein.

»Was ist aus?«

Monas Trauer schwang in Wut um: »Marvin und ich. Es ist aus.«

Mir fehlten die Worte. In den vier Jahren, die Mona und Marvin ein Team gewesen waren, hatte ich keine Veränderung zwischen ihnen wahrgenommen.

»Aber warum?«, fragte ich leise.

Sie blickte mir in die Augen. »Er war doch in letzter Zeit immer feiern, kam spät nach Hause und meldete sich kaum bei mir.«

Ich nickte und tat so, als wüsste ich, wovon sie sprach. Vage erinnerte ich mich daran, dass sie vor ein paar Monaten bereits über Marvin gemeckert hatte. Doch ich hatte nur an Henry und mich selbst gedacht. Die Gewissensbisse waren plötzlich so stark, dass sich meine Augen mit Tränen füllten.

»Mavis, du brauchst doch nicht weinen!«

Erschrocken bot Mona mir ihr durchnässtes Taschentuch an, was uns beide auflachen ließ.

»Tut mir leid, ich war eine so schlechte Freundin in den letzten Monaten. Ich hätte merken sollen, dass es dir nicht gut geht.« Ich schniefte und wischte mir mit dem Handrücken über die Wangen. »Was genau ist denn passiert?«

»Ganz einfach: Er hat sich neu verliebt.« Wieder wurde Monas zierlicher Körper von einer Schluchzer-Serie erschüttert.

»Dieses Arschloch!« Wütend schlug ich mit der Faust auf den Tisch.

Aber Mona schüttelte den Kopf. »Er hat mich nicht betrogen. Gestern Abend hat er mir gesagt, dass er mich immer lieben wird. Weil ich seine beste Freundin bin.« Tränen liefen ihr über die Wangen. »Doch ist er eben in eine andere Frau verliebt. Er sagte, es wäre unfair, mich warmzuhalten. Er ist noch nicht einmal mit ihr zusammen, aber er möchte nicht, dass ich für jemanden die zweite Wahl bin. Auch nicht für ihn.« Sie blickte mich aus ihren verweinten Augen an und versuchte sich an einem Lächeln. »Genau deswegen liebe ich ihn, weißt du? Weil er immer alles richtig machen möchte.«

Ihre Worte trafen mich so direkt ins Herz, dass sich die Tränen nun doch über meinem Gesicht verteilten. »Er macht es einem echt schwer, ihn zu hassen, oder?«

»Wem sagst du das. Wütend bin ich trotzdem. Ich bin wütend, traurig, verletzt und noch einhundert andere Dinge. Aber es geht mir besser, weil ich es dir erzählen konnte.«

Zittrig griff sie nach ihrer Tasse und nahm einen Schluck.

»Immer, Mona. Du kannst immer zu mir kommen. Wirklich.« Ich blickte auf meine zu Fäusten geballten Hände. »Ich werde mich bessern. Es tut mir so leid.«

»Gut, dass du das sagst«, ein trauriges Lachen drang aus ihrer Kehle, »denn ich würde gern Asyl bei dir und Franz beantragen?«

Ich verstand sofort, warum Mona nicht zurück zu ihren Eltern wollte. Sie hatten ihr damals, als sie mit achtzehn Jahren auszogen war, gesagt, dass es zu früh wäre. Dass Mona es nicht packen würde. Mona war zu stolz, um wieder an die Tür ihrer Eltern zu klopfen, und würde es einfach ohne diese schaffen. Ich bewunderte meine Freundin, denn anders als es bei mir der Fall war, unterstützten ihre Eltern sie nicht. Aber ich glaubte an Mona.

»Selbstverständlich. Du kannst so lange bei uns bleiben, wie du Zeit brauchst.«

»Danke.« Mona lächelte mich traurig an und nahm einen weiteren Schluck aus ihrer Tasse.

Jetzt war eindeutig der falsche Moment, um ihr von Henry und mir zu erzählen. Also verdrängte ich den Wunsch danach und nahm ebenfalls einen großen Schluck aus meiner Tasse.

Nach fünf Minuten, die wir einfach nur still nebeneinandergesessen hatten und in denen ich ihr tröstend über den Rücken strich, fragte Mona: »Wie war es bei Henry?«

Kapitel 43

»Oh, ähm …« Ich kratzte mich verlegen über der Augenbraue und schenkte ihr ein freudloses Lächeln. Mir war nicht wohl dabei, meiner frisch getrennten besten Freundin zu berichten, wie wunderbar meine letzte Nacht gewesen war.

»Du kannst es mir ruhig erzählen.« Mona zog zögerlich einen Mundwinkel nach oben. »Wirklich, Süße.«

»Ich weiß nicht …«

»Mavis«, ein leises Kichern drang aus Monas Kehle, »deine Lippen gleichen einem Schlauchboot und dein Kinn sieht aus, als würdest du unter Akne leiden. Und wir wissen beide, dass du keine Akne hast.«

»Erwischt!« Ich lachte vorsichtig.

»Los jetzt, erzähl«, ermutigte Mona mich und wedelte mit der Hand durch die Luft. »Ich möchte doch gerne meine Meinung über Henry ändern.« Sie knuffte mich liebevoll in den Oberarm und bemühte sich zu lächeln.

Tief einatmend blickte ich auf die Kaffeetasse vor mir. »Okay.«

Ich begann bei der Sekunde, in der Henry in seiner hübschen Gestalt vor meiner Tür gestanden hatte, und ging über zum Tierpark. Ich erzählte von meinen Gefühlen und wie glücklich ich gewesen war.

Mona hielt meine Hand in ihrer, und ich erkannte an ihrem Blick, dass sie sich für mich freute. Ich fühlte mich von Sekunde zu Sekunde schmutziger. Weil ich ihr nicht mehr vertraut hatte, und weil ich mich schämte.

Es darf niemals wieder vorkommen, dass ich Mona aus meinem Leben schneide, nur weil mir ihre Meinung nicht passt. Ich hatte mich benommen wie ein Kindergartenkind, das seinen Willen nicht bekommt. Dabei ist unsere Freundschaft mehr als Kindergartengeplänkel.

Als ich ihr von dem Restaurant und dem leckeren Wein erzählte, der es mir schwergemacht hatte, die Treppe zu Henrys Wohnung hochzulaufen, lachte sie ausgiebig und hielt sich beschämt die Hände vor die Augen. Und als ich ihr erzählte, wie unsere Nacht verlaufen war – wunderschön, einzigartig und absolut perfekt –, blieb ihr der Mund offen stehen. Es bildeten sich sogar kleine Tränen in ihren Augenwinkeln. Sie freute sich für mich. Und das, obwohl sie sich selbst in einer unglaublich unglücklichen Situation befand. Erst da erkannte ich die bedingungslose Freundschaft, die Mona mir schenkt.

Nach einer weiteren Tasse Kaffee winkte ich Cara zu uns heran und bezahlte unsere Getränke. Monas Einspruch beachtete ich gar nicht erst. Ich hatte so viel wiedergutzumachen, das konnten selbst eintausend bezahlte Kaffees nicht wettmachen.

Ich begleitete Mona noch zu ihrer Wohnung. Glücklicherweise war Marvin nicht dort. Ich wusste nicht, wie ich mich ihm gegenüber hätte verhalten sollen. Als Monas beste Freundin hasste ich ihn. Als Mensch schätzte ich ihn allerdings. Marvin war immer korrekt gewesen, was die ganze Sache verkomplizierte.

Stumm half ich Mona dabei, einen großen Trolley, zwei Reisetaschen sowie zwei Rucksäcke mit ihren Habseligkeiten zu füllen. Ich beobachtete sie eine Minute lang, ohne dass sie es bemerkte. Sie stand im Flur, vor einem Foto von ihr und Marvin. Sie sahen glücklich und verliebt darauf aus. Erst als ich sah, wie Monas Schultern bebten, bemerkte ich, dass auch mir Tränen über die Wangen rannen. Monas Anblick machte mich traurig, aber ich war froh, dass ich für sie da sein konnte. Und dass sie mir das erlaubte.

Ich ging leise ins Badezimmer, um dort ihre wichtigsten Sachen in einem Kulturbeutel zu verstauen. Außerdem wollte ich ihr Raum geben. Ich spürte einfach, dass sie ihn brauchte. Keine zehn Minuten später klopfte es an der Tür und ich rief Mona herein.

Das einzige Wort, das sie sagte, war: »Danke.«

Ich ging zu ihr, den Kulturbeutel in der Hand, und schob sie sanft in den Flur zurück.

»Komm«, sagte ich, ehe wir ihr Gepäck schulterten und ihre Wohnung verließen. Ihre erste eigene Wohnung, die gleichzeitig ihre erste gemeinsame Wohnung mit Marvin gewesen war. Ich konnte mir kaum vorstellen, was in ihr vorging.

Wir würden das Schiff schon schaukeln. Allerdings durften wir das auch nicht zu lange tun. Wer schaukelt, ist zwar beschäftigt, kommt aber keinen Schritt weiter. Diesen Spruch hatte meine Lieblingsdeutschlehrerin einmal gesagt. Ich habe ihn bis heute nicht vergessen.

***

»So, Franz.« Ich beugte mich zu meinem Fellpo hinunter und kraulte ihm das Köpfchen, während ich mit der anderen Hand auf Mona zeigte. »Du hast auf vorerst unbestimmte Zeit zwei Dosenöffner. Deal with it, Baby!« Ich grinste Mona an, die lächelnd ihr Gepäck abstellte und sich die Schuhe auszog. »Du kannst dein Zeug schon mal auspacken. Mach dir einfach Platz in meinem Kleiderschrank, du kennst ihn ja in- und auswendig.«

Mona nickte, schnappte sich die erste Reisetasche und verschwand im Schlafzimmer. Erst jetzt fiel mir auf, dass ich heute noch kein einziges Mal auf mein Handy geblickt hatte. Bestimmt hatte Henry mir geschrieben und war schon sauer oder verwundert, dass ich ihm nicht antwortete.

Nachdem auch ich meine Schuhe von den Füßen gestreift und sie eher in die Ecke geschleudert als ordentlich neben Monas gestellt hatte, nahm ich mir meine Handtasche und lief ins Wohnzimmer. Auf dem Weg dorthin holte ich mein Handy bereits heraus und schaltete es ein. Ich stutzte und runzelte die Stirn.

Keine neuen Nachrichten.

Da fiel mir ein, dass Henry sich heute mit Valentin im Skatepark hatte treffen wollen. Dort nahm er sein Handy für gewöhnlich nicht mit hin, weil er es nicht am Leib tragen konnte. Und bevor es ihm geklaut wird, während er mit seinem Mini-Fahrrad durch die Luft segelt, lässt er es lieber zuhause. Nachvollziehbar.

Enttäuscht, aber nicht weiter beunruhigt legte ich mein Handy auf dem Esstisch ab. Danach schaltete ich den Fernseher ein, damit es nicht so ruhig in der Wohnung war.

Mein grummelnder Magen machte mich darauf aufmerksam, dass ich seit dem Frühstück nichts weiter zu mir genommen hatte als zwei Jumbo-Becher Kaffee. Ich ging zum Schlafzimmer.

»Was magst du essen, Mona?«

Sie war gerade dabei, einige ihrer Blusen auf ein paar freie Bügel zu hängen. »Ich hab irgendwie keinen Hunger.«

»Doch.« So einfach würde sie mir nicht davonkommen. »Wir werden beide etwas essen. Pizza? Pasta? Indisch?«

Sie legte den Kopf schräg und atmete tief aus, widmete sich dann wieder dem Kleiderschrank. »Pizza geht eigentlich immer.«

»Okay, ich werde uns eine bestellen. Und morgen gehen wir einkaufen.« Ich zeigte gespielt ernst mit dem Finger auf sie. »Wir werden uns auf keinen Fall hängen lassen, Süße!«

»Okay.« Sie lächelte matt.

Ich erkannte, dass kein einziges Wort von mir sie heute wieder fröhlich machen könnte. Also würde ich uns nur Abendessen bestellen, mich mit ihr vor den Fernseher setzen und ihr meine stumme Zuneigung schenken. Ich war mir sicher, das würde ihr helfen. Und irgendwo gar nicht so tief in mir hoffte ich, dass Henry sich bei mir melden würde. Bald würde er bestimmt zuhause sein.

Nachdem ich Franz einen vollen Napf vors Schnäuzchen gestellt hatte, bestellte ich in Gedanken an die letzte Nacht lächelnd zwei Pizzen. Ich freute mich bereits auf das nächste Mal, wenn Henry mich wieder in den Arm nehmen und ich seinen Duft inhalieren konnte.

Kapitel 44

»Mir reicht's!« Mona polterte in mein Schlafzimmer und hielt mir mit wütendem Blick das Haustelefon hin. »Ich werde niemanden mehr abwimmeln. Komm klar, Mavis! Komm einfach wieder klar!« Sie warf das Telefon aufs Bett und schmiss die Schlafzimmertür hinter sich zu.

Ich war gerade nach Hause gekommen und schnurstracks in meinem Schlafzimmer verschwunden. Das war mittlerweile zum Standard geworden. Ich wollte mit niemandem reden. Wollte niemandem in die Augen blicken. Wollte niemanden in meiner Nähe haben.

Das Gefühl, das mir seit nunmehr acht Wochen die Kehle zuschnürte, drohte mich aufzusaugen. Mein Körper bestand aus nichts anderem mehr als Wut, Scham und Gleichgültigkeit.

Wut, weil ich hasste, dass ich mich in ihn verliebt hatte. Scham, weil ich es bereute, mich bei ihm fallen gelassen zu haben. Gleichgültigkeit, weil es mir egal war, dass Mona, Max und sogar meine Mutter besorgt um mich waren. Es war mir egal, dass mich alle zum Reden bringen wollten. Ich wollte mit keiner Silbe daran erinnert werden, dass meine

Beziehung zu Henry von Anfang an zum Scheitern verurteilt gewesen war.

Ha, welche Beziehung?

Ich war nicht mehr fröhlich, und die einst so große Flamme der Hoffnung erlosch mehr und mehr. Meine Tränen waren die einzige Konstante in meinem Leben. Sie wiegten mich in den Schlaf und weckten mich am Morgen. Nur wenn ich allein war, konnte ich den Käfig, dessen Stäbe aus Stolz bestanden, verlassen.

Die Frage, was an mir verkehrt war, was ich falsch gemacht hatte, warum Henry mich nicht haben wollte, schwebte über mir wie eine Gewitterwolke. Inzwischen verfluchte ich die Schmetterlinge in meinem Bauch, die sich mit den Ponys kabbelten, wann immer ich an ihn dachte. Es vergingen keine zehn Minuten, in denen ich mir nicht wünschte, dass er sich melden würde.

Ich hatte ihm mein Herz geschenkt und er hatte es ignoriert.

Ich war einsam, allein und hatte mir alles selbst zuzuschreiben. Monas anfängliche Versuche, mich zum Reden zu bringen, wurden weniger und leiser. Ich wies jeden von mir. So wie Henry mich von sich wies.

Ich hasste es, dass ich mit meinem Handy in der Hand einschlief, und dass meine erste Handlung am Morgen der Blick aufs Handy war. Ich wollte Antworten, doch die verwehrte Henry mir. Unser Chat-Verlauf im Forum war ein einziger Monolog meinerseits gewesen, ehe er sein Profil gelöscht hatte. Er hatte seine Existenz dort einfach gelöscht, als könnte er das Gleiche in meinem Kopf und meinem Herzen tun.

Saß er am Ende abends im Bett, den Arm um ein anderes Mädchen gelegt, und lachte über meine Nachrichten? Ist es überhaupt möglich, sich so sehr in einem Menschen zu täuschen?

Ich wollte es nicht glauben.

Ich wollte nicht, dass ich mir das Band zwischen uns nur eingebildet hatte.

Das Band, das er immer wieder zerschnitten, das ich immer wieder zusammengeknotet hatte.

Henry hatte mich auf eine Art gebrochen, die ich niemals für möglich gehalten hatte. Er hatte einen Teil aus meinem Herzen geschnitten und weggeworfen, so weit, dass ich ihn niemals würde wiederfinden können. Ich würde mein Leben lang die Narbe davon mit mir herumtragen. Eine Narbe, die mich daran erinnern würde, dass Liebe wehtut. Die mich daran erinnert, dass die Liebe es nicht wert war.

»Hallo?« Ich erschrak vor meiner eigenen Stimme, als ich das Telefon an mein Gesicht hielt. Sie war rau und kratzig.

»Mavis, hier ist Tom.« Er meldete sich mit belegter Stimme zu Wort, was sofort meine Alarmglocken schrillen ließ.

Ich sprang auf meine wackeligen Beine. »Ist mit Mama alles okay?« Meine heisere Stimme erlaubte es mir nicht, laut zu sprechen, sodass ich etwas leiser wiederholte: »Ist mit Mama alles okay?«

Er atmete tief ein. »Ja.« Nur dieses eine Wort ließ eine Träne der Erleichterung über meine Wange kullern. »Hör zu, Mäuschen.« Ich verdrehte die Augen. Ich hasse es, wenn er mich so nennt. »Bitte, bitte sprich mit deiner Mutter.«

»Warum?«

Er seufzte. »Sie weint, Mavis.« Er blieb ruhig, was mich allerdings wütend machte. »Sie macht sich solche Vorwürfe, dass sie nicht bei dir sein kann. Was auch immer du gerade durchmachen musst, Liebes: Bitte sprich mit Betty.«

»Lasst mich doch einfach in Ruhe! Ich möchte mir nicht anhören, wie dumm ich war. Das weiß ich selbst!«

Die Dämme brachen. Ich schrie nur noch ins Telefon.

»Wir werden dich nicht in Ruhe lassen. Wir sind deine Familie und wir lieben dich. Wir lassen dich weder fallen noch in Ruhe, und ignorieren schon gar nicht, wenn du todtraurig bist.«

»Ach ja? Anscheinend ist es mir bestimmt, alleine gelassen zu werden.« Tränen tropften mir aufs Telefon. »Erst Mama und dann Henry.«

Tom sog scharf die Luft ein. Ich realisierte, was ich gesagt hatte, und warf meinen Kopf verzweifelt in den Nacken. Nun liefen mir die Tränen über die Schläfen in die Haare.

»Ich … So meinte ich das nicht. Ich …«

»Ich weiß«, sagte er.

Stille breitete sich zwischen uns aus, die nur durch mein leises Weinen unterbrochen wurde.

»Ich …« Er suchte offenbar nach Worten. »Ich weiß, ich bin nicht dein Vater, aber ich liebe dich wie meine Tochter, Mavis. Wer auch immer dir so wehgetan hat …« Er schluckte. »Der Mensch, der dir dein Herz gebrochen hat, kann nicht der Mensch sein, der es wieder heilt. Denk daran, Mavis. Und bitte: Sprich mit deiner Mutter.«

Er legte auf, ohne eine Erwiderung von mir abzuwarten. Meine Beine gaben nach. Ich sackte schluchzend auf dem Boden zusammen. Was hatte ich meiner Mama, Mona und Tom nur angetan? Ich war so in meiner Wut gefangen gewesen, dass ich nur an mich gedacht hatte. Ich elende Egoistin!

»Süße?« Ich spürte eine sanfte Hand auf meiner Schulter und blickte in Monas mitfühlendes Gesicht. »Komm her.«

Sie zog mich in ihre Arme und ich drückte mich bebend an sie.

»Es tut mir so leid«, hauchte ich.

Ich konnte nicht sagen, wie lange ich in Monas Armen lag und ihr T-Shirt durchnässte. Sie strich mir die ganze Zeit über den Rücken und raunte mir gut gemeinte Worte zu. »Es wird alles gut, Mavis.« – »Schsch, alles ist okay.« – »Er ist das nicht wert, Süße.«

Ich war in dem Moment so dankbar, Mona meine beste Freundin nennen zu dürfen. Wer hätte sich schon so behandeln lassen, wie ich es mit ihr getan hatte? Ich hatte sie zwar nicht direkt angegriffen, aber ich hatte mich ihr verwehrt, ihre Fragen nicht beantwortet und sie in meiner Wohnung nur noch geduldet. Dabei wusste ich selbst, wie es sie belastete, dass sie noch immer bei mir wohnte. Die Wohnungssuche war eine einzige Katastrophe, wie sie mir gestern Abend berichtet hatte.

»Es tut mir wirklich leid, Mona.«

»Das muss es nicht.« Sie blickte mir in die Augen und wischte mir eine Träne von der Wange.

»Doch. Weil ich mich schäme. Ich schäme mich so sehr, mich so blauäugig verliebt zu haben.«

»Ach, Süße! Dafür kannst du doch nichts.«

»Aber ich habe jeden einzelnen deiner Ratschläge abgeschmettert.«

Mona strich mir eine Haarsträhne hinter mein Ohr und lächelte. »Ratschläge sind nur Ratschläge, nichts weiter. Jeder muss seine eigenen Fehler machen und daraus lernen.«

Ich schnaufte lächelnd. »Trotzdem hätte ich es mir gern erspart.«

»Solange man nur wieder aufsteht, wenn man sich mault, ist alles okay.«

Bei dieser Formulierung drang ein kleines Lachen aus meiner Kehle. ›Wenn man sich mault‹ – das kann auch nur aus Monas Mund kommen. Andere hätten gesagt ›wenn man hinfällt‹ oder vielleicht noch ›wenn man den Boden küsst‹. Aber bei Monas Kodderschnauze heißt es eben ›wenn man sich mault‹.

Und ich war bereit, wieder aufzustehen. Es konnte so nicht weitergehen.

»Tu mir nur einen Gefallen. Schließ mich bitte nicht noch mal so aus.« Monas Blick ließ keine Widerrede zu.

Ich nickte langsam. »Das werde ich nicht. Ich verspreche es dir hoch und heilig!«

»Okay. Das hab ich nämlich nicht verdient.«

»Ich weiß.«

Ich hatte mich selbst für mein Verhalten gehasst, doch ich hatte nicht aus meiner Haut gekonnt. Man benimmt sich einfach seltsam, wenn man unglücklich verliebt ist. Das hatte ich nun am eigenen Leibe erfahren.

Vermutlich würde ich alle Liebesschnulzen, ob nun als Roman oder als Film, von nun an mit anderen Augen betrachten. Mit feuchten Augen. Und daran war nur Henry schuld.

Kapitel 45

Das Tuten, das aus dem Telefonhörer in mein Ohr drang, machte meine Kopfschmerzen unerträglich. Doch ich wusste, dass ich es hinter mich bringen musste.

»Hallo?« Die Stimme meiner Mutter klang gestresst.

Hoffentlich rief ich nicht in einem ungünstigen Moment an. Ich wollte mich nicht aufdrängen, und sie war bestimmt sauer auf mich. Sicher hatte Tom ihr berichtet, was ich gestern im Affekt am Telefon gesagt hatte. Es schnürte mir die Kehle zu, meine Mutter womöglich damit verletzt zu haben.

»Hi, Mama«, krächzte ich ins Telefon und räusperte mich.

»Mavis, Mäuschen.« Sie klang erleichtert und plötzlich nicht mehr gestresst. »Wie schön, dass du anrufst.«

»Sorry, dass ich mich nicht … dass ich nicht … also …«

Ich wusste nicht, wofür ich mich zuerst entschuldigen sollte. Dafür, dass ich ihr gesagt hatte, dass ich sie nicht sehen wollte? Dafür, dass ich sie nicht mehr angerufen und ihre Anrufe weggedrückt hatte? Ich hatte mich so furchtbar benommen.

»Mavis, was ist los, hm?«

Ihre warme, beruhigende Stimme ließ mir Tränen in die Augen steigen. Dass meine Tränendrüsen überhaupt noch arbeiteten …

»Lass mich raten: Es ist wegen einem Jungen?«

Ich hörte sie seufzen und musste lachen. Einfach so.

»Ja.« Ich schnäuzte in ein Taschentuch. »Das ist wohl nichts Besonderes, oder?«

»Besonders oder nicht, der erste Liebeskummer ist immer hart.«

Ich stellte mir vor, wie sie mit mir am Tisch saß, und wusste, dass sie mir in diesem Augenblick zugezwinkert hätte. »Der erste? Das klingt nicht sehr aufbauend, Mama.«

»Wenn du Glück hast, bleibt es vielleicht bei dem einen.«

»War es bei dir nur einmal?«

»Himmel, nein! Ich habe mich viel zu oft in die falschen Kerle verliebt.«

»Wirklich?«

»Oh ja.« Sie stöhnte. »Das erste Mal mit gerade sechzehn.«

»Erzähl!«

»Nun ja, was soll ich sagen … Ich war sechzehn, er war neunzehn, und natürlich war er super cool.«

Ich lachte. Worte wie ›super cool‹ aus dem Mund meiner Mutter zu hören, ist einfach lustig.

»Ich himmelte ihn regelrecht an. Immer wenn er etwas von mir wollte, sprang ich auf und erfüllte ihm seinen Wunsch. Wenn *ich* allerdings mal etwas wollte, schüttelte er nur den Kopf und lächelte.« Sie seufzte. »Ich war so verliebt in dieses Arschloch, dass ich es ihm nie übelnahm und mich wichtig und begehrt fühlte, wenn er mir nur einen Blick schenkte.«

»Oh, oh.« Ich spürte es in meiner Brust vibrieren.

»Wir trafen uns jeden Samstag an einem ausgemachten Ort.

Und eines Samstags kam er einfach nicht.«

»Hat er dir nicht Bescheid gesagt?«

Sie kicherte. »Nein, seine Familie hatte kein Telefon.«

Mir fiel erst jetzt ein, dass es damals ja noch keine Handys gegeben und nicht jede Familie ein eigenes Telefon besessen hatte.

»Ich wartete geschlagene sieben Stunden auf ihn.«

»Was?« Ich schrie vor Schreck fast ins Telefon.

»Ja. Ich hatte einfach gehofft, er würde noch kommen. Aber das ist nicht einmal das Lächerlichste an der Geschichte.«

»Nicht? Was denn dann?«

»Ich bin noch weitere – ich weiß nicht mehr genau – acht, neun, vielleicht sogar zwölf Wochen jeden Samstag zu unserem Treffpunkt gegangen. Weil ich hoffte, er würde dort auftauchen.«

»Wow.« Mir fielen keine passenden Worte ein.

»Ja.« Sie stöhnte wieder. »Ich stritt mich damals so oft mit meinen Freunden und meinen Eltern. Niemand wusste, was ich jeden Samstag tat.«

»Klingt ein bisschen nach mir.«

»Ach ja?«

Ich hörte die Neugierde aus ihrer Stimme und verdrehte lachend die Augen.

»Na ja … ja.«

Jetzt oder nie, dachte ich. Nachdem sie mir gerade erzählt hatte, was sie mit sich hatte machen lassen, fühlte ich mich nicht mehr so dumm.

»Er heißt Henry, oder?«

Verwundert runzelte ich die Stirn. »Woher weißt du das?«

»Du hast den Namen zu Tom am Telefon gesagt.«

»Oh, das kann sein.« Ich biss nervös auf meiner Unterlippe herum. »Hast du heute noch etwas vor?«

»Nein. Los, erzähl!«

Vielleicht bildete ich es mir nur ein, aber ich war mir sicher, Erleichterung aus ihrer Stimme zu hören.

»Okay. Er heißt Henry und ist dreiundzwanzig Jahre alt …«

Ich erzählte ihr, wie wir uns kennengelernt hatten und dass er sich nicht mehr meldete. Ich erzählte ihr sogar, wie er mich behandelt hatte und dass ich ihm trotzdem nachlief wie ein treudoofer Hund. Sie hörte mir zu, lachte und seufzte.

»Ich fühle mich so dumm und naiv«, gab ich zu und biss mir auf die Unterlippe.

»Du bist vieles, mein Schatz. Aber dumm und naiv gehört nicht dazu. Du bist einfach nur verliebt.«

Ich schmollte. »Verliebtsein ist Scheiße!«

»Ach, irgendwann wirst du darüber lachen. Vertrau mir!«

Ich glaubte ihr nicht. Allerdings hoffte ich, dass ich irgendwann darüber lachen könnte. Und ich hoffte, dass bald nicht mehr mein ganzer Körper schmerzte, wenn ich an ihn dachte.

Geknickt murmelte ich ins Telefon: »Aber warum meldet er sich nicht bei mir?«

»So blöd das jetzt klingt: Du darfst es nicht persönlich nehmen. Nichts, was andere Menschen zu dir sagen oder wie sie dich behandeln, ist wegen dir. In den meisten Fällen ist es wegen ihnen selbst. Und wie es sich anhört, trägst du absolut keine Schuld, mein Schatz.«

Ich schluckte den Kloß in meinem Hals hinunter und nickte. Wie gern hätte ich mich jetzt von ihr in den Arm nehmen lassen.

Kapitel 46

Zwei Wochen vergingen, in denen Henry sich selbstverständlich nicht bei mir meldete. Allerdings waren es auch die ersten zwei Wochen, in denen ich ihm nicht schrieb. Nicht eine einzige Nachricht.

Auf eine seltsame Art und Weise war es befreiend. Natürlich half es auch, mich mit Mona gemeinsam über die Männer dieser Welt aufzuregen. Immerhin war sie derzeit auch nicht so gut auf das andere Geschlecht zu sprechen.

Am Wochenende saßen wir mit Franz auf dem Balkon und ließen den Tag mit einem Glas Rosé ausklingen. Für Franz gab es eines dieser teuren Katzenmilch-Döschen, von denen ich schwöre, dass sie nur normale Kaffeesahne beinhalten. Da der Sommer mittlerweile vorbei war, saßen wir in Kuscheldecken gewickelt eng beieinander.

»Nächstes Wochenende lauere ich ihm einfach in seinem blöden Skatepark auf«, murrte ich und zog die Decke enger um die Beine.

Mona fing sofort Feuer, klatschte in die Hände und begann, einen Plan auszutüfteln. »Oh ja! Ich komme mit, und dann stellst du ihn zur Rede.«

»Das war nur ein Witz!«

Ich spürte, wie mir das Blut aus dem Gesicht wich. Was sollte ich denn bitte zu ihm sagen? ›Ach hi, du auch hier?‹ Das war die seltendämlichste Idee, die mir hätte einfallen können.

Aber Mona war nicht mehr zu stoppen. Was vermutlich auch an dem Glas Wein lag. Doch ich hätte es besser wissen müssen. Mona greift die verrücktesten Ideen auf und setzt diese in die Tat um.

***

»Ich kann einfach nicht glauben, dass ich das wirklich tue.« Stöhnend ließ ich meinen Kopf gegen das S-Bahn-Fenster sinken.

Mona lachte nur und warf mir einen Blick zu, der ›Es war deine Idee, jetzt lebe damit‹ heißen sollte. Pah! Ich fühlte mich, als wäre ich auf dem Weg zur Schlachtbank.

Mein Frühstück heute hatte aus einer viertel Banane bestanden. Einer viertel Baby-Banane! An mehr Nahrung war einfach nicht zu denken gewesen. Da hatte Mona mich noch so sehr erpressen können. Von wegen, sie würde bei meiner Mutter petzen, dass ich nichts esse.

»Das haben wir doch alles schon hundertmal durchgekaut.« Mona verdrehte die Augen.

»Hundertmal ist aber nicht genug!« Ich pfriemelte nervös am Saum meiner Jacke herum.

Je näher die S-Bahn dem Potsdamer Hauptbahnhof kam, desto verrückter spielte mein Magen. Ich bereute inzwischen, nicht die ganze Banane gegessen zu haben. Banane stopft, und ich fühlte mich, als würde ich einen

Korken im Po gut gebrauchen können. Verflucht sei mein empfindlicher Darm!

»Ich kann auch dabei sein, falls du -«

»Nein!«, unterbrach ich sie wirsch. »Sorry.«

»Schon okay. Er kennt mich eh nicht, ich kann mich einfach auf eine Bank setzen.« Sie zeigte auf ihre Handtasche. »Ich habe auch etwas zum Lesen dabei.«

***

»Orientierung wie eine Bockwurst«, hörte ich Mona hinter mir grummeln.

Leider konnte ich mich nicht mehr genau an den Weg erinnern, der zu Henrys Skatepark führt. Ich war ja auch noch nie dort gewesen, wir waren nur daran vorbeigelaufen.

»Das hilft nicht.« Ich warf ihr einen vernichtenden Blick zu, der sie auflachen ließ.

Sie schloss zu mir auf und zeigte auf einen Parkeingang. »Dort?«

Mein Blick folgte ihrem Fingerzeig und ich nickte. Das war der Eingang zu dem Park, in dem sich auch der Skatepark befand.

»Komm.« Mona zog mich weiter. Mir war gar nicht aufgefallen, dass ich stehen geblieben war.

Ich schluckte, hob einen Fuß vom Boden ab und setzte ihn zaghaft vor den anderen. Dabei kramte ich in meiner Handtasche und zog eine große verspiegelte Sonnenbrille hervor. Glücklicherweise schien die Sonne, sonst würde ich bestimmt auffallen.

Ich hatte mich bewusst für Kleidung entschieden, in der Henry mich noch nicht gesehen hatte. Nur für den Fall der

Fälle, falls ich doch einen Rückzieher machen wollte. So erkannte er mich mit Sicherheit nicht.

Mit der Sonnenbrille auf der Nase und Mona stärkend im Rücken, lief ich den schmalen Kiesweg entlang. Er führte direkt auf die Fläche mit den weißen Rampen zu. Schon von weitem erkannte ich langhaarige Kerle mit kaputten Skinny-Jeans, die ohne Knie- oder Ellenbogenschützer, geschweige denn Helmen durch die Lüfte flogen.

Mein Herz klopfte mir bis zum Hals. Mir war kotzübel.

»Mavis?« Mona fächelte mir erschrocken Luft zu.

»Mir ist schlecht … Ich kann das einfach nicht. Lass uns wieder gehen.«

Ich drehte um.

»Nichts da! Du klärst das jetzt. Er darf einfach nicht ungeschoren davonkommen.« Sie griff nach meinem Handgelenk und blickte mich streng an. »Atme, Süße.«

Mein Atem ging schnell. Wenn ich nicht aufpasste, würde ich jeden Augenblick hyperventilieren. »Wahrscheinlich hält er mich für durchgeknallt. Wir haben nie geklärt, dass wir zusammen sind. Und dass ich ihm tausend Nachrichten geschrieben habe, lässt auch darauf schließen, dass etwas bei mir durchgebrannt ist.«

»Bei dir ist gar nichts durchgebrannt!« Sie zog mich grob den Kiesweg entlang. »Es ist dein gutes Recht zu erfahren, was sein verdammtes Problem ist. Du hast den ganzen Sommer über gemault, geflennt und dich nutzlos gefühlt. Also geh jetzt hin und frag ihn, warum er so ein dummes Arschloch –«

Ich zog sie mit mir in einen Busch.

»Was zur Hölle?« Mona drehte ihren Kopf von links nach rechts und wieder nach links. »Was soll das?«, keifte sie mich an.

»Ich … wir … er …«, stammelte ich.

»Ich, wir, er?« Aus Monas Wut wurde Belustigung. »Ich verstehe, dass du nervös bist, aber das ist kein Grund, mich in einen Busch zu zerren.«

»Oh Gott.« Ich formte ein großes ›O‹ mit meinem Mund. »Wir sitzen in einem Busch!«

»Ach nee.« Mona war kurz vor einem Lachanfall und stützte den Kopf in die Hände.

»Ich pack das nicht! Wirklich nicht.«

Verzweifelt schlug ich mit der Faust auf den Boden. Es vergingen ein paar Minuten, in denen wir wie zwei Verrückte in dem Busch saßen. Normalerweise verfalle ich in Panik, wenn ich nur durch hohes Gras laufe. Ungeziefer ruft Albträume in mir hervor, insbesondere Zecken. Aber mein Gehirn musste erst einmal verarbeiten, dass ich gleich Henry sehen könnte.

»Okay.« Monas ruhige Stimme holte mich aus meinem Zwist mit mir selbst. Sie stand umständlich auf, klopfte sich Blätter und Erde von der Kleidung und hielt mir ihre Hand hin. »Lass uns gehen.«

Sie lächelte, aber ich wusste, dass sie enttäuscht war. Ich griff nach ihrer Hand und ließ mich hochziehen. Gerade als ich meinen Hintern von Erde befreit hatte und einen Schritt aus dem Busch treten wollte, hörte ich eine bekannte Stimme: »Mavis?«

Panisch riss ich die Augen auf und mich durchfuhr ein eiskalter Blitz. Spielte mein Gehirn mir etwa einen Streich?

Er warf mir einen verdutzten Blick zu. Ich nahm erschrocken den Fuß zurück.

»Äh, hi.« Ich lief knallrot an und wünschte mir, nicht in einem gottverdammten Busch zu stehen.

»Was machst du hier?«

»Hier?« Ich zeigte dümmlich um mich herum.

Er lachte, was zwei Reihen schöner Zähne entblößte. »Nicht in dem Busch, sondern allgemein. In Potsdam? Aber mich würde auch interessieren, was du in einem Busch zu suchen hast.«

Unfähig, irgendein Wort zu sagen, stand ich regungslos da und starrte ihm ins Gesicht. Wie sollte ich das nur erklären?

»Hi, ich bin Mona.« Meine beste Freundin hielt ihm sogleich die Hand hin und lächelte bis über beide Ohren.

»Valentin, aber sag ruhig Val.«

Er nahm ihre Hand und drückte sie kurz. Täuschte ich mich oder glitzerten Monas Augen, als wäre Valentin ein süßer Welpe?

»Du suchst Henry, hm?« Plötzlich wirkte Valentin gar nicht mehr so fröhlich.

Lügen oder beichten? Lügen oder beichten?

»Nun … ja«, gab ich zu und trat so cool wie irgend möglich aus dem Busch.

»Scheiße, Mann.«

Er fuhr sich mit der Hand durch die Haare. Eine Geste, die mich schmerzhaft an Henry erinnerte. Ich schluckte, zwang mich jedoch, ihm weiterhin in die Augen zu blicken.

»W-Weißt du … Weißt du, wo er ist?«

»Nein.« Er wich meinem Blick aus. »Das passiert manchmal, weißt du?«

Ich verstand nur Bahnhof. »Was passiert manchmal?«

»Scheiße, Mann.« Er legte den Kopf in den Nacken. Ich konnte spüren, dass etwas nicht stimme. Es fühlte sich so an, als würde sich mein Innerstes nach außen stülpen.

»Das sagtest du bereits«, erwiderte Mona kühl und fixierte ihn mit ihrem Blick. Augenblicklich war ich so dankbar, dass sie hier war.

Valentin zeigte auf eine Bank einige Meter von uns entfernt. »Setzen wir uns. Er hat dir nichts erzählt, oder? Ich mag Henry, wirklich. Eigentlich würde ich das gar nicht erzählen, aber er hat so oft von dir gesprochen. Ich dachte echt, er würde es endlich mal …« Er brach ab und suchte nach einem passenden Wort. »… schaffen.«

»Was schaffen?«

Ich fühlte mich unsicher und ängstlich. Als würde ich gleich etwas erfahren, das mich unglücklich machen könnte. Allerdings war ich eh schon tieftraurig.

Valentin legte sein Fahrrad auf dem Rasen neben der Bank ab, setzte sich hin und klopfte auf den Platz neben sich. Ich kam seiner Aufforderung nach, Mona nahm neben mir Platz.

»Ich kenne Henry schon sehr lange.«

»Okay.« Meine Stimme war ruhig und gefasst, ganz anders als mein Innerstes, das zum Bersten gespannt war.

»Ehrlich gesagt weiß ich nicht genau, was mit ihm los ist.«

Ich drohte in tausend Teile zu zerspringen. Wenn er nicht endlich mit der Sprache herausrückte …

»Val, bitte.« Ich blickte auf meine zu Fäusten geballten Hände. »Komm zum Punkt. Was ist mit ihm?«

»Ich möchte nichts Falsches über ihn erzählen, aber ich vermute, dass er eine psychische Störung hat. Er redet nicht darüber, doch ich weiß, dass er Medikamente nimmt und schon ein paar Wochen weg war.«

Mir wurde schlecht. »Wie meinst du das?« Ich schluckte. »Damit macht man keine Scherze.«

»Weiß ich doch.« Sein Körper spannte sich an. »Ich schätze, er wurde stationär behandelt. Henry ist die meiste Zeit normal. Er scheint glücklich zu sein, hat Spaß, geht auf Partys, lacht, reißt Witze. Wir BMXen zusammen und reden sehr viel.« Valentin fuhr sich mit beiden Händen übers Gesicht und fixiert dann angestrengt seine Schuhspitzen. »Dann – wie aus heiterem Himmel – erreicht man ihn plötzlich nicht mehr.«

»Kommt mir bekannt vor.« Ich schnaubte und schüttelte den Kopf. »Wie lange geht das?«

»Meist nur ein paar Tage, mal ein oder zwei Wochen. Manchmal ist er gut drauf, manchmal reden wir kaum ein Wort.« Er schaute auf und blickte mir in die Augen. »Bei dir scheint es anders zu sein.«

»Wie meinst du das?« Ich bemerkte, dass ich zitterte.

»Noch vor ein paar Monaten hat er dich immer – nein, ständig – erwähnt.« Er lächelte mich schief an. »Dann, vor … ich weiß nicht … zwei Monaten wich er allen Fragen, die dich betrafen, aus. Ich ahnte schon, dass es wieder passieren würde. Aber weißt du, ich dränge ihn nicht mehr. Ich stelle ihm keine Fragen, er würde sie mir ohnehin nicht beantworten. Ich … ich probiere einfach für ihn da zu sein, wenn er einen Kumpel braucht.«

Er zuckte entschuldigend die Schultern.

»Ich kann das nicht glauben.« Meine Stimme war nur noch ein leises Wimmern. »Ich habe ihm nie etwas angemerkt …«

Doch noch während ich diesen Satz aussprach, fielen mir all die Situationen ein, in denen ich gedacht hatte, Henry wäre plötzlich ein anderer Mensch. Der Moment vor seiner

Wohnungstür, dass er mich auf seiner Couch hatte schlafen lassen oder die Art und Weise, wie er mich im Asia-Laden behandelt hatte. Es hatte sehr wohl Anzeichen gegeben, die ich aber niemals so gedeutet hätte.

Für mich war Henry immer ein normaler junger Mann, der vielleicht ein wenig eigen ist. Dass etwas derart Kompliziertes hinter seinen Stimmungsschwankungen stecken könnte, hätte ich niemals vermutet. So weit hatte ich nicht denken wollen, auch nicht, als ich mit der Nase direkt darauf gestoßen worden war.

»Aber warum?«, flüsterte ich. »Warum hat er es mir nicht erklärt? Warum geht er mir seit zwei Monaten aus dem Weg?«

Ich schluchzte auf. Mona griff mitfühlend nach meiner Hand.

»Er ist es mir schuldig. Er ist es mir einfach schuldig, mir zu sagen, warum er mich nicht mag. Was an mir so falsch ist …«

Valentin schüttelte den Kopf. »Du verstehst das nicht. Er war, oder ist, in dich verliebt. Aber er kommt mit sich selbst nicht klar. Henry ist krank, verstehst du?« Er stieß die Luft zwischen seinen Zähnen aus. »Ich fühle mich echt unwohl, weil ich dir das erzähle, aber ich möchte, dass du das verstehst.«

»Was soll ich denn verstehen?«

»Dass du ihm nicht hinterherlaufen brauchst. Ich glaube … ich glaube, er wird niemals eine vernünftige Beziehung führen können. Du musst verstehen, dass du deine Zeit nicht mit ihm zu verschwenden brauchst.«

Seine Worte trafen mich hart. Einer seiner besten Freunde legte mir ans Herz, Henry einfach fallen zu lassen, statt ihm zu helfen?

»Du sagst, er ist in mich verliebt?«

Die erste Träne kullerte über meine Wange. Sofort kramte Mona in ihrer Handtasche nach einem Taschentuch und wischte mir damit im Gesicht herum.

»Ja, er …« Valentin sprach nicht weiter.

»Er was?« Mit tränennassen Augen sah ich ihn an.

»Er hat es gesagt, als er eine glückliche Phase hatte. Man kann aber nie wissen, wie lange diese glücklichen Phasen anhalten. Das ist bei ihm so.«

Ein Funken Hoffnung keimte in meinem Herzen auf. Wenn Henry wirklich in mich verliebt war, musste es doch eine Möglichkeit geben, dass wir zusammen sein konnten. Dass seine glücklichen Phasen, wie Valentin sie nannte, vielleicht dauerhaft währten.

Kapitel 47

Mit leichter Euphorie und neu gewachsener Hoffnung verabschiedete ich mich von Valentin. Dass er mir riet, Henry zu vergessen, ignorierte ich. Ich nahm die Warnung so gut wie nicht wahr.

Valentin hatte gesagt, Henry würde mich lieben.

Er hatte tatsächlich gesagt, dass Henry in mich verliebt wäre. Liebe.

Immer und immer wieder spielten sich Valentins Worte in meinem Kopf ab wie eine Melodie. Der schönste Ohrwurm, der sich jemals in mir festgesetzt hatte.

Ich gab Henry Zeit.

Zeit, in der ich mir unsere gemeinsame Zukunft vorstellte.

Ich stellte mir vor, wie wir Hand in Hand spazieren gingen, in einem Restaurant zu viel Wein tranken oder einen gemeinsamen Kochkurs besuchten. Meiner Fantasie war keine Grenze gesetzt. Sogar einen Kurzurlaub, den wir auf einem Floß verbrachten, stellte ich mir vor. Diese Gedanken nährten meine Hoffnung. Meine Hoffnung, dass alles so eintreten würde, wie ich es mir wünschte.

Wenn ich die Augen schloss, sah ich Henry vor mir, wie er mich durch sein schiefes Grinsen zum Lachen brachte. Seine weißen Zähne blitzten mich an, und mein Blick blieb an seinem Schneidezahn hängen, der ein wenig über dem anderen stand. Ich wollte ihn küssen, egal wie wund mein Kinn davon werden würde. Jeder einzelne Kuss von Henry ist eine ganze Tube Wundheilsalbe wert. Mindestens.

Durch den neuen Mut, den ich dank Valentin geschöpft hatte, schrieb ich Henry noch am selben Abend eine Nachricht. Mona riet mir davon ab, und ich war kurz davor, wieder dicht zu machen. Doch bevor das geschehen konnte, schnappte sie sich einen Stift und einen Zettel, damit wir gemeinsam überlegen konnten, was ich ihm schreiben sollte. Nach ewigem Hin und Her entschieden wir uns für eine Mischung aus verständnisvoller und bittender Nachricht.

Ich: Ich habe heute Valentin getroffen. Er erzählte mir von deinem ›Geheimnis‹. Ich möchte, dass du weißt, dass ich dich dafür nicht verurteilen werde und für dich da bin. Ich gebe dir die Zeit, die du brauchst. Doch das Mindeste ist ein persönliches Gespräch. Das bist du mir schuldig. : Mavis*

Besonders das Wort ›Geheimnis‹ bereitete uns Kopfzerbrechen. Es klang zu mystisch, zu düster. Dennoch fanden wir kein passenderes Wort. Wenn selbst Valentin nicht genau wusste, womit Henry zu kämpfen hatte, musste das heißen, dass Henry es geheim hielt. Mir war es wichtig, ihn wissen zu lassen, dass ich für ihn da sein würde. Immer und bedingungslos. Doch Mona verbat mir, diese Worte in den Text einzubauen.

Es hätte mich nicht verwundert, keine Antwort zu erhalten. Warum sollte er mir plötzlich schreiben, wenn er seit mehreren Wochen nicht mehr auf mich reagierte?

Doch ich erhielt eine Stunde, nachdem Mona für mich auf ›Senden‹ getippt hatte, eine Nachricht. Wir standen gerade gemeinsam in der Küche, wo wir den Geschirrspüler ausräumten.

»Ruhig!«, lachte Mona, als ich mit Wackelpuddingbeinen auf mein Smartphone zu stakste.

Ich wusste, dass Henry mir geschrieben hatte. Wer sonst hätte mir schreiben sollen?

Henry: Du machst es mir echt nicht einfach, Mavis. Ich melde mich bei dir. Versprochen. <3

Kann man vor Freude zusammenbrechen? Ja, man kann!

Meine Tränen kamen plötzlich und unaufhaltsam. Ich lachte, schluchzte und ließ mich auf den Boden sinken.

»Was schreibt er?« Alarmiert kam Mona auf mich zu und setzte sich neben mich auf den Küchenboden, den ich eindeutig mal wieder von Franz' Sabberflecken befreien musste.

Ich hielt ihr das Handy hin und versuchte, ihre Gedanken von ihrem Gesicht abzulesen. Leider gelang es mir nicht. Ihr Blick war starr, ihre Mundwinkel zeigten keine Regung. Sie atmete tief ein und strich mir über den Rücken.

»Dann werden wir wohl warten.«

Ich nickte.

»Aber lass deine Hoffnung bloß nicht wieder ins Unermessliche wachsen«, bat sie mich mit traurigem Unterton.

***

Ich klammerte mich an seiner Nachricht fest. Ich klammerte mich an jedes einzelne Wort, an jedes Zeichen. Insbesondere ans Herz, mit dem er die Nachricht beendet hatte.

Ich versteifte mich darauf, dass er mich mit meinem Namen angesprochen hatte. Er musste einfach Gefühle für mich haben. Warum sonst sollte ich es ihm ›nicht so leicht machen‹?

Ich war auf der Hut, gab mein Handy nicht mehr aus der Hand, aus Angst, ihn zu verpassen. Was, wenn er mir schrieb und ich nicht sofort antworten konnte? Wenn er mich gar anrief und ich das Handy nicht parat hatte?

Das ging nicht.

Das konnte ich einfach nicht riskieren.

***

Der Spätherbst kam und sog mich in seine Dunkelheit. Es war immer dunkel, egal, ob ich mich morgens zur Uni quälte oder nachmittags den Nachhauseweg antrat. Ich merkte deutlich, wie die Schwärze meine Seele einzuheimsen versuchte. Mürrisch begrüßte ich den Tag, wütend trat ich ihm gegenüber und enttäuscht verabschiedete ich mich von ihm.

Langsam, aber sicher ging ich an der Hoffnung kaputt. Ich hoffte jeden Morgen aufs Neue, dass Henry sich bei mir melden würde. Er hatte es ja versprochen. Manchmal, wenn ich zu lange wartete, bekam ich Angst. Ich bekam Angst um Henry. Ich dachte dann an all die Artikel, die ich gelesen hatte. In manchen hatte gestanden, dass depressive

Menschen zu Selbstverletzung fähig sind, wenn man sie alleine und ihre Krankheit unbehandelt lässt.

Nein, Henry würde schon auf sich achtgeben. Er brauchte nur Zeit. Und ich war selbst schuld an meiner Lage, hatte ich ihm diese doch zugesagt. Also musste ich auf ihn warten.

Eine Bewegung im Türrahmen ließ mich zusammenzucken.

»Ach, du bist es.«

Ich winkte Mona zu mir, kuschelte mich noch mehr in meine Decke auf dem Sofa und umklammerte die Tasse mit heißem Kakao fester.

»Was schaust du da?« Mona klaute sich einen Zipfel meiner Decke und kuschelte sich an mich. Ihr Körper spendete mir die Wärme, die ich dringend brauchte.

»Keine Ahnung.« Ich versuchte mich an einem Lächeln.

»Lass mich raten: Immer noch kein Lebenszeichen von Henry?«

»Nope.« Ich schüttelte den Kopf und legte mein Handy auf dem Couchtisch ab. Dabei kontrollierte ich, ob ich die Klingeltonlautstärke auch ganz aufgedreht hatte. Sicher ist sicher.

»Ich habe gerade Marvin getroffen«, seufzte Mona.

»Oh.« Ich verzog den Mund. »Wie war es?«

»Ach, na ja …« Sie wedelte mit der Hand, als würde sie eine Fliege verscheuchen. »Es ist mittlerweile gar nicht mehr so schlimm.«

»Nicht?«

Ich glaubte ihr nicht. Immerhin war er doch ihre große Liebe gewesen.

»Nein.« Sie zuckte die Achseln. »Weißt du, alles wird besser und einfacher, wenn man sich dazu entscheidet, dass es einem egal ist.«

»Das steht doch in einer deiner Teenie-Zeitschriften, oder?«

»Vielleicht?« Ertappt lachte sie. »Aber es stimmt. Ich komme viel besser klar, wenn ich mir einrede, dass es mir egal ist.«

»Wenn ich mir einrede …«, wiederholte ich traurig.

»Es ist doch eh nicht mehr zu ändern. Marvin hat unsere gemeinsame Tür zugeschlagen und verriegelt. Jetzt warte ich eben, dass sich eine neue öffnet. Was soll ich sonst tun?«

Ihre Augen wurden feucht. Erschrocken stellte ich meine Tasse ab.

»Ei, ei«, sagte ich, während ich sie fester in meine Decke wickelte.

»Hast du gerade echt ›ei, ei‹ gesagt?« Mona prustete los.

»Hab ich?« Ich stieg in ihr Lachen mit ein. »Trösten gehört nicht zu meinen Soft-Skills.«

»Da sagst du was. Aber das weiß ich ja.«

Sie nahm sich meinen Kakao und lehnte ihren Kopf an meine Schulter. Dabei spendete sie mir vermutlich mehr Trost, als meine Schulter sie stützen konnte.

***

Warum meine Hoffnung mittlerweile nahezu ausgelöscht war? Weil die drei selbstzerstörerischsten Monate meines Lebens hinter mir lagen. Ich glaube, während des gesamten Dezembers war ich wie eine ausgestopfte Puppe, denn ich erinnerte mich an nichts mehr. Fühlte nichts, hörte nichts, sah nichts. All die Lichter, die Berlin in ein Glanzmeer verwandelten, waren mir egal. Die Weihnachtsmusik verstopfte meine Ohren, und die Düfte konnten meine Stimmung nicht heben.

Wie gern wäre ich mit Henry über einen der vielen Weihnachtsmärkte geschlendert. Wie gern hätte ich mit ihm Glühwein aus einem Nikolaus-Schuh getrunken. Wie gern hätte ich mir zu Silvester einen Neujahrskuss von ihm geklaut.

Ich wollte ihn einfach nur sehen. Mit ihm reden, ihn berühren, ihm durch seine schwarzen Phasen helfen. Doch er meldete sich nicht bei mir. Woche um Woche, Monat um Monat.

Die Kälte kroch mir in die Glieder, setzte sich in meinen Knochen fest. Mein Herz erfror in zäher Langsamkeit. Der einzige Mensch, der mich hätte wärmen können, war Henry.

Ich fragte mich, was er wohl den ganzen Tag trieb. Einige Male war ich versucht gewesen, ihm zu schreiben. Ihm alltägliche Fragen zu stellen. Mittlerweile wusste ich nicht einmal mehr, in welcher Abteilung er arbeitete. Ob er vielleicht das Krankenhaus gewechselt hatte? Er hatte mir mal erklärt, dass man als Lehrling oft wechseln muss, wenn man Pech hat.

Ich wollte ihm so gerne von meinen eigenen Erfolgen und Misserfolgen erzählen. Das Studium lief seltsam. Ich nahm es kaum zur Kenntnis, auch wenn ich körperlich täglich anwesend war. Max hatte inzwischen Anschluss gefunden und versuchte, mich in seine neue Clique zu integrieren, doch spürte ich, dass man mich dort nicht haben wollte. Ich war mit meiner traurigen Art nicht willkommen.

Nach und nach hatte Max mich immer ein Stückchen mehr fallen lassen, aber ich konnte es ihm nicht verübeln. Ich war unausstehlich, und es war nicht fair, ihn an mich zu binden. Es reichte, wenn einer von uns eine beschissene Studienzeit hatte. Zwar saßen wir in den Kursen immer noch zusammen, doch verbrachte er die Pause mit Kommilitonen.

Es war okay so.

Es war okay.

***

Der Winter war kalt, aber kurz. Sobald die ersten Knospen durch die Schneedecke brachen, erschien auch Henry wieder auf meiner Bildfläche.

Er schrieb mir, dass er mich sehen wollte. Zwischen seiner Nachricht und unserem Treffen lagen nur zwei Tage. Zwei Tage, in denen ich nichts aß, nicht schlief, nicht das Haus verließ. Ich zitterte am ganzen Leib und wandelte zwischen Lachen und Weinen. Max sandte mir seine Mitschriften und wünschte mir eine gute Besserung, da ich ihm vorgeflunkert hatte, ich wäre krank.

Nicht einmal Mona schaffte es, mich zum Essen zu bewegen. Sie kochte Pasta, Suppe, schmierte mir Buttertoasts, doch ich verschmähte alles. Natürlich teilte sie mir mit, dass das keine gute körperliche Vorbereitung für das Treffen wäre. Ich trank darauf wenigstens den Tee, den sie mir kochte. Lächelnd nahm ich ihn entgegen, froh, mich nicht alleine um mein Outfit kümmern zu müssen.

Mona wühlte nicht nur in meinem, sondern auch in ihrem Teil des Schrankes nach der perfekten Kleidung für das Treffen. Ihren ersten Vorschlag – ein kurzes dunkelblaues

Kleid, das nicht nur ordentlich Bein, sondern auch ordentlich Dekolleté zeigte – wies ich allerdings ab.

»So kann er dir doch nicht widerstehen, Süße«, schmollte sie, während sie das Teil wieder auf den Bügel hängte.

Ich schüttelte vehement den Kopf. Immerhin hatten wir Winter und Frostbeulen standen mir nicht. Und ich zitterte so schon genug.

Es war schrecklich surreal. Monatelang hatte ich auf ihn gewartet, und nun, als es endlich so weit war, kam mir alles zu plötzlich. Mein Körper und meine Seele hatten sich an die Traurigkeit gewöhnt. An die Ungewissheit und an die Tatsache, dass mein Leben aus Ungewissheit bestand, und aus Warten. Warten auf ein Lebenszeichen von ihm.

Nun, fast ein Jahr, nachdem wir uns kennengelernt hatten, hatte er sich bei mir gemeldet. Und ich konnte nicht damit umgehen.

Kapitel 48

»Hi.« Schüchtern lächelte er mich an.

»Hi«, sagte ich leise und traute mich nicht, ihn direkt anzuschauen. »Ich dachte schon, du überlegst es dir anders.«

»Nein, natürlich nicht.«

Ihn nach so langer Zeit zu sehen, tat gleichermaßen weh wie gut. Er hatte sich kein bisschen verändert. Seine Haare hatten die gleiche Länge wie zu der Zeit, als wir uns kennengelernt hatten. Seine hellbraunen Augen strahlten die Wärme aus, von der ich inzwischen wusste, dass man ihr nicht trauen konnte. Sein Lächeln haute mich immer noch um und sorgte für einen Wirbelsturm in meinem Inneren.

Er sah gut aus. Und ich war unendlich froh, dass es ihm gut ging.

Dass sich meine Gefühle für ihn nicht geändert hatten, machte mich zu einem Schwächling. Egal wie und was, ich würde alles tun, um ihn von uns zu überzeugen. Ich wollte niemand anderen in meinem Leben haben, geschweige denn mir vorstellen, jemand anderem zu sagen, dass ich ihn liebe.

»Also …« Langsam hob ich den Kopf. »Wollen wir …« Ich

ließ den Satz offen, nicht wissend, was ich ihm hätte vorschlagen können.

»Kaffee?«, fragte er und biss sich nervös auf die Unterlippe.

Ich nickte und biss ebenfalls auf meine Lippe. »Wo?«

»Ich kenne hier ein kleines Café.« Er zeigte nach draußen, und so verließen wir das Potsdamer Bahnhofsgebäude. Ich hatte sofort und ohne nachzudenken zugestimmt, als er vorgeschlagen hatte, sich hier zu treffen. Selbst auf dem Mond hätte ich mich mit ihm getroffen.

Unsere Begrüßung nagte an mir. Natürlich hatte ich nicht auf einen Kuss gehofft, dafür war viel zu viel Zeit vergangen. Doch sehnte ich mich trotzdem nach seiner Nähe. Ich vermisste seinen Duft, wollte ihn inhalieren, um ihn nicht zu vergessen. Aber wir standen uns nur gegenüber und sagten: »Hi.« Weder er noch ich machten Anstalten, uns zu umarmen. Dabei wäre eine einfache Umarmung doch nicht zu viel verlangt gewesen.

Als könnte er meine Gedanken lesen, blieb er abrupt stehen. Er fasste unter den Ärmel meines dicken Wintermantels und um mein Handgelenk. Hätte ich seine blanke Haut auf meiner gespürt, würde ich nun innerlich in Flammen stehen.

»Warte.« Er atmete tief ein.

Plötzlich hob er die Arme und zog mich in eine Umarmung. Er fasste mir an den Hinterkopf, ehe seine Hände ihr Ziel fanden und sich um meine Taille legten. Die Berührung ließ mich schwer schlucken. Angestrengt versuchte ich, nicht vor Erleichterung zu weinen. Ich atmete seinen Duft ein, wie ich es mir noch vor wenigen Sekunden gewünscht hatte, und versenkte meine kalte Nase in seiner Halsbeuge. Selbst durch den dicken Stoff unserer Jacken konnte ich seinen Körper spüren. Schwer atmend hoffte ich, dass dieser Moment niemals enden würde. Bis an mein Lebensende wollte ich in seinen Armen liegen.

»Sorry«, flüsterte er in mein Ohr. »Ich habe dich so vermisst, Mavis.«

Seine Stimme jagte einen Schauder durch meinen Körper.

»Ich dich auch.« Die Worte kamen mir leichter über die Lippen, als ich gedacht hätte. »Ich habe mir jeden Tag gewünscht, dass du mir endlich schreibst.«

Henry löste langsam unsere Umarmung und blickte mich aus traurigen Augen an. »Ich hasse mich für das, was ich dir antue.«

»Wie … wie meinst du das?«

Wir standen mitten auf der Straße. Sollte hier etwa unsere Aussprache stattfinden?

»Lass uns spazieren gehen, okay?« Er zeigte einen mir bekannten Weg entlang.

»Okay, oder …« Schüchtern kickte ich einen Kiesel auf die Straße. Ich war nervös, weil er so nah vor mir stand.

»Oder?« Seine Stimme war ruhig.

»Es ist ganz schön kalt.« Ich zeigte in den Himmel.

»Da hast du Recht«, stimmte er zu und setzte sich seine Kapuze auf. »Wollen wir …« Er schluckte schwer. »Wollen wir zu mir gehen?«

»Ja, gerne.«

Erleichtert, dass er exakt das vorgeschlagen hatte, was ich mir wünschte, machte ich den ersten Schritt.

***

Eine Stunde später lagen wir nackt nebeneinander.

»Okay.« Henry fuhr sich mit der Hand übers Gesicht. »Das war wirklich nicht meine Intention.«

Er zog sich seine Boxershorts an, während ich meinen BH und meinen Slip vom Boden aufsammelte.

»Meine auch nicht«, versicherte ich ihm mit roten Wangen und zerzaustem Haar.

»Aber Gott, Mavis …« Er atmete laut aus. »Das hatte mir auch gefehlt.« Er stöhnte leise. »Weißt du, wie oft ich an unsere gemeinsame Nacht denken musste?«

»Nein?« Ich wollte es hören.

»Ständig. Wirklich. Einmal habe ich auf der Arbeit einen Ständer bekommen und musste mich erst einmal im Bad einschließen.«

Lachend warf er den Kopf in den Nacken. Wenn ich ihn so sah, konnte ich mir einfach nicht vorstellen, dass er schwarze Tage hat. Ich liebte ihn so, wie er gerade war.

»Wirklich?« Mit hochrotem Kopf zog ich meine Kleidung an und spürte seine Blicke auf meinem Körper.

»Du bist perfekt«, flüsterte er und kam um das Bett auf mich zu. Ich ließ mich von ihm aufs Bett ziehen, näherte mich seinen Lippen und schloss die Augen.

Unser Kuss schmeckte nach Sehnsucht, Vermissen und Hoffnung. In ihm lagen so viele Emotionen, dass es mich zu überwältigen drohte. Bevor ich zu weinen begann, zog ich mich langsam zurück und blickte ihm in die Augen.

»Danke«, flüsterte er.

»Wofür?«

»Dafür, dass du da bist.«

»Natürlich. Ich liebe dich, Henry.«

Kapitel 49

Henry versteifte sich und ließ seine Stirn gegen meine sinken. Ich wünschte mir so sehr, dass er sagte: »Ich liebe dich auch.« Doch das, was er erwiderte, ließ mein Herz in tausend Scherben zerspringen.

»Ich kann dich nicht lieben«, presste er hervor.

Mein Körper zitterte. Tränen liefen mir übers Gesicht. All die Hoffnung, die ich monatelang in dieses eine Treffen gelegt hatte, war nichts mehr wert.

»Warum nicht?«, flüsterte ich und krallte mich an seiner Schulter fest.

»Ich bin nicht gut für dich.« Seine Stimme klang belegt. Auch er hatte mit den Tränen zu kämpfen.

»Das stimmt nicht!«

»Doch, Süße. Ich … Du bist so perfekt. Der beste Mensch, der mir jemals begegnet ist.«

»Und warum willst du mich dann nicht?« Ich presste die Worte nur unter großer Anstrengung hervor, so heftig weinte ich.

»Ich will dich doch, Mavis. Mehr als alles andere. Aber ich kann dir das einfach nicht antun.«

»Was antun?«

»Mich.«

»Was meinst du damit?«

»Ich habe Angst, mich zu binden. Weil ich mich niemals richtig auf eine Beziehung einlassen könnte. Ich weiß genau, dass du das Beste bist, was mir jemals passiert ist und passieren kann. Dennoch würde ich dir wehtun. Und verdammt, ich möchte das nicht. Ich l…« Er biss sich auf die Unterlippe.

»Was, Henry?«

»Gott, ja, ich liebe dich, Mavis!« Eine einzelne Träne rollte über seine Wange. »Aber ich werde niemals dein Freund sein. Niemals. Ich kann mir nicht einmal mein eigener Freund sein …« Seine Stimme wurde plötzlich hart: »Steh auf!«

Es kam einem Schlag in mein Gesicht gleich.

»Ich verstehe dich nicht, Henry!«, schrie ich ihn an. »Wenn du mich liebst, muss das doch reichen?«

»Nein, das reicht nicht.«

»Warum nicht?«

»Weil es eben nicht reicht!« Er senkte den Kopf in seine Hände und flüsterte: »Weil ich nicht immer so denke. Nicht immer so fühle. Ich bin verkorkst, und niemand wird mich heilen können.«

»Ich bin mir sicher, ich kann es.«

Ruckartig hob er den Kopf. Sein Blick war eiskalt.

»Glaubst du so einen Scheiß wirklich? Dass nur genug Liebe eine Krankheit heilen kann? Dass nur ein bisschen Liebe mich heilen könnte?«

Er hatte es ausgesprochen. Das, was auch Valentin gesagt und wovor mich Max schon vor vielen Monaten gewarnt hatte. Henry ist krank. Psychisch krank. Das Wörtchen

›Depression‹, das ich so lange von mir geschoben hatte, wurde zu einem alles erstickenden Schatten. Tief in meinem Inneren hatte ich gehofft, dass es gelogen war. Dass Valentin sich wichtigtun wollte und dass Max einfach nur übertrieben hatte.

»Verschwinde«, knurrte er, ehe mich meine Gedanken übermannen konnten. »Hau ab, Mavis!«

Er zeigte auf die Tür und stand auf.

»W-Was?« Verunsichert ging ich auf die Tür zu und schnappte mir meine Handtasche.

»Du hast mich schon verstanden. Ich möchte, dass du gehst.« Er mied meinen Blick, drückte den Mund auf seine zur Faust geballte Hand. Plötzlich schlug er einmal ruckartig auf seine Matratze ein. »Sofort!«

»Nein«, schrie ich und ließ meine Handtasche fallen. »Nein, verdammt! Du bist mir das schuldig, Henry.«

Hysterie machte sich in meiner Stimme breit. Ich kapierte nicht, warum er mich so zurückwies. Ich wollte verstehen, warum mein Henry von einer auf die andere Sekunde so grausam, so abweisend und so kaputt sein konnte. Es war nicht einmal eine halbe Stunde vergangen, seit ich gedacht hatte, dass sich alles zum Guten wenden würde. Wieso gab es nur diese schwarzen Gedanken in ihm? Diese Gedanken, denen der Mensch, den ich liebte, gegen seinen eigenen Willen ausgeliefert war.

Ich kam nicht drauf klar. Wieso nur muss es diesen einen Henry geben, der grausam und abweisend und kaputt ist?

»Warum hast du dafür gesorgt, dass ich dich liebe und du dich ebenfalls in mich verliebst, wenn du mir nun mein Herz brichst und darauf herumtrampelst?«

Aus lauter frustrierter Wut stieß ich ihn gegen die Schulter. Ich war so geladen und verletzt, dass ich ihn am liebsten schlagen wollte. Erschrocken über mich selbst drehte ich mich von ihm weg. Ich kniff die Augen zusammen und versuchte, ruhig ein- und auszuatmen.

»Ich weiß es nicht.« Verzweifelt flüsterte er diesen Satz immer und immer wieder: »Ich weiß es nicht. Ich weiß es nicht …«

»Du musst es wissen! Du musst es mir erklären können!«

Er schüttelte nur den Kopf und blickte mich an. Ich fühlte, dass dies der letzte Moment war, in dem ich in seine wunderschönen braunen Augen blicken würde. Der Abgrund zwischen uns war einfach zu groß.

Henry sitzt auf einer Eisscholle, die gerade genug Platz für ihn selbst bietet. So sehr ich auch versuche, ihn auf meine Eisscholle zu ziehen, er stößt sich ab und lässt mich auch nicht herüberklettern, um ihn zu wärmen. Eher würde er erfrieren, als mich in sein Herz zu lassen.

Er hatte recht … Wie hatte ich nur glauben können, dass Liebe ihn heilen kann?

Henry ist hoffnungslos in dem Labyrinth seines eigenen Kopfes gefangen. Egal, was ich für ihn tun und wie viele gute Momente es zwischen uns geben würde, er würde sich früher oder später immer wieder darin verirren. Ich war nicht stark genug, um ihm den Weg zu weisen. Und vielleicht würde ich eines Tages selbst verlorengehen bei dem Versuch, gemeinsam mit ihm die richtige Richtung einzuschlagen.

Ich war zu schwach.

Ich würde es nicht aushalten, immer und immer wieder von ihm zurückgewiesen zu werden. Mein Herz und meine Seele würden daran zerbrechen.

»Ich kann nichts dagegen tun«, sagte er leise. »Es gab Tage, an denen wollte ich eine Beziehung mit dir führen, Mavis. An diesen Tagen hätte ich laut JA mit eintausend Ausrufezeichen geschrien. Aber diese Momente werden von Zweifeln eingeholt. Immer und immer wieder. Zweifel daran, dass ich dir bieten kann, was du brauchst.«

»Das kannst du«, flüsterte ich, obwohl ich wusste, dass es nichts brachte. »Das kannst du bestimmt, Henry. Lass mich dir helfen! Bitte! Ich möchte dir beim Kämpfen helfen. Erkläre mir nur, in was für eine Schlacht du immer wieder ziehst, und ich werde versuchen, dich so gut es geht abzuschirmen. Niemand muss da allein durch. Auch du nicht, Henry. Sag nicht, dass du mir nicht wehtun willst. Hör auf zu lügen! Du willst mich einfach nur nicht.«

Ich senkte den Kopf. Wie von selbst bewegten sich meine Füße auf ihn zu, bis ich vor ihm stand.

»Mavis …« Er wich einen Schritt zurück.

»Nein«, unterbrach ich ihn und nahm seine Hände in meine. »Ich liebe dich. Aber von jetzt an werde ich dich auch hassen.« Ich holte schluchzend Luft. »Weil du mir die Macht genommen hast, selbst über mein Herz zu entscheiden.«

Ich schloss die Augen und überbrückte den letzten Abstand zwischen uns. Mein Mund fand seinen. Ein letztes Mal küsste ich ihn, ehe ich mich umdrehte und fortging.

Kapitel 50

Das Traurige an meiner Situation war nicht nur die Zeit, die ich verschenkt hatte. All die Zeit, die ich auf ein einziges Wort von ihm gewartet hatte. Das Traurige war vor allem, dass ich etwas in Henry gesehen hatte, was nie da gewesen war.

Der Weg aus seiner Wohnung, hinaus aus seinem Leben war nicht einfach für mich. In schwachen Momenten spielte ich mit dem Gedanken, ihm zu schreiben. Doch hinderte mich mein wiedergefundener Stolz daran.

Henry hatte mein Herz in einer elenden Langsamkeit zerschmettert, nachdem er es in Windeseile für sich gewonnen hatte, und er hielt es weiterhin unter Verschluss. Ich fühlte mich inhaltlos. Wie eine leere Hülle wandelte ich von einem Tag zum nächsten, und mein Kummer änderte sich in Reue. Jeden Tag bereute ich ein wenig mehr, dass ich mich selbst vergessen hatte, nur um alles für Henry geben zu können.

Seit jenem letzten Abend, der mich emotional so stark verwundet hatte, war ich auf der Suche nach dem Gleichgewicht zwischen meinem Herzen und meinem

Verstand. Ich musste weitermachen. Mir ein Beispiel an Mona nehmen, die in jeder Kleinigkeit eine Freude finden kann. Doch zogen mich meine Gefühle für Henry immer wieder in ihren dunklen Bann.

Ich träumte von ihm, bildete mir sogar ein, ihn in der Bahn zu sehen. Mein Gehirn spielte mir die schrägsten Streiche. Irgendwann blickte ich nicht mehr auf, setzte einfach nur einen Fuß vor den nächsten. Eines Tages würde ich schon irgendwo ankommen.

Doch es gab auch Momente, die mir ein kleines Lächeln ins Gesicht zauberten und mich für wenige Minuten vergessen ließen, wie sehr ich Henry vermisste. Die meisten dieser Momente bescherten mir Mona und Franz. Die beiden wichen kaum von meiner Seite. Franz schenkte mir nur ein bis zwei mürrische Blicke pro Tag und rannte nicht immer vor mir weg, wenn ich kuscheln wollte.

***

Mona und ich saßen auf der Terrasse und starrten auf mein Handy, das ich mit zittrigen Händen hielt. Es war der erste warme Tag des Jahres, weswegen wir nur im T-Shirt auf dem Balkon waren. Mut machend hatten mich die Sonnenstrahlen heute Morgen aus einem traumfreien Schlaf gekitzelt.

»Na los!« Mona tippelte unruhig von einem Bein aufs andere.

»Hetz mich nicht«, erwiderte ich nervös.

»Worauf wartest du denn noch?«

»Meinst du wirklich, ich soll …«

»Ja! Los jetzt.« Sie lachte. »Tu es. Jetzt! Endlich! Bitte!«

»Okay.«

Ich atmete einmal tief ein und aus. Dann schloss ich die Augen und tippte auf den Button, der meine letzte Möglichkeit war, jemals wieder schwach zu werden.

Kontakt gelöscht.

Über die Autorin

Natalie Elin wurde am 09.12.1991 in einer wüsten Schneesturm-Nacht in Berlin geboren, wo sie auch heute noch lebt – zusammen mit ihrem Freund, ihrem Kater und mehr als 500 Büchern. Neben Wörtern kann sie auch gut mit Zahlen, hat sich daher für ein Ingenieursstudium entschieden, welches sie 2016 erfolgreich beendet hat. Sie arbeitet im Online-Marketing und wünschte, ihr Tag hätte weitaus mehr als 24 Stunden, da sie einfach zu viele Interessen hat. Das Schreiben hat sie erst nach ihrem Studium für sich entdeckt und kann nun die Finger nicht mehr von der Tastatur lassen. Zuerst traute sie sich nicht, ihrer Familie und ihren Freunden von ihrem neuen Hobby zu erzählen. Mittlerweile wissen es alle und unterstützen sie, wo sie nur können und treiben sie an, immer weiter und mehr zu schreiben, wofür Natalie unglaublich dankbar ist. Sie nimmt leidenschaftlich gern an Schreib-Wettbewerben teil, hat auch schon den einen oder anderen gewonnen und mit der Veröffentlichung eines ihrer Werke im Hawkifybooks-Verlag wird ein Traum für sie wahr.

Danksagung

Puh, ich hatte es mir eindeutig leichter vorgestellt, eine Danksagung zu schreiben! Nun sitze ich hier vor einem leeren Blatt Papier und realisiere, dass es sogar einfacher ist, eine neue Geschichte zu beginnen.

Ich danke vielen Menschen, doch am meisten meiner Mutter.

Danke Mama. Dafür, dass das schönste Geschenk von dir, das ich jemals bekommen habe, ein Gedicht zu meinem 18. Geburtstag war. Dafür, dass Bücher in unserem Alltag niemals wegzudenken waren. Dafür, dass du mir gezeigt hast, dass man nicht laut sein muss, um weiterzukommen.

Danke Pauli. Dafür, dass du mich an den Schreibtisch schickst, damit ich vorankomme aber gleichzeitig dafür sorgst, dass ich auch mal abschalte. Dafür, dass du oft den Koch UND den Abwäscher gespielt hast, damit ich im Feierabend an dieser Geschichte arbeiten konnte. Dafür, dass du mich in den Arm nimmst und mir Mut machst, wenn mir immer mehr Steine in den Weg gelegt werden. Dafür, dass du überall ganz stolz herumerzählst, dass ich schreibe. Ich selbst würde mich das niemals trauen.

Danke Anna, Testleserin der ersten Stunde. Du hast meine Geschichten gelesen, ehe sie irgendjemand anderes gelesen hat. Dein ehrliches Feedback hat mir immer geholfen, auch wenn es mir nicht immer gepasst hat. Ich werde dich weiterhin mit sämtlichen Ideen und ersten Kapitel bombardieren!

Danke Tani, mein Herzenszwilling aus dem Westen! Ohne dich hätte meine Playlist 50 Lieder. Danke, dass du mir bedingungslos beistehst und dich so für meine Geschichte einsetzt. Ohne dich hätte ich manchmal vielleicht aufgegeben. Du hast mir insbesondere in den letzten Wochen mehr geholfen, als du wahrscheinlich selber ahnst.

Danke Elly. Nudeln geil. Pesto Rossi. Danke, dass du mich immer zum Lachen bringst. Insbesondere, wenn es eigentlich gerade gar nichts zum Lachen gibt. Danke für deine Unterstützung auf dem Weg zur Veröffentlichung. Bei dir habe ich nie das Gefühl, dass ich dich nerven könnte, weil ich immer wieder mit meinem Buch ankomme. Chinesische Bobmannschaft.

Danke Tinker. Du weißt es vermutlich nicht, aber deine Nachricht vor gut einem Jahr hat mir den Mut gegeben, weiterzuschreiben und den Wunsch in mir geweckt, mein geschriebenes Wort zu veröffentlichen. Dass du meine Geschichte damals auf Sweek in einem Rutsch gelesen und dabei sowohl gelacht und geweint hast, hat mich angeschubst und mir Vertrauen in mich selbst gegeben.

Danke Sarah. Für deine halbstündigen Sprachnachrichten, die mir immer ein gutes Gefühl geben und mich motivieren.

Danke Anika. Für dein Vertrauen in meine Geschichten. Es freut mich so sehr, dass dich sogar nur kurze Ausschnitte bereits berühren. Ich liebe deine Berliner Schnauze, bitte fang niemals an, Hochdeutsch zu sprechen!

Danke an Nora, meine Lektorin. Du hast mir geholfen, das Beste aus Holding on to you herauszuholen. Du hast meine Erwartungen mehr als übertroffen und das in so kurzer Zeit.

Danke an meine Bloggersquad. Dafür, dass ihr mir helft, mein Debüt bekannt zu machen. Ihr seid einfach großartig, jede einzelne von euch! Alina, Anika, Eli, Elly, Lena, Lisa, Luni, Tabea, Tani, Tinker & Wiebi. Schaut mal, wie schön eure Namen alle zusammenpassen! :D

Und natürlich ein großes Danke an den Hawkify-Verlag. Danke, dass du das Potenzial an Holding on to you erkannt hast, Svenja und mir diese Chance gibst. Danke Claudi, für mein Cover. Ich liebe es! Der Weg dahin war etwas länger als gedacht. Es tut mir leid, ich habe dir bestimmt ein paar mehr graue Haare beschert. Danke Jacky für das Korrektorat! Schlumpfeis, Cinderella & Dornröschen!

Danke an meine Freunde, die meine Geschichte damals auf Sweek gelesen haben und immer wieder nachgefragt haben, wann das nächste Kapitel kommt. Ihr habt mich angespornt, Mavis‘ & Henrys Geschichte zu einem Ende zu bringen. Und die Frage, wann das nächste Buch erscheint und ob ich auch fleißig weiterschreibe, macht mich so glücklich, das könnt ihr euch nicht vorstellen! Ihr wisst schon, dass ihr gemeint seid.

Danke Mary. Ich weiß ganz genau, dass du heimlich meinen Blog liest und mitfieberst! MNmnmnmnmnmnmnmn. Ich vermisse unsere gemeinsamen Konzertabende! Reppenstedt ist zu weit weg.

Danke an all die Menschen, die Holding on to you bereits auf Sweek gelesen haben und sich so sehr mit mir freuen, dass es verlegt wurde.

Eure Natalie

Um ein Interview mit dem vermeintlichen Drogenbaron Adrian Vasquez zu ergattern, lässt sich Anna Engels auf eine Vereinbarung ein, deren Bedingungen sie nicht kennt.

Vasquez macht kein Geheimnis daraus, dass er gerne Spielchen treibt und Anna befindet sich schneller in seinem persönlichen Laufrad, als ihr lieb ist.

Während sie versucht, die Dämonen ihrer Vergangenheit zu verarbeiten, birgt Adrian eine Dunkelheit in sich, derer sie sich erst nach einiger Zeit bewusst wird. Doch nicht alles was glänzt, ist Gold.

Wer von ihnen ist der Strippenzieher und wer die Marionette?

2 Menschen. 2 Schicksale.

Dave nimmt sich in Texas eine Auszeit von seinem Leben in Chicago. Auf der Suche nach sich selbst stattet er Freunden aus Jugendtagen einen Besuch ab und merkt ziemlich schnell, dass der Alltag auf einer Ranch kein Kinderspiel ist - er muss richtig mit anpacken. Dann lernt er Josephine kennen, die ihn durch ihre wilde Art völlig aus der Bahn wirft.

Doch das Leben hat es auch mit Josy nicht gut gemeint. Das Letzte, was sie nun gebrauchen kann, ist ein Möchtegern-Cowboy, wie Dave einer zu sein scheint. Die Ereignisse überschlagen sich und die beiden sind mit einem Mal mehr voneinander abhängig, als sie es für möglich gehalten hätten.

Werden sie von der Vergangenheit eingeholt, oder finden sie einen Weg zum gemeinsamen Glück?

2 Menschen. 2 Schicksale.

Aaron hat die Schnauze voll von festen Beziehungen, nachdem seine letzte wegen eines Fehltrittes in die Brüche gegangen ist. Er genießt seine neue Freiheit als Single.

Doch dann trifft er in einer Bar eine Frau: Rose. Sie ist schüchtern, zurückhaltend und das Schönste, was er jemals gesehen hat.

Alles könnte perfekt sein, doch als Rose die Nachricht vom Herzinfarkt ihres Vaters erhält, reist sie überstürzt nach Italien ab.

Gibt es die Chance auf ein Wiedersehen oder hat das Schicksal andere Pläne?

Ein Ex-Soldat in den Fängen seiner Vergangenheit. Eine junge Frau, die ihre große Liebe verloren hat.

Zwei zerbrochene Seelen treffen aufeinander und plötzlich stellt sich die Frage: Würdest du auch dann hinter die Fassade eines Menschen blicken, wenn du weißt, dass es dein Leben für immer verändern wird?

Evie bleibt mit ihrem kleinen Sohn alleine zurück, als ihre große Liebe Jake bei einem schweren Verkehrsunfall stirbt. Stück für Stück kämpft sie sich ins Leben zurück und hält ihrem Kind zuliebe durch. Am Ende ihrer Kräfte taucht unerwartet Logan auf und bringt Evies Gefühlsleben heillos durcheinander. Doch nicht nur Evie, sondern auch Logan hadert mit dem Schicksal – denn das plötzliche Auftauchen des ehemaligen Soldaten ist keineswegs ein Zufall …

Catherine und Ryan können einander vom ersten Moment an nicht ausstehen. Er, ein großspuriger Scharfschütze der Army und sie, die zurückhaltende Ärztin mit einer tragischen Vergangenheit.

Als Ryan jedoch schwer verwundet heimkehrt, wendet sich das Schicksal. Er verschanzt sich in seinem Cottage fernab der Zivilisation und ausgerechnet Catherine findet ihn. Von dem einstigen Helden ist nur noch ein gebrochener Mann übrig, den Cat auf einmal mit anderen Augen sieht. Sie bietet ihm ärztliche Hilfe an und ahnt dabei nicht, dass sie noch mehr heilen wird, als nur das Offensichtliche.

Widerwillig nimmt Ryan ihr Angebot an und erfährt dabei nicht nur mehr über sich, sondern auch über Catherines Schicksal. Die beiden nähern sich einander an … bis Cat von ihrer Vergangenheit eingeholt wird.

Ein Autounfall und eine abgelaufene Versicherung ...

Mitchell Handerson ist überglücklich, als er feststellt, dass seine Unfallgegnerin Cameron McArthur kein Geld für die Reparatur hat. Denn als Manager von Star-Quarterback Shane Williams weiß er genau, was er will – und das ist Shane. Cameron könnte die Lösung all seiner Probleme sein.

Shane steht nicht nur im Fokus der Sacramento Panthers, sondern auch in dem der Presse. Fremde Menschen stochern in einer Vergangenheit, die er lieber hinter sich lassen möchte. Doch als sein Manager ihm Cameron vor die Nase setzt, welche er der Klatschpresse als feste Freundin präsentieren soll, bringt ihr feuriges Wesen nicht nur Shanes Welt in Aufruhr.

Erster Band einer Dilogie

»Wir sollten das nicht tun …«

Wenn June schreibt, ist ihre Welt in Ordnung und die Worte fließen nur so aus ihren Fingern. Doch ihr Wunsch, Autorin zu werden und mit ihren Geschichten endlich an die Öffentlichkeit zu gehen, scheitert immer wieder an ihren Selbstzweifeln.

Als sie Derek, den Freund ihrer Mutter, kennenlernt, scheint ihr Traum jedoch auf einmal in greifbare Nähe zu rücken. Auch wenn sie für den Literaturagenten anfänglich nur Abneigung empfindet, sieht sie eine Chance. Eine Chance, die zu zerbrechen droht, als sie eine verhängnisvolle Nacht mit ihm verbringt und auf einmal Gefühle im Spiel sind.

Derek und June stehen vor einer wichtigen Entscheidung: Gemeinsam oder nicht?

Blaine Cooper ist der Rockstar seiner Generation. Gefeiert, geliebt, vergöttert. Er genießt sein sorgenloses Leben ohne jegliche Verantwortung.

Evelyn Johnson ist das genaue Gegenteil. Freundlich, fleißig und immer pünktlich arbeitet sie hart dafür, den Ansprüchen ihres Chefs gerecht zu werden.

Als Blaine plötzlich allein mit einem Baby dasteht und Evelyn unerwartet ihre Arbeit verliert, nimmt das Schicksal seinen Lauf. Sie braucht dringend einen Job … und er eine Nanny.